HANS ERNST

WENN DIE BERGFEUER LEUCHTEN

HANS ERNST

Wenn die Bergfeuer leuchten

Roman

TITANIA-VERLAG STUTTGART

Umschlag-Foto: Mauritius-Thonig
Druck und Einband:
Ueberreuter – Korneuburg/Austria
Verlags-Nr. 9446
ISBN 3 7996 9446 3
Set: ISBN 3 7996 9449 8

Der scheidende Tag hielt eben noch einen schmalen Streifen Abendrot an der Westkante des Firmamentes fest. Ganz dunkelrot war dieser Streifen, an den Rändern schon eingesäumt von den blausamtenen Schatten der Nacht, die dann in ein paar Minuten das schmale Rot ganz überdeckten. Es sah aus, als sei ein Vorhang niedergelassen worden über das Leben und Treiben im Tal, das siebzehn Stunden gewährt hatte. Denn es war Ende Mai, und um diese Zeit trat der Tag seine Herrschaft bereits um vier Uhr früh an und gab sie erst um einundzwanzig Uhr wieder ab. Allerdings, einundzwanzig Uhr sagte hier niemand. Sie sagten immer noch: „Neune auf d' Nacht."

Droben, am Rande der Apostelwiesen stand regungslos ein Mann und ließ sich vom Mantel der Nacht einhüllen. Er hatte dem Sterben des Abendrots zugesehen und richtete jetzt seinen Blick über den Wald zu den Bergen hinauf, über denen soeben auch der letzte Purpurglanz erloschen war. Hell und klar strahlte dafür die Venus vom schwarzen Himmel. Von Minute zu Minute kamen mehr Sternlein dazu, kleine, gelbe Punkte zuerst, die ein bißchen flimmerten und dann ganz ruhig brannten, bis das ganze Firmament aussah wie eine blühende Goldwiese.

In Hofkirchen begann jetzt die Abendglocke zu läuten. Der Rucker von Haid, zu dessen Hof auch die Apostelwiesen gehörten, nahm seinen Hut ab und faltete die Hände über dem Bauch. Er war ein großer, stattlicher Mann, so um die Sechzig, den man aber jünger schätzen konnte, denn sein volles, dunkles Haar war nur an den Schläfen ein bißchen angegraut. Dagegen waren die dichten Brauen und der kurze, sauber geschnittene Bart auf seiner Oberlippe beinahe weiß. Die Brauen waren eigentlich schon von Kindheit an weiß gewesen. Vererbung oder eine Laune der Natur? Jedenfalls bildeten die dunklen, fast schwarzen Augen mit den langen Wimpern einen starken Kontrast dazu und gaben diesem schmalgeschnittenen Bauerngesicht ein interessantes Profil.

Ganz still stand der Bauer. Er hatte den Kopf etwas zur Seite geneigt, als höre er, wie die Erde sich regte.

Vom Dorf kam ein einzelner Schlag der Kirchturmuhr. Aber der Rucker rührte sich immer noch nicht. Die Schultern ein wenig gebeugt saß er jetzt da und seine Augen gingen mit schwermütiger Liebe über die Dinge der Nacht hinweg, über das dunkle Kornfeld, über die Lichter des Dorfes und über die des Weilers Haid, und es war ihm, als sei die Zeit um ihn stillgestanden, oder als sei er schon vor tausend Jahren hiergesessen und habe geträumt.

Wieder hallten zwei Schläge vom Kirchturm herauf, und nun stand der Rucker auf, ächzte ein bißchen, als sei er vom langen Sitzen kreuzlahm geworden, und lächelte über sich selber, denn mit sechzig durfte man noch nicht müde und kreuzlahm sein. Er schon gleich gar nicht, der so ungestüm und mit Ämtern beladen, mitten im Leben stand. Er bekleidete das Amt eines Bezirksrates, hatte im Landwirtschaftsverband einen wichtigen Posten, der ihn oft zwei, drei Tage in der Landeshauptstadt festhielt, außerdem war er noch Hagelschätzer und Schöffe beim Landgericht. Nein, zum Altsein hatte er noch keine Zeit.

Heute war er auf seiner Alm gewesen, um nachzusehn, ob alles in Ordnung war, wenn die Susanne am Montag mit dem Vieh hinaufzog. Und nun war er auf dem Heimweg.

Immer näher kam er seinem Hof, in dem zu ebener Erde die vier Fenster der Stube erleuchtet waren. Ganz verschwiegen lag der Weiler unter dem Licht der Sterne, die sich im Kupfer des Zwiebelturms der Kapelle unter den Lindenbäumen spiegelten. Beim Bichler drüben war schon alles finster, und beim Lindegger schienen sie auch gerade ins Bett zu gehen, weil sich die zwei Fenster neben der Stube erhellten.

Im Pflanzgarten, an dem der Rucker gerade vorbeiging, dufteten betörend die Nelken und der Rosmarin, und in der gewaltigen Krone des Kastanienbaumes, der inmitten des Hofes stand, rauschte der Wind so laut, daß man kaum das Plätschern des Brunnenwassers hörte. Der Hofhund kam mit rasselnder Kette aus seiner Hütte und bellte ein paarmal, bis er die Stimme seines Herrn erkannte.

„Sei doch still, Rasso. Bell' lieber, wenn es notwendig ist."

Dann öffnete der Rucker die Haustüre, deren Füllung ein neunzackiger Stern aus buntem Glas zierte.

*

Die Stube war mehr länglich als breit. Sie war mit schweren Eichenmöbeln ausgestattet, mit einem Ofen in der Ecke, so breit und wuchtig, als müsse er das ganze Haus heizen, derweilen er nur von der Küche herüber geschürt wurde. Dort beim Ofen saß die Ruckerin und las in einem alten Bauernkalender. Vorn am Tisch spielten die zwei Söhne, der Andreas und der Lukas, mit dem alten Knecht Toni, der kaum noch als Bediensteter galt, Karten. Auf dem ledernen Kanapee saß die zweiundzwanzigjährige Barbara und strickte an einem Schal.

Der Rucker streifte seine Joppe ab und hängte sie an die Tür. Sofort erhob sich die Barbara und holte für den Vater die Hausschuhe. Die Bäuerin legte den Kalender weg und nahm die Brille ab.

„Hast' schon gegessen, Thomas? Ein bißl Pichlsteiner ist noch da vom Mittag."

Der Rucker griff, bevor er antwortete, in sein Westentaschl nach einer kleinen Bürste, mit er er ein paarmal über das weiße Lippenbärtchen hinstrich. Das war mehr Gewohnheit als Eitelkeit. Das Bürstchen war ein recht kostbares Ding, auf der Rückseite mit Perlmutter eingelegt.

„Ich hab auf dem Rückweg auf der Fritznalm was gegessen", sagte er.

„Hab'n die schon aufgetrieben?" fragte Andreas vom Tisch herüber.

„Ja, gestern."

„Wie schaut es dann bei uns droben aus?"

„Es bleibt beim Montag. Der Schneedruck hat heuer kaum was angerichtet. Ein paar Schindeln waren vom Dach gerissen. Die hab ich neu eingedeckt."

„Und wie stehts Gras droben?" wollte Andreas noch wissen, aber da grantelte ihm der alte Toni drein:

„Gib auf's Spiel obacht, ist gescheiter. Warum schmierst denn jetzt nicht, wenn du weißt, daß ich die Sau noch hinten hab."

„Herunten stehts recht fett. Der obere Hang braucht bloß noch Regen, dann schießts auch raus. Und wenn mich nicht alles täuscht, auf Regen brauchen wir nimmer lang warten."

„Geh, Vater", lachte die Ruckerin gutmütig. „Der Himmel ist doch voller Sterne."

„Schon. Aber der Wind g'fallt mir nicht. Der riecht nach Regen. Geh, Barbara, hol mir ein Krügl Bier 'rauf vom Keller. — Wo steckt denn eigentlich die Susann?"

„Ja du, laß dir sag'n, Thomas — gut daß du fragst, ich muß ihr gleich wieder einen heißen Wickel machen. Die klagt über arge Bauchschmerzen und hat sich nachmittags niedergelegt."

„Ah geh? Aber das kommt von ihrem Barfußlaufen. In der Früh ist der Boden einfach noch zu kalt. Wir haben erst Anfang Mai und noch nicht Sommer. Soll ein paar Glasl Schnaps trinken. Das schadet nie."

Die Barbara kam mit dem Bier, sagte recht freundlich: „Prost, Vater" und fügte hinzu: „Hoffentlich wird die Susann wieder g'sund bis zum Montag."

Der Rucker nahm einen herzhaften Schluck Bier und wischte sich dann mit dem Handrücken den Mund ab.

„Wegen dem bißl Bauchweh. Das fliegt oft so daher und geht genauso schnell wieder weg."

„Ich hab ja bloß gemeint, wenn's grad wär, wer dann auf die Alm soll?"

„Du nicht", antwortete der Rucker trocken und faßte abermals nach dem Bierkrügl.

Die Barbara wurde rot und griff wieder nach ihrer Strickarbeit. Sie wußte, warum die Antwort des Vaters so und nicht anders ausfallen konnte. Drei Sommer lang war sie oben auf der Alm gewesen. Einen vierten durfte es für sie nicht mehr geben.

Die Bäuerin kam von der oberen Schlafkammer der Töchter zurück.

„Jetzt schlaft sie. Vielleicht wird's doch besser jetzt auf den Schnaps“, meinte sie.

Vorn am Tisch warfen sie jetzt die Karten zusammen.

„Eine Mark achtzig gewinn ich jetzt“, sagte Lukas, der jüngere der Ruckerbuben, der als Hobby Brieftauben züchtete und das Geld mit genießerischem Lächeln einstrich.

Am Ofen hinten brummte Toni vor sich hin, klopfte seine Pfeife aus und verschwand mit einem mürrischen „Gut Nacht beieinander.“

„Allweil grantiger wird er, der Toni“, sagte Andreas und riß vom Wandkalender das Blatt des Tages ab.

„Mein Gott, wenn wir einmal so alt sind, werden wir auch nimmer den ganzen Tag lachen. Wie alt ist er denn jetzt eigentlich?“

„Fünfundsiebzig wird er im Juli“, sagte die Ruckerin. „Das dürf'n wir ja nicht vergessen.“

„Und fünfzig Jahr ist er jetzt auf dem Hof. Hast recht, Theres, den Tag müssen wir feiern.“

Der Rucker streckte behaglich die Beine, hatte sich einen Stumpen angezündet und genoß den abendlichen Hausfrieden mit sichtlichem Behagen. Er hatte auch allen Grund dazu. Das Leben auf dem Hof lief geruhsam und ohne große Aufregung, bis auf ein paar Ausnahmen, die man gehabt hatte, dahin. Die Buben waren tüchtige Schaffer, waren großgewachsen und strotzten vor Kraft und Jugend. Der Andreas geriet ihm am meisten nach, nur die weißen Augenbrauen hatte er nicht. Der Lukas war ganz die Mutter, hatte ihr helles Haar und das Grübchen im Kinn. Freilich waren die Haare der Ruckerin nicht mehr so goldfarben wie früher. Von den Schläfen aufwärts wurden sie bereits silbern. Aber ihre Züge waren noch ohne Falten. Das Gesicht wirkte fast noch jugendlich und sie hatte einen gestrafften und federnden Gang. Ach ja, der Rucker war oft mächtig stolz auf diese Frau, die vom Meßnerbauern aus Labach stammte. Eine herrliche Frau, begnadet mit jener klugen Trägheit, die es den Mann nie fühlen hatte lassen, welche Last oft auf ihren Schultern gelegen, wenn er zuweilen gleich eine ganze Woche in der Erfüllung seiner vielen Pflichten von Haid und vom Hof fortgewesen war. Dennoch hatten sie immer eine vortreffliche Ehe miteinander geführt.

Eins nach dem andern verschwand jetzt aus der Stube. Der Rucker zog die große Standuhr auf und die Bäuerin goß noch etwas Wasser in die kleine Blumenvase unterm Herrgottswinkel.

„Ist Post gekommen?“ fragte der Rucker so nebenbei.

„Im Stüberl drüben liegt sie.“

Der Rucker ging hinüber, schaute nur flüchtig die Post durch, dann trat er nochmal vor die Haustüre hinaus. Die Nacht war ziemlich hell. Man sah, wie sich die Sterne drunten in dem kleinen See spiegelten. Man hörte das Raunen des Windes im Schilf, das etwas heller war als das Rauschen im alten Kastanienbaum, der seine Blütenkerzen stumm und feierlich in die Nacht hineinreckte.

„Soviel Sterne, soviel Sterne“, sagte auf einmal die Ruckerin hinter ihm. Sie lehnte ihren Kopf gegen seine Schulter und schaute zum Nachthimmel auf.

„Ja, aber der Wind gefällt mir nicht“, antwortete der Rucker. „Der riecht nach Regen.“ Und weil er dabei seinen Arm um ihre Schultern legte, sah es so aus, als wolle er sie beschützen vor den fallenden Tropfen, die noch gar nicht da waren, aber die nach seinem Gespür einfach kommen mußten, morgen früh vielleicht schon, spätestens aber in vierundzwanzig Stunden. Der Wind sagte ihm das ganz einfach, der lauwarme Wind, der unter den Sternen hinzog und die Kerzen im Kastanienbaum ganz leicht schaukeln ließ.

Es kam nicht oft vor, daß die beiden so beieinanderstehen konnten. Jetzt war es, als seien die Jahre plötzlich zurückgewichen und sie stünden wieder als junges Paar in einer warmen Frühlingsnacht, nicht hier, sondern drüben im Labachtal hinter der Trennbrücke des väterlichen Hofes, von dem der Rucker sie an einem Maienmorgen als seine Bäuerin nach Haid geholt hatte.

Viel war in diesen Jahren geschehen, in denen Frau Therese durch ihr kluges Schweigen und viel gewinnende Menschlickkeit zu schlichten und zu ordnen gewußt hatte. Die Bauersleute des ganzen Tales brachten ihr viel Achtung entgegen und bewunderten sie, die so oft allein sein mußte. Wie Therese wirklich war, das wußte nur der Thomas Rucker allein.

„Setzn wir uns ein bißl auf die Hausbank?“ fragte sie. „Und erzähl mir doch was. Wann mußt’ denn wieder fort?“

„Erst in vierzehn Tagen, zum Bauernverband.“

Der Rucker streckte behaglich die Beine und hatte es ganz gern, daß seine Frau ihren Arm in den seinen schob. Er betrachtete es auch nicht als Vorwurf, als sie nach einer Pause sagte:

„Vor drei Jahren hast du mir schon versprochen, Thomas, daß du dich zurückziehst.“

Er nickte und griff nach ihrer Hand.

„Ich weiß schon, Theres. Aber es zieht mich halt immer wieder hinein. Und sei ehrlich, Theres, so ungern siehst es du ja auch nicht, daß sie mich überall holen und daß sie mich allweil wieder wählen. Ich brauch das, Theres, das hält mich auf Schwung und gibt mir Kraft."

Und dann fiel ihm auf einmal ein: „Was hast gesagt wie ich heimkommen bin heut? Die Susann hätt' Bauchweh?" Er zog nachdenklich die weißen Brauen zusammen. „Was für ein Bauchweh?"

Tiefer schob sich die Hand der Frau in die seine, um ihn zu beruhigen.

„Ist nicht das, was du denkst, Thomas."

„Das ging mir grad noch ab."

„Im ersten Moment hab ich das gleiche denkt wie du. Nein, nein, es wird schon so sein, wie du gesagt hast, daß sie sich erkältet hat."

„Dumm wär's bloß, wenn sie am Montag nicht auf die Alm zieh'n könnt", sinnierte der Rucker. „Und daß die Barbara? Nein, auf gar keinen Fall. Du weißt ja, warum."

„Ja, ich weiß schon. Aber der Flori ist ja nimmer im Land."

„Der ist fort, ja, nachdem er den ganzen Sommer gewildert und zusammengeschossen hat, was ihm vor den Lauf gekommen ist. Und die Barbara hat ihm Unterschlupf gegeben, dem Kerl. Grad von Glück kann sie sagen, daß sie nicht wegen Beihilfe angeklagt worden ist."

„Hoffen wir, daß die Susann bis zum Montag wieder g'sund ist."

„Wenn alle Strick reißen, muß der Anderl 'nauf."

Der Wind war stärker geworden. Doch die Schläge der Kirchturmuhr durchdrangen das Rauschen im Kastanienbaum.

„Was? Elf Uhr schon?“ staunte der Rucker. „Jetzt wird’s aber Zeit fürs Bett.“

Aber der Frau eilte es noch nicht.

„Wann sitzen wir schon einmal so allein auf der Hausbank.“

„Nächstes Jahr werf ich den ganzen Krempel hin“, versprach er, und die Bäuerin lächelte nur gutmütig dazu, denn das hatte er schon so oft gesagt, und dann hatte es ihn immer wieder hineingezogen in die Politik wie die Motte zum Licht.

In diesem Moment löste sich hoch droben eine Sternschnuppe, fuhr in einem großen Bogen durch den stahlblauen Himmel und versank in einer Bergspalte.

„Wünsch dir schnell was“, sagte die Ruckerin.

„Was soll’n wir uns denn wünschen, Theres? Hab’n wir denn nicht alles? Die Kinder sind wohlgeraten, der Hof steht da wie ein Mustergut, und gesund sind wir auch. Jetzt müssen wir bloß noch schaun, daß sie anständig heiraten.“

„Da werden wir wohl nichts dazutun können“, meinte die Bäuerin, „die Zeiten, wo man Kinder verkuppelt hat, die sind vorbei. Die Jungen von heut lassen sich da nichts mehr dreinreden.“

Lachend schlang der Rucker seinen Arm um ihren Hals.

„Sag nur gleich, daß wir uns was dreinreden haben lassen.“

„Was hätten meine Leut’ schon gegen dich haben können? Du warst der reiche Ruckerbub von Haid. Sie haben es sogar als Ehre aufgefaßt, wie du kommen bist.“

„Zu dir hätt ich auch kommen müssen, wenn ich nicht

der Rucker von Haid gewesen wäre. Fragt sich dann bloß, ob du mich mögen hättest."

„Das möchtest jetzt wieder gern hör'n, gell? Ich hab dir's doch schon oft genug g'sagt, daß ich dich genommen hätt', und wenn du der ärmste Holzknecht gewesen wärst."

„Ja, ich weiß schon, Theres."

„Also können wir auch von unsern Kindern nicht verlangen ..."

„Verlang ich doch auch nicht", unterbrach er sie. „Bloß bei der Barbara, da hab ich doch dreinfahren müssen. Der Florian war ein Lump. Wie schaut es denn eigentlich mit der Susann aus?"

„Ich mein', sie sieht den Xandl vom Kirchenwirt gern."

„Was heißt, sie sieht ihn gern. Er muß sie gern sehn. Und da könnt' man ohne weiteres ja sagen. Der Kirchenwirt steht sich gut. Metzgerei dabei und die Landwirtschaft ist auch in Ordnung. Aber ich merk' grad, daß ich verdammt wenig weiß von unseren Kindern. Was ist denn eigentlich mit dem Anderl los. Schön langsam könnt er sich schon um eine Bäuerin umschaun, daß du es auch leichter hast. Es muß bei uns nicht sein wie bei meinem Vater, der das Heft erst aus der Hand gegeben hat, als der Sensenmann schon ums Haus geschlichen ist."

Noch eine Menge guter Vorsätze wurden in dieser Nacht vom Rucker dahingeplaudert. Wieder einmal wollte er sich ganz abkehren von Politik und Vereinsmeierei.

Frau Theres lächelte nur still dazu, denn sie kannte ihn, und sie wußte, daß auch weiterhin das meiste auf ihren Schultern lasten würde, die breit genug waren, so wie ihr ganzer Körper mit den Jahren breiter und fülliger geworden war.

So schlug die Kirchenuhr jetzt wirklich Mitternacht, bis die zwei sich endlich erhoben und ins Haus gingen. Wer weiß, wann ihnen wieder so eine stille und besinnliche Stunde schlug.

*

Um fünf Uhr früh am anderen Tage gab es ein Morgenrot von solcher Schönheit, daß die Leute von Hofkirchen und was sonst noch dazu gehörte, wie gebannt hinaufschauten zu dem rötlichen Schimmer, der sich von den östlichen Bergspitzen her über das Land breitete wie ein riesiges Dach. Auch auf dem kleinen See, der den Namen nicht ganz zu recht trug, weil es nur ein größerer Weiher war, spiegelte sich dieses Rot. Ja selbst die Kirschblüten in den Bauerngärten schienen davon angehaucht zu sein.

Man wußte, daß die Zeit dieses Naturwunders bemessen war. In einer Stunde hatte sich das alles wieder aufgelöst, und es war schwer auszudenken, daß hinter dieser morgendlichen Schönheit bereits von Westen her der Regen wartete, der, grob geschätzt, bis zur Nacht kommen würde.

„Ich hab es gestern abend schon gesagt, daß Regen kommen wird“, sagte der Rucker unter der Stalltüre stehend, während der Andreas und Lukas gerade mit einem Fuder Kühgras heranfuhren.

Bei der Morgensuppe dann fiel es dem Rucker wieder auf, daß die Susanne nicht mit am Tisch saß.

„Ach so, ja", erinnerte er sich. „Wie ist es mit ihrem Bauchweh? Ist's noch nicht besser?"

„Ärger, sagt sie, ist es geworden", berichtete die Mutter, die gerade wieder heiße Wickel übergelegt hatte.

„Da muß der Doktor her", bestimmte der Rucker. „Schau einmal nach, Barbara, was er für eine Telefonnummer hat, und rufst ihn gleich an, daß er kommen soll."

Dann entschloß er sich, selber nachzuschaun und ging in das obere Stockwerk hinauf, wo die Mädchen ihre Kammer hatten.

„Na, was macht denn meine Susann für Geschichten", fragte er und rückte sich den Stuhl zurecht, der neben dem Bett stand. „Hast wirklich solche Schmerzen?"

„Manchmal ist's mir grad, als wenn ich ein Messer im Bauch hätt', so sticht es."

„Und am Montag sollst auf die Alm ziehn."

„Bis dahin bin ich schon wieder g'sund, Vater."

„Woll'n wirs hoffen, Susann."

Er nahm ihre Hand und hatte auf einmal das Gefühl, daß er sich eigentlich um seine Kinder nie viel gekümmert hatte. Er wußte nichts über ihre Eigenheiten, nichts über ihren Charakter, nichts über ihre geistigen Fähigkeiten. Es waren einfach seine Kinder, seine Geschöpfe, die voller Respekt zu ihm aufsahen, ihn sogar bewunderten. Ob sie ihn liebten, das konnte er allerdings nicht sagen.

Was seine Frau anbetraf, so pflegte er in den Sitzungen Briefe an sie zu schreiben, ohne daß ihm von den Auseinandersetzungen ein Wort verloren gegangen wäre. Mit einem Ohr hörte er ständig hin, um dann den Bleistift beiseite zu legen und heftig in die Diskussion einzugreifen. Hernach konnte er wieder mit seiner Bäuerin plaudern, obwohl dieses Plaudern meist nie über das Alltägliche hinausging. Und das Alltägliche bestand in den Fragen, ob im Stall alles in Ordnung sei, ob die Nummer 16 bereits gekälbert habe (auf dem Ruckerhof hatten die Kühe keine Namen, sondern Nummern), wie der Mais auf dem Thomasacker stünde und daß sie jeden Morgen die Marktnachrichten am Radio abhören solle. Nach den Kindern fragte er nie. Auch wenn er daheim war, sprach er mit seinen Kindern nur über das Alltägliche, über die Arbeit zum Beispiel und was er oft für Probleme habe in seinen Ämtern. Ob sie auch Probleme hätten, auf den Gedanken kam er gar nie, es zu erfragen.

Wie geschah es, daß ihm all das mit einemmal bewußt wurde? Mußte er erst in das schmerzverzerrte Gesicht der Susanne sehn, daß es ihm klar wurde, wie wenig Anteil er überhaupt an seinen Kindern nahm? „Tut's denn so arg weh?" fragte er.

Die Susann nickte nur und biß die Zähne zusammen. Erst nach einer Weile sagte sie:

„In die Stub'n möcht ich 'nunter. So allein da heroben hab ich Angst."

Der Rucker nahm sie auf seine Arme. Um ihm das Tragen leichter zu machen, legte Susanne ihre Arme um seinen Hals. Doch er spürte ihr Gewicht kaum. Nur ihren heißen Atem fühlte er an seiner Wange, und er hörte ihr Herz klopfen, ganz wild und schnell. Das lange Nachthemd umhüllte den schlanken Körper, und während er sie über die Stiege hinuntertrug, überfielen ihn wieder die seltsamen Gedanken, die inneren Vorwürfen glichen. Vielleicht hatte er die Susann als ganz kleines Kind einmal so im Arm gehalten. Er wußte das nicht mehr.

Mit dem Fuß stieß er die Stubentüre auf und bettete die Fiebernde auf das Kanapee. Die Barbara und die Mutter waren ihm behilflich, die Kranke sorgsam zu betten und zuzudecken.

„Kommt der Doktor?“ fragte der Rucker.

„Der ist nicht da“, meldete die Barbara. „Hat zu einer Entbindung müssen.“

„Da soll doch gleich ... Das ganze Jahr braucht man keinen Doktor, und wenn's einmal sein muß, ist er nicht da.“

„Die Frau schickt ihn gleich, wenn er zurückkommt“, sagte Barbara.

„Ich mag keinen Doktor“, lispelte die Susann schwach.

„Jetzt geht's nicht darum was du magst, sondern was sein muß“, bestimmte der Rucker. Dann hob er den Kopf, sah, daß auch die Buben in der Stube standen und ließ sich einfallen: „Lukas, du tust droben die Kartoffeln aufackern, und du Anderl, bringst den Traktor in die Werkstatt. Da stimmt was mit der Kupplung nicht, hast' gestern gesagt.“

Er selber ging ins Stüberl hinüber, sah jetzt die Post von gestern genauer durch und hatte ein paar dringende Briefe zu beantworten. Die tippte er auf einer alten Schreibmaschine mit zwei Fingern, und dabei fiel ihm wieder ein, daß er doch die Susanne dazu abrichten könnte. Die Barbara kam nicht in Frage, die war zu schwer in ihrer ganzen Art und im Denken langsamer und nicht so gewandt wie ihre Schwester.

Immer wieder sah er zum Fenster hinaus, ob der Doktor noch nicht käme. Schließlich wurde es ihm zu dumm, und er griff zum Telefon. Es meldete sich die Doktorsfrau.

„Ja was ist denn jetzt eigentlich. Ich hab doch vor zwei Stunden schon anrufen lassen um den Doktor."

„Es war vor anderthalb Stunden", korrigierte ihn die Frau am andern Ende. „Und da hab ich doch Bescheid gegeben, daß mein Mann zu einer Geburt hat müssen."

„Dauert denn das so lang? So ein Menscherl ist doch gleich da. Wenigstens war es bei uns so Brauch."

Der Doktorsfrau tat es direkt wohl, den Rucker auf schnippische Art zu behandeln. Sie mochte den überspannten Bauernkerl nicht, der ihrem Mann nicht den nötigen Respekt erwies, wie sie meinte. Außerdem hatte man zum Rucker nach Haid bis heute noch keine Rechnung zu schicken brauchen.

„Es muß nicht überall so Brauch sein wie bei Ihnen", sagte sie jetzt. „Immerhin geht es hier um ein Menschenkind, das gesund das Licht der Welt erblicken soll."

„Sie, passen Sie einmal auf", schrie der Rucker zornig in den Apparat. „Ich brauche von Ihnen keine Belehrung, Madam. Wenn es dort um eine Geburt geht, so geht es bei uns möglicherweise um Leben oder Tod eines Menschen. Und dieser Mensch ist noch nicht einmal ganz zwanzig Jahre. Haben Sie mich verstanden?"

Dieser Ton verschlug der Doktorsfrau am andern Ende die Sprache, und sie erinnerte sich, daß ihr Mann zuweilen schon gesagt hatte, mit dem Rucker dürfe man es sich nicht verderben. Der Kerl sitze überall am Hebel. Und so sagte sie jetzt etwas freundlicher:

„Wenn mein Mann zurückkommt, werde ich ihn sofort nach Haid schicken."

„Darum möchte ich auch gebeten haben“, antwortete der Rucker und hängte ein.

Die Sonnenuhr an der weißen Hauswand des Rukkerhofes zeigte die elfte Vormittagsstunde an, als Doktor Neidhard mit seinem klapprigen Vehikel in den Hof fuhr. Er war ein Riese von einem Mann, trotzdem sprang er wie ein Junger aus dem Wagen und griff schnell noch nach seiner Instrumententasche. Da trat der Rucker schon unter die Haustür. Als stummer Vorwurf sollte es wohl gelten, daß er seine Taschenuhr zog.

„Tut mir leid“, sagte Doktor Neidhard. „Es war eine schwere Geburt beim Sallinger in Haslach. Das neunte Kind.“

Der Rucker sagte nichts, ging dem Doktor voran in die Stube. Dort deutete er dann stumm auf das Kanapee hin.

„Seit gestern jammert sie schon über heftige Leibschmerzen.“

„Und warum habt ihr mich dann nicht schon gestern gerufen?“

„Ja mei ...“

„Ja, ja, ich weiß schon. Das Übliche. Da ist man bei keiner Krankenkasse, und der Doktor könnte ja ein paar Mark kosten.“

Dem Rucker lief die Stirn rot an, und er hatte eine ganz bissige Bemerkung auf den Lippen, verschluckte sie aber und griff nach seinem Bartbürstchen.

„Na, dann wollen wir einmal sehn“, sagte der Doktor schon wieder ganz gutmütig. Und ehe Susanne es hindern konnte, hatte er schon die Wolldecke zurückgeschlagen.

„Nein!“ schrie Susanne auf und preßte mit ihren Händen das Nachthemd nieder. Der Doktor kannte das schon. Diese Bauernmädchen kannten noch Scham, und man mußte ihnen gut zureden wie einem kranken Roß.

„Komm, Susanne, vor mir brauchst du dich doch nicht zu genieren. Rucker, gehn Sie doch einstweilen hinaus. — Und jetzt, Kind, sag mir einmal, wo es weh tut."

Susanne schloß die Augen und drehte den Kopf gegen die Wand. Sie ergab sich jetzt ihrem Schicksal. Aber dann stieß sie einen wilden Schrei aus, als der Doktor mit zwei Fingerspitzen die Bauchdecke berührte.

„Aha, da haben wir's schon." Der Doktor richtete sich wieder auf. „Das ist der Blinddarm. Muß sofort operiert werden."

„Jesus Maria", erschrak die Ruckerin, die in dem Wort „Operation" nur das Lebensbedrohende zu erkennen glaubte. „Muß es denn wirklich sein?" fragte sie noch, und das klang ein wenig töricht.

„Und ob es sein muß. Ich hoffe, daß es nicht überhaupt schon zu spät ist. Was habt ihr denn bisher getan?"

„Heiße Umschläge hab ich gemacht. Alle zwei Stund einen."

„Das hab ich mir doch gedacht. Kalte Wickel hätten es sein müssen. Eiskalte. Durch die heißen ist die Entzündung nur schlimmer worden. Also, auf dem schnellsten Weg ins Krankenhaus."

Die Ruckerin riß die Tür auf. Draußen im Flur steckte der Rucker gerade wieder sein Bartbürstchen ins Westentascherl.

„Vater, bring den Wagen raus, die Susann muß sofort ins Krankenhaus zum Operieren."

„Nichts da", mischte sich der Doktor erregt ein. „Das könnte so ein Transport sein mit dem alten Klapperkasten. Ich werde sofort einen Krankenwagen herbeirufen. In einer Stunde kann er da sein."

Der Rucker schluckte den „alten Kasten", der immerhin noch ein recht passabler Wagen war, und rechnete dies zu der ersten Beleidigung, vonwegen der Krankenkasse. Bei Gelegenheit würde er das schon zurückzahlen. Im Augenblick war er selber etwas erschrocken, denn das Wort „Operation" löste so etwas wie eine Panik aus. Soweit er denken konnte, war in Haid noch niemals jemand zu einer Operation gefahren worden.

„Aber mitfahren kann ich doch?"

„Das möchte ich Ihnen sogar empfehlen, Rucker."

Die Susann aber glaubte, daß der Tod nun zu ihr kommen würde und sagte mit ihren fiebergesprungenen Lippen leise, daß sie gerne zuvor den Herrn Pfarrer noch haben möchte.

Der Doktor meinte, dazu wäre keine Zeit mehr, und einen Pfarrer gäbe es auch im Krankenhaus, oder zumindestens einen Kaplan; ein recht verständiger, liebenswürdiger Priester sei der übrigens. Dem könne sie vor der Operation noch alles sagen, was sie glaube, in ihrem jungen Leben schon an Sünden auf sich geladen zu haben. Er selber, der Doktor Neidhard, sei der Meinung, daß es leicht in einer Hand aufgewogen werden könne, was so ein junges, sauberes Mädl schon gefehlt habe.

Die Susann versuchte ein kleines Lächeln, so als ob sie dem Doktor danken wolle für die guten Worte. Aber das Lächeln wurde gleich wieder zur Grimasse, denn der Schmerz war wieder da, der stechende Schmerz, der jetzt schon den ganzen Körper zu erfassen schien.

Der Rucker hatte inzwischen telefoniert und kam mit

dem Bericht herein, daß der Rotkreuzwagen soeben weggefahren sei und in spätestens einer halben Stunde da sein werde.

„Da haben wir Glück“, sagte der Doktor.

„Was muß ich denn da alles herrichten?“ fragte die Ruckerin.

„Fürs erste nur ein paar Kleinigkeiten. Leibwäsche und Waschsachen“, erwiderte der Doktor und packte seine Sachen wieder zusammen, mit denen er Puls und Herzschlag gemessen hatte. Dann legte er noch beruhigt seine Hand auf Susannes Stirn.

„Jetzt heißt es recht tapfer zu sein, Mädl. Und Vertrauen haben und keine Angst.“

Dann verließ er das Haus, weil er ja weiter nichts mehr tun konnte.

Der Rucker ging sich umziehen, denn er wollte gleich hinter dem Sanitätswagen herfahren. Voll hektischer Betriebsamkeit war er auf einmal, als begreife er jetzt erst, daß es hier um etwas ging. Um das Leben der Susanne nämlich, seiner jüngsten Tochter. Und es fiel ihm ein, daß vor Jahren der kleine Bub vom Kirchenwirt gestorben war, weil man zu spät zum Doktor gegangen und der Blinddarm durchgebrochen war.

Operation! Wie ein Lauffeuer ging das Wort durch den kleinen Weiler Haid. Die Lindeggerin kam herüber und hatte das kleine Roserl an ihrer Schürze hängen. Beim Bachl standen sie unter der Haustüre, und der Bachl meinte mit gerunzelter Stirne: „Müss'n wir fast einen Kranz kaufen.“ Für ihn war Operation schon gleichbedeutend mit Tod. Die Lindeggerin aber sagte: „Kalte Wickel hättet ihr machen sollen.“

Der Ruckermutter rannen die Tränen über die Wangen, als man die Susanne auf einer Bahre aus dem Haus trug. Die Männer vom Roten Kreuz hatten Übung darin und taten es mit viel Umsicht.

„Gelernt ist gelernt", sagte die Lindeggerin, und ihr Roserl stand mit staunenden Augen dabei.

Dann schlossen sich die Türen des beigefarbenen Wagens mit dem roten Kreuz. Langsam fuhr er an. Der Rucker stieg in sein Auto und startete ebenfalls.

Hinter ihnen aber zog eine schwere Regenwolke her, von heftigem Wind getrieben. Das Geräusch der Autos war gerade verstummt, da platschten auch schon die ersten, schweren Tropfen nieder, sie fielen in die Blütenpracht der bäuerlichen Obstgärten und ließen das Wasser des kleinen Sees aufspritzen. Beim Seewirt räumten sie schnell die Sonnenschirme und die Tischdeckchen weg, und ein einsamer Kahn trieb eiligst dem Ufer zu.

*

Der Regen blieb drei Tage über dem Land. Trostlos rann es über die Dächer nieder, und der Wind riß die Blüten von den Bäumen. Es sah gerade so aus, als wolle es nie mehr aufhören und es müsse die Welt nun ersterben in dieser Menge Wasser, die über sie geschüttet wurde.

Beim Rucker wartete man noch einen Tag mit dem Almauftrieb. Aber nicht nur des Wetters wegen, sondern weil man stündlich damit rechnete, Susanne müsse sterben. Aber dann kam der Rucker endlich mit der Nachricht heim, daß die Ärzte den Kampf mit dem Tod gewonnen hatten und daß die Susanne überm Berg sei. Heimkommen, nein, das würde wohl noch Wochen dauern. Und hier wagte Barbara zum zweitenmal die Frage:

„Soll nicht doch lieber ich auf die Alm ziehn?"

Der Rucker war in diesem Augenblick mit seinen Gedanken in dem weißen Krankenzimmer, in dem bleich, wie eine Figur aus weißem Marmor, die junge Susanne lag und kaum wußte, was man mit ihr alles anstellte, um sie am Leben zu erhalten.

Die Barbara nahm sein Schweigen als Zusage und sagte: „Dann morgen, in aller Hergottsfrüh."

Der Rucker hob den Kopf.

„Was meinst? Ach so? Nein, nein, nix da. Ich hab doch g'sagt, daß der Anderl 'naufgeht, und dabei bleibt es. Du weißt ja warum. Aber schuld bin ich selber. Ich hab mich bisher um euch Kinder zu wenig gekümmert."

„Zu wenig?" fragte die Barbara wie im Hohn, und ihre Stirne hatte sich gerötet. „Überhaupt nicht. Wenn du das sagen tätst, wär's gescheiter. Du kennst ja bloß deine Politik und sonst nichts."

Der Rucker schob die weißen Brauen hart zusammen und griff nach seinem Bartbürstchen.

„Ja, wie redest denn du mit mir? Darfst du mir das sagen?"

„Ja, weil dirs sonst auch niemand sagt. Und wenn du jetzt auf einmal meinst, Vater, du müßtest dich als Hüter für mich aufstellen, da bist schon zu spät dran. Ich bin jetzt zweiundzwanzig und kein kleines Kind mehr."

Der Griff ins Westentaschl war schon wieder fällig. Und diesmal bürstete der Rucker seinen Bart mit heftiger, fast zorniger Gebärde. Es war aber weniger Zorn als Bestürzung und fassungsloses Staunen, wie es bei seiner Tochter zu diesem Ausbruch hatte kommen können. Das mußte doch eine Ursache haben, einen tieferen Grund. Langsam steckte er das Bürstchen ein. Er nahm den Kopf etwas zurück, und seine Augen wurden ganz schmal. So betrachtete er die Barbara, die kerzengerade vor ihm stand, als stünde sie auf einem Berggrat, von warmem Südwind umweht, wie eine Tanne, makellos und schlank gewachsen. Aber er war zu sehr in seiner Welt der Politik eingefangen, in der er auch gelernt hatte, sich zu beherrschen, selbst wenn er zuweilen gern den Arm gehoben hätte, um in ein Gesicht hineinzuschlagen. Er hatte seine Kinder nie geschlagen, und nun war diese Tochter so groß geworden, daß er das nicht mehr nachholen konnte, obwohl sie ihm das Gesicht darbot, trotzig und wie zur Aufforderung.

„Und was ist die Ursache, daß du dir soviel Frechheit 'rausnimmst?" fragte er. „Bin ich dir und den anderen kein richtiger Vater gewesen, alle Zeit?"

„Eben nicht", antwortete Barbara. „Wann hast denn du dich schon einmal um uns gekümmert? Das hast du, wie vieles andere, recht brav der Mutter überlassen. Aber wie ich einmal meine Hände hab ausstrecken wollen nach etwas, das mir wie Glück ausgeschaut hat, da bist du ganz schnell dabeigewesen und hast es mir zerstört."

„Ach so ist das?" Er sagte dies mit einem befreitem Atemzug, als freue er sich, daß es keine tiefere Ursache hatte. „Vielleicht bist du mir noch einmal dankbar, daß ich zerstört hab, was doch niemals Glück hätte werden können. Was hättest du denn mit so einem Lumpen anfangen können?"

„Kennst du ihn?"

„Mir reicht, daß er gewildert hat und daß er dich beinah mit ’reingezogen hätte!“

„Ja, ich weiß. Aber aufgrund deiner guten Beziehungen als Bezirksrat und so weiter, hast du das — wenigstens was mich betrifft — wieder abbiegen können.“

„Sei froh, daß ich’s können hab.“

„Weil deine Ehre sonst befleckt worden wär, nicht als Vater, sondern als Mann, der mit Ämtern so überladen ist, daß nichts anderes gelten darf.“

Das war schon ein bißchen mehr, als der Rucker mit seiner sonst unerschütterlichen Ruhe zu ertragen bereit war. Aber mit übermenschlicher Beherrschung hielt er sich zurück. Sah seine Handfläche wohl an, legte sie aber dann an die Stelle, wo die Menschen das Herz zu haben pflegen. Was er mit dieser Hand im Sinn gehabt hatte, das brauchte er nicht zu erläutern. Schon machte Barbara sich bereit, ihm die Wange darzubieten und nahm sich vor, nicht aufzuschreien, soviel der Schläge es auch sein mochten. Ganz heroisch kam sie sich dabei vor, Schläge um der Liebe willen auf sich zu nehmen.

Der Rucker aber schob seine Hand in die Hosentasche. Er senkte den Kopf, nicht schuldbewußt, sondern vor Traurigkeit, daß ein Kind, von dem er gemeint hatte, daß es gleich seinen Geschwistern ehrfurchtsvoll zu ihm aufschaute, ihm so respektlos entgegengetreten war. Das war wie eine Revolution, und er wußte im Augenblick nicht, welche Maßnahmen er dagegen ergreifen sollte.

„Geh jetzt“, sagte er schließlich.

Barbara machte eine scharfe Wendung auf dem Absatz und ging. Der Rock schwang dabei um ihre schlanken Beine, als hätte ihn der Bergwind erfaßt. Sie ging gar nicht einmal zornig weg und schloß die Türe ganz sacht, als habe sie soeben die Stube eines Kranken verlassen, dem man alles Laute ersparen müsse.

Der Rucker starrte auf die geschlossene Türe und zum erstenmal dämmerte etwas in ihm, als habe er in seinem Leben etwas verkehrt gemacht. Er hatte um Ämter gerauft und gestritten, hatte sie erstritten und darüber vergessen, daß er auch Kinder hatte. Und von den nie so richtig besessenen Kindern hatte ihm heute eines die Meinung gesagt. Es wäre bloß noch wissenswert, ob die andern auch die gleiche Meinung hätten und innerlich in Aufruhr waren.

Vielleicht wußte da die Mutter Bescheid. Er ging in die Küche, in der Frau Therese am Herd stand und mit einer großen, zweizinkigen Gabel knusprige, braune Schmalznudeln herausstach und sie in ein großes Sieb legte, damit das Fett noch ablaufen konnte. Ihr Gesicht war ein wenig gerötet von der Hitze des Herdes.

„Sag einmal, Theres", begann der Rucker und setzte sich auf die kleine Bank neben dem Herd, „bist du auch der Meinung, daß ich mich zu wenig um die Kinder gekümmert habe?"

Die Ruckerin drehte langsam den Kopf zu ihm hin. Wenn ihre Liebe zu ihm in den langen Ehejahren sich schon auf sandigen Nebengeleisen verlaufen hätte, wäre es jetzt an ihr gewesen, zu sagen, daß dies allerdings zutreffe. Aber sie liebte ihn noch so wie am ersten Tag, war stolz darauf, daß er der angesehene Rucker von Haid war, der mehr Verstand im kleinen Westentaschl hatte wie andere im Hirn. Sie liebte sein sicheres Auftreten, die Gewandtheit seiner Sprache, die bissige Schärfe seiner Bemerkungen, wenn ihm bei einer Versammlung einer dazwischenredete. Manchmal hatte er sie schon mitgenommen auf eine große Bauernversammlung, sie war dann ganz vorne gesessen und hatte zu ihm hinaufgeschaut auf die Bühne, wenn er wie ein von allen Gluten beseelter Prediger hinterm Rednerpult gestanden hatte und seine Worte wie ein Sturmwind durch den Saal gerauscht waren. Sie hatte sich mitreißen lassen von diesem Sturmwind, und es hatte ihr geschmeichelt, wenn hohe und höchste Herren auch ihr, der Frau dieses prächtigen Mannes, die Hand drückten. In einer leidenschaftlichen Rede, so schrieb dann anderntags die Lokalzeitung, geißelte Thomas Rucker wieder einmal die Mißstände in der Landwirtschaft und führte seinen Privatkrieg gegen die Strategen am grünen Tisch.

Nein, so einem Mann durfte man keine Zügel anlegen, man mußte ihm alles aus dem Weg räumen, was ihn hinderte, man mußte ihm zur Seite stehen, ihm helfen, ihm allen Kleinkram abnehmen. Und zum Kleinkram gehörte wohl auch die Kindererziehung.

Da ihr dies alles jetzt wieder durch den Kopf ging, vergaß sie auf seine Frage zu antworten, und erst als er sie zum zweitenmal stellte, meinte sie:

„Wie kommst jetzt auf sowas?"

„Weil mir die Barbara g'rad Sachen an den Kopf geschmissen hat, die mir zu denken geben."

„Die Barbara? Was hat sie denn gesagt?"

„Daß ich mich nie um meine Kinder gekümmert hätte und daß ich bloß meine Politik kenn' und sonst nichts."

Die Ruckerin stach eine Nudel heraus und reichte sie ihm mit der Gabel hin.

„Da, iß. Jetzt sind sie ganz frisch. Und was die Barbara da sagt, hat ja wohl keine große Bedeutung mehr. Jetzt sind die Kinder schon erwachsen."

Der Rucker legte die Schmalznudel von einer Hand in die andere, weil sie noch so heiß war. Schließlich legte er sie auf die Bank neben sich und hielt dabei den Kopf ein wenig schief auf die Frau hin gerichtet.

„Soll ich das so verstehn, daß ich mich früher, als sie noch klein waren, besser um sie kümmern hätt' sollen?"

„Vielleicht", sagte die Frau und zog die schwarze Pfanne vom Herd weg. „Aber für was war denn ich da? Du hast ja sowieso den Kopf allweil voll g'habt mit anderen Gedanken."

„Aber nicht für mich. Allweil hab ich für andere denkt und hab geholfen, wo ich nur konnte."

„Das weiß ich doch, Thomas. Ob dir's aber jemals jemand dankt?"

„Danach frag ich nicht und hab nie danach gefragt. Ich geh meinen Weg, wie er mir vorgeschrieben ist. So hab ich wenigstens bis heut gedacht. Seit mir aber die Barbara das gesagt hat, kommt es mir vor, als wär der Weg doch nicht ganz richtig gewesen."

„Geh, was regst dich denn da jetzt auf?" beschwichtigte die Frau.

„Nein, nein, es ist vielleicht schon was Wahres dran. Ganz so unrecht hat sie gar nicht, die Barbara. Wann hab ich mir schon einmal Zeit genommen für meine Kinder? Um die innere Entwicklung weiß ich überhaupt nicht Bescheid. Du vielleicht?"

„Nun ja, es ist ein jedes recht geraten."

„Das nimmt man an, und man nimmt es für selbstverständlich. Wenn ich ehrlich bin, ich kenn mich da nicht recht aus. Was geht der Lukas für Wege? Oder

der Andreas? Mit fünfundzwanzig muß der doch schon ein Mädl haben. Grad so wie der Lukas. Aber gar nichts weiß ich."

„Ja, also, zu mir kommen natürlich die Bub'n auch nicht und erzählen mir ihre Herzensangelegenheiten. Vom Lukas weiß ich bloß, daß er die Drexler Agnes nicht ungern sieht."

„Beim Drexler in Horlach meinst? Sind da nicht auch Buben da?"

„Zwei, glaub ich."

Der Rucker griff nach dem Bürstchen und streichelte seinen Bart. Er brauchte Zeit zum Nachdenken.

„Der Lukas", sagte er dann, „der müßt' sich nach einer umschaun, wo keine Buben da sind. Einheiraten müßt' er in einen Hof können, weil unsern Hof einmal der Andreas übernehmen muß. Weißt du über den gar nichts?"

Der Ruckerin schüttelte den Kopf.

„Gar nichts. Mit dem kennt man sich überhaupt nicht aus. Ich weiß nicht, ob der jemals schon einmal ein Madl gebusselt hat."

„Dann gerät er mir nicht nach und dir auch nicht", lachte jetzt der Rucker. „Wenn ich so zurückdenk, ich war zweiundzwanzig, als ich dich das erstemal gesehn hab. Auf der Hochzeit vom Bruckmaier Hans war es. Und wie wir dann zum Wein 'nuntergangen sind . . ."

„Geh, sei stad", unterbrach ihn die Ruckerin, als schäme sie sich, daß sie damals gleich Hals über Kopf in den schlanken Burschen aus Haid verliebt war und von ihm auf der Stelle lernte, wie man richtig küßt.

Der Rucker hatte das Radio angedreht, und ausgerechnet jetzt sang zwischen den Marktnachrichten eine warme Baritonstimme: „Man müßte nochmal zwanzig sein und so verliebt wie damals ..."

„Hörst es", lachte der Rucker und biß herzhaft in die Schmalznudel, die endlich abgekühlt war. „Manchmal denk ich mir auch, zwanzig müßt man nochmal sein."

Frau Therese setzte sich zu ihm auf die Bank und legte ihre Hand auf seine Schulter. Sie fragte, was viele Frauen immer zu fragen pflegen:

„Tätst dann auch mich wieder heiraten?"

Ganz offen schaute er sie an, hatte nicht lange zu überlegen.

„Ja, Theres. Mit dir fing ich wieder an. Ich hätte keine Bessere kriegen können wie dich. Und wirst es sehn, Theres, jetzt mach ich ernst. Die ganze Politik kann mich ..."

Schnell legte sie ihre Hand auf seinen Mund.

„Sei stad, Thomas. Versprich nichts, was du doch nicht halten kannst. Und ehrlich g'sagt, Thomas, mir wär es gar nicht recht, wenn dich plötzlich keiner mehr wählen tät."

Sie lehnte dabei ihren Kopf an seine Schulter. Draußen lugte die Sonne durch einen Wolkenspalt und warf ein breites Band herein durch das Küchenfenster. Frau Thereses Schläfenhaar glänzte silbern dabei auf, und dem Rucker dünkte in diesem Augenblick, daß wohl auch er ein wenig schuld habe an dem frühen Schläfengrau der Frau.

*

Nach diesen drei Regentagen war die Welt wie neugeboren. Wohl war die Blütenpracht gebrochen. Sturm und Regen hatten die weißen Blüten von den Bäumen gerissen, und was übriggeblieben, würde in der wärmenden Sonne schon Frucht ansetzen.

Die Berge waren wie reingewaschen. Nur in den Schluchten sah man noch etwas Schnee. Stumm und feierlich stand der Wald und warf seine Schatten über das Almfeld her, auf dem mit bimmelnder Glocke die Kühe des Ruckerbauern grasten.

Die Hütte war, obwohl größtenteils aus Holzbalken gefügt, ziemlich groß und glich schon eher einem kleinen Bauernhof. Sie hatte noch einen offenen Herd, der sicherlich nicht bequem, dafür aber romantisch war. Hier pflegte der Rucker, der sonst allen Neuerungen zugetan war, alte Traditionen zu bewahren. Das Dach war noch mit Holzschindeln belegt und mit Felssteinen beschwert. Auf der Rückseite stieß es fast bis zum Boden herab, was für das Einbringen des Heues besonders günstig war. Man brauchte es bloß durch eine Doppeltüre hineinzubefördern.

Das Almfeld selber zog sich auf der einen Seite bis zum Latschenfeld hinauf, auf der andern bis zum Jungwald hinunter. Über dem Latschenfeld erhob sich, breit und wuchtig, als mächtiger Felsblock die Ruckerplatte mit dem Kreuz darauf. Um dieses Kreuz flimmerte die Mittagssonne. Ein lauer Wind aus Süden fächelte in den Latschenbüschen, und die Schwalben flogen hoch. Das Wetter mußte also schön bleiben.

Vor der Hütte war eine fast fünf Meter breite Terrasse aus Holzbrettern, mit ein paar Tischen und Stühlen. Die Ruckeralm war ein beliebter Einkehrplatz für

Bergwanderer. Es gab Bier dort und Wein, Milch und Butter, Rauchfleisch und Käse.

Die Arme über der Brust verschränkt, den Kopf an die Balken gelehnt, saß Andreas Rucker auf der Bank und ließ sich von der Sonne bescheinen, obwohl er es der Bräune wegen nicht tun hätte brauchen.

Seit gestern war er nun auf der Alm, und diese Stunde des stillen Vorsichhinträumens kam ihm vor wie ein erster Urlaubstag jener Menschen, die Urlaub machen können. Vor vielen Jahren, als er noch ein Bub war, hatte ihn der Vater einmal mit dem Toni heraufgeschickt, als die Sennerin plötzlich erkrankt war. Wie merkwürdig: Auch heuer mußte wieder jemand erkranken, daß man ihn mit dem Vieh heraufschickte. Inzwischen war er aber erwachsen, und wie er so mit geschlossenen Augen an der Hüttenwand lehnte, sah er seinem Vater fast gleich. Nur die weißen Brauen fehlten. Daß ihm auch dessen Schwung und die Beredsamkeit fehlte, darüber war sich Andreas im klaren. Es drängte ihn auch gar nicht, so im Mittelpunkt der Öffentlichkeit stehen zu wollen wie sein Vater. In seinem zwanzigsten Lebensjahr hatte er ein Erlebnis, das er bis heute nicht vergessen konnte. Und gerade in einer solch stillen Stunde des Träumens stand das Bild eines wunderschönen Mädchens vor seiner Seele, das ihn die Liebe gelehrt und seine Welt in einen einzigen Sonnengarten verwandelt hatte.

Gabriele hatte sie geheißen, die zweite Tochter des Praktischen Arztes Neidhard zu Hofkirchen. Ein Kind zunächst von zerbrechlicher Gestalt, das mit Andreas die Bank der Dorfschule gedrückt und zu jener Zeit seinen Schutz und seine Hilfe gesucht hatte. Ein zartes Wesen, mit einer Stimme, die wie ein Glöcklein aus

Glas klang. Ihre Augen waren dunkel verträumt und ihr Haar von rötlich glänzender Farbe.

Lukas, sein Bruder, war in diesen Dingen schon wissender, obwohl er um ein Jahr jünger war. Lukas hatte einmal gesagt:

„Vor den Rothaarigen mußt dich hüten, Bruder. Die haben Eis in der Seele und Feuer im Blut."

Andreas hatte dazu nur gelächelt. Er konnte Gabriele doch nicht entblättern und nach dem Eis suchen oder nach dem Feuer. Ihre Kinderliebe war wie ein schöner Traum, der von Engeln ausgerichtet wurde, und alles, was aus diesem Traumwinkel ins Weltliche vorstoßen wollte, schien ihnen das Böse zu sein oder die Sünde schlechthin.

Die Almglocken läuteten so traumhaft schön vom tiefergelegenen Almgrund herauf, daß man meinen konnte, man befände sich in einer ungeheuer großen, silbernen Schale, in der sich alles sammelte an Klang und hundertfachem Echo. Und genauso läuteten in dieser sonnigen Maienstunde die Erinnerungen an längst versunkene Begebenheiten. Er wollte es gar nicht, aber Bild um Bild stieg vor ihm auf, wie wenn ihm jemand farbige Dias vor die Augen hielte. Und Andreas erinnerte sich, daß er einmal gebeichtet hatte:

„Ich hab des Doktors Gabriele geküßt."

Der alte Pfarrer Mooslänger hatte sich räuspern müssen vor Schrecken und dann geantwortet:

„Und das sagst du so einfach? Du, mit deinen fünfzehn Jahren. Wie oft hast du sie geküßt?"

„Zweimal, oder dreimal. Ich weiß es nicht mehr genau", hatte Andreas geantwortet — — —

Ja, fünfzehn Jahre war Andreas damals. Gabriele war vierzehn, und hinter der Tennbrücke des Ruckerhofes, bei der Holderstauden, hatten sie sich geküßt. Gabriele war dann konfirmiert und hernach in die Stadt auf eine höhere Schule geschickt worden, wo sie die französische und die englische Sprache erlernte und mit Eifer auf das Abitur zusteuerte, von dem er nicht wußte, wozu eine Bäuerin auf dem Weiler Haid ein Abitur brauchte. Das Abitur verdarb nach seiner Meinung den Charakter eines Mädchens, denn wenn Gabriele auf Ferien heimkam, dann war sie nicht mehr das verträumte Kind mit der Glasglockenstimme, sondern ein aufblühendes Alraunegeschöpf, dessen Stimme sich anhörte wie Raunen im Ried. Ihre Augen waren erfüllt von etwas Glanzvollem, das eben vergangen war. Sie wollte jetzt Gaby genannt sein, hatte ihre Küsse zu einer Wissenschaft entwickelt und war in allem bereit, auch ihn in das Glänzende mit hineinzunehmen.

Neunzehn war Andreas mittlerweile geworden, und er sagte jetzt nicht mehr demütig „Dankeschön" für einen Kuß, sondern spürte das Feuer in ihrem Blut. Nur das Eis in ihrer Seele spürte er nicht. Manchmal dachte er flüchtig, daß sie gar keine Seele habe. Aber er verlor sich trotzdem an sie, war wie berauscht von der Wildheit, mit der sie ihn begehrte. Wenn er dann zuweilen erschreckt oder erstaunt innerlich vor dem zurückweichen wollte, was sie die menschliche Freiheit in allem nannte, oder die Absage an jede Autorität, dann hatte sie ihn aus ganz schmalen Augen ansehen und sagen können:

„Du lebst hier immer noch ein bißchen hinter dem Mond, Andi."

Er hatte in sie hineingefragt und zu erforschen gesucht, wie sie denn überhaupt lebe in der Stadt, mit wem sie lebe, wer ihr diese Theorien einimpfe und wie sie sich eigentlich ihrer beider Zukunft vorstelle.

Gabriele hatte das damals noch nicht genau gewußt, sie hatte es offengelassen, und es konnte sein, daß sie sich zuerst bei ihresgleichen Rat holen wollte. Ein Jahr darauf wußte sie es dann und forderte nichts weiter von ihm, als daß er mit ihr in die Stadt ziehen solle.

Das hatte ihn aus allen Himmeln gerissen, und er hatte sie gefragt, was er denn in der Stadt solle. Dort gäbe es doch keinen Acker, keinen Wald und keine Wiesen.

Ach, Wiesen gäbe es dort immerhin, im Englischen Garten zum Beispiel, wo man sich niederlassen und zu nächtlicher Stunde zu den Sternen aufschauen könne, sofern man die Sterne überhaupt noch interessant fände. Vor allem gäbe es das Glück dort, ganz ungeschmälert. Ein Glück ohne Angst, daß ein strenger Vater plötzlich unter der Tennbrücke erscheinen könne. Jawohl, Glück in aller Bedenkenlosigkeit, das Gelöstsein von den unsichtbaren, steinernen Tafeln in einem Bauernleben, auf denen immer nur zu lesen sei: Du sollst nicht. Das wirkliche Leben aber sei anders, da heiße es: „Du sollst, du darfst, du willst und du mußt —"

Diese hochgestochenen Thesen verstand Andreas nicht. Sie stritten viel in diesen letzten Ferien, versöhnten sich wieder und prallten mit ihren Gegensätzlichkeiten hart aneinander. Zum Schluß aber stand unerbittlich ihre Forderung:

„Wenn du mich wirklich so gern hast, wie du immer sagst, dann darf es doch für dich kein Problem sein, mit mir in die Stadt zu gehn."

Natürlich hatte er das nicht tun können. Er war vielmehr der Meinung, daß dies nur eine Laune von ihr sei, denn ein vernünftiger Mensch konnte ihn doch nicht losreißen wollen von der Scholle, die zum mindesten mehr Verläßlichkeit bot als der unbekannte Asphalt. Daß Gabriele es aber wirklich ernst meinte mit ihrer Forderung, war ihm erst klar geworden, als sie ihm nach der Abreise einen nüchternen Brief schrieb, in dem sie ihm mitteilte, sie betrachte das Erlebnis mit ihm als eine Episode, die sie nun endgültig als beendet anzusehen wünsche.

Damit hatte sie ihm das Eis ihrer Seele gezeigt. Gabriele würde wohl nie begreifen, in welches Dunkel sie ihn gestoßen hatte. Er brauchte Wochen und Monate dazu, um zu begreifen, daß er mit seiner ersten Liebe in die Irre geraten war, und weitere Monate, bis er wieder zu sich selber finden konnte.

Stimmen schreckten ihm plötzlich auf. Verwundert rieb er sich die Augen, als könne er nicht begreifen, daß ihn die Vergangenheit nochmal so stark berühren würde. Aber es tat nicht mehr weh, es brannte kein Schmerz mehr in seinem Herzen, die Zeit hatte Gras über seine Enttäuschung wachsen lassen.

Über den Hang herunter kam ein Trüppchen junger Menschen, die sich nach dem Schatten der Almhütte sehnten und sich gierig über die kalte Milch hermachten, welche Andreas nebst Bauernbrot und Käse zu bieten hatte.

*

In Hofkirchen klang der Abendsegen über die frühlingstrunkenen Wiesen hinaus, als der Jäger Rupert Niggl, die funkelnde Büchse hinterm Rücken, den Dakkel Axl an der Leine neben sich, durch das stille Dorf zum Forsthaus hinausschritt.

Da und dort saßen noch Menschen auf der Hausbank. Beim Gsotmaier schrie ein Kind hinter einem Fenster im oberen Stockwerk, und der Roggler trieb gerade seine zwei Kälber durch die weit offenstehende Stalltüre.

Das letzte Häusl am südlichen Dorfrand gehörte dem Wegmacher Prechtl. Dort waren die Fenster schon dunkel. Nur aus dem kleinen Stall hörte man noch eine Geiß meckern. Von der Hausbank erhob sich eine große, stämmige Gestalt und trat an den Zaun.

„Guten Abend, Jager!"

Wie angewurzelt blieb der Jäger stehn. Dann rückte er an seinem Hütl mit der Spielhahnfeder.

„Ah, der Stettinger. Wo kommst denn du her?"

„Gell, da schaust?" Der Bursche hob die rechte Hand und zwirbelte an seinem kleinen Lippenbärtchen. Er war fast einen Kopf größer als der Jäger, mit einem länglichen, markanten Gesicht, das grau wirkte in dem dämmrigen Zwielicht des Abends. „Man hat mich um vier Wochen früher 'rauslassen —, wegen guter Führung, weißt."

„Hoffentlich führst du dich heraußen jetzt auch so gut", sagte der Jäger.

„Ja, die acht Monate reichen mir. Und die hab ich dir zu verdanken."

Der Jäger Rupert Niggl schob seine Büchse etwas weiter nach hinten und zog den Dackel zurück, der schnüffelnd seine Nase gegen den Zaun streckte. Er war nun doch ein wenig verlegen.

„Nein, Stettinger, die hast du dir selber zu verdanken. Ich hab nur meine Pflicht tun müssen."

„Ich trag dir ja nichts nach, Jager. Hoffentlich macht man es mir nicht zu schwer jetzt, ein neues Leben anzufangen."

„Wer soll es dir denn schwer machen? Und Arbeit gibt's ja überall."

„Jede Arbeit mag ich auch nicht, und als Holzknecht geh ich schon überhaupt nimmer. Das ist zu gefährlich und zu verlockend für mich. Ich kann's halt nicht vertragen, wenn mich ein Rehbock so zutraulich anschaut."

„Was dabei 'rauskommt, hast du ja erlebt. Wohnst du jetzt beim Prechtl?"

„Zunächst einmal. Hast was dagegen?"

„Mir ist das gleich, Stettinger." Der Jäger zog seinen Dackel an der Leine zurück, tippte an seinen Hutrand und setzte seinen Weg zum Forsthaus fort. Der Förster Nagl wartete bereits auf ihn, weil er am andern Tag seinen Urlaub antreten wollte.

Der Jäger machte seine Meldung, nahm den Tabaksbeutel, den ihm der Förster reichte, und füllte daraus seine kurze Pfeife. Dann fiel ihm noch ein: „Was ich noch sagen wollte, der Stettinger ist wieder da."

„Ja, ich hab es gehört. Man hat ihn früher entlassen. Ich hab dem Hias schon Bescheid 'naufgeschickt in die Jagdhütte."

„Er sagt, er will ein neues Leben anfangen."

„Recht wär's", meinte der Förster. „Aber warten wir es ab, wenn am ersten Juni die Bockjagd aufgeht, ob er es dann nicht wieder krachen läßt. So — und in der

Mappe da, da sind die schriftlichen Sachen. Erledige bloß, was unbedingt sein muß, das andere legst auf die Seite, bis ich zurückkomme. Und jetzt laß uns 'nüber in die Stub'n gehn, die Frau hat uns was zum Essen hergerichtet."

Währenddessen schlenderte Florian Stettinger langsam durch das Dorf, grüßte da und dort freundlich über den Zaun, blieb auch einmal stehen und ließ sich bemitleiden, denn in den Augen dieser Dorfmenschen war er ja kein Verbrecher, der aus dem Zuchthaus kam, sondern ein bemitleidenswerter Mensch, den eine unglückselige Leidenschaft auf falsche Wege geführt hatte. Florian Stettinger hatte auf die Wege nie sonderlich geachtet, zumal sie einen im Wald und in den Bergen ziemlich in die Irre führen können und genau dorthin, wo unverhofft dann ein schlanker Sechserbock aus dem Jungholz tritt.

Aber das war jetzt vorbei. Das hatte er sich geschworen. Zu lange war ihm alles geglückt, bis der Jäger Rupert Niggl ihn am Morgen des Pfingstsonntags im vergangenen Jahr gestellt hatte.

Jawohl, nur aus dem Gefängnis kam er, dieser Florian, ein Kavaliersdelikt war es für die einfachen Bauersleute. Hatte er etwa auf einen Menschen geschossen? Nein, nur auf Wild ist er gegangen, und die Menschen hatte er durch beharrliches Schweigen gedeckt, die er zu seiner Entlastung mit hineinziehen hätte können. Den Kirchenwirt zum Beispiel, der ihm so manchen Rehbock abgekauft, und vor allem die Rucker Barbara, in deren Sennhütte er so manches verborgen hatte.

Aber das war jetzt alles vorbei. Der schlaue Fuchs, dieser Rucker, hatte, sobald er's bei seiner Heimkunft erfahren, die Barbara nicht mehr auf die Alm geschickt. Hier mußte der Florian ein bißchen vor sich hinlächeln. „Barbara“, dachte er laut vor sich hin. Er kannte seine Barbara besser. Der Rucker hätte sich schon was anderes einfallen lassen sollen. Mit der Verbannung seiner Barbara von der Alm schuf er zwar unvermeidliche Umständlichkeiten, aber diese Liebe ließ sich nicht verbieten, und wenn er um ganz Hofkirchen einen Zaun von drei Metern Höhe hätte ziehen lassen. Nur Väter von vorgestern konnten noch der Meinung sein, daß man zwei sich liebende Herzen so einfach trennen könne.

Der Heimgekehrte fand das weiterhin belächelnswert, stand vor der weitgeöffneten Bogentüre des Kirchenwirts, durch den man in den kühlen, gewölbten Flur gelangte, von wo aus die Türen zu den übrigen Gasträumen führten.

Es war noch ein bißchen zu früh, die Nacht war noch nicht schützend genug über dem Dorf und dem Weiler Haid. Und wenn Florian es recht bedachte, wie oft hatte er sich den Augenblick vorgestellt, wieder in der Freiheit, die erste Maß kühlen Faßbieres genußvoll in sich hineinlaufenlassen zu können.

Bei seinem Eintritt in die Gaststube empfing ihn lautes Hallo. Und es kam ihm vor, als sei er erst gestern in dieser vertrauten Runde gesessen, obwohl gestern um diese Stunde die Zellenschlüssel noch gerasselt hatten.

Mein Gott, war das ein Genuß, nach jenen Monaten nun endlich wieder einen Maßkrug in der Hand zu halten, mit dem herrlich weißen Schaum, der sich wie ein sanfter Hügel über den Rand erhob.

„Jetzt Gurgel, mach dich auf was gefaßt“, sagte Florian, setzte den Krug an die Lippen und trank ihn zur Hälfte leer. „Das war was Gutes."

Er hätte an diesem Abend essen und trinken können, soviel er nur wollte. Diese Menschen hier waren ihm zugetan, und es war nicht zu vermeiden, daß er ein Weniges erzählte aus seiner Zeit hinter den grauen Mauern des Amtsgerichtsgefängnisses. Dabei wirkte es besonders eindrucksvoll, daß ihm selbst die Aufseher im Gefängnis eine gewisse Achtung bewiesen und ihm mancherlei Vorteile verschafft hatten. Sie kamen eben auch aus dem Volk, und nur die Uniform hatte ihnen zu ihrer kleinen Macht verholfen. Diese Macht aber wollten sie niemals gegen den Häftling aus den Bergen anwenden, der doch nie aufsässig und für sie eben nur ein von seiner Leidenschaft irregeleiteter Mensch war, dem bloß das Geld fehlte, um ungestraft über Kimme und Korn nach einem Zwölfender zu schaun, wie die Reichen, die sich eine Jagd leisten konnten. Für sie war Wilderei kein unehrenhaftes Verbrechen, und es tat ihnen wahrscheinlich selber im Herzen leid, daß ein naturverbundener Waldmensch die Zelle mit einem Warenhausdieb, einem Bauern, der jahrelang die Milch gewässert hatte und einem jungen Sittenstrolch teilen mußte, weil entweder das Gefängnis viel zu klein war oder die Straftaten in dieser zwielichtigen Welt erheblich zugenommen hatten.

Sie saßen rings um den runden Tisch, hatten den Kopf in die Hände gestützt und lauschten begierig, was die dunkle, monotone Stimme des Heimgekehrten aus der düsteren Welt hinter den hohen Mauern zu erzählen wußte. Etwas von dieser grauen Welt war noch in seinem Gesicht, dem so lange das Licht gefehlt hatte, und es brauchte offensichtlich viel Wind und Sonne, um wieder so braungetönt zu werden, wie man es einmal gekannt.

„Man sagt allweil“, erinnerte sich der Zauner Wastl, „daß Einsperren einen Menschen nicht besser, sondern ihn im Umgang mit andern Verbrechern eher schlechter macht.“

Florian sah ihn groß an, dann griff er wieder nach seinem Bierkrug.

„Mag sein, daß es beim einen oder andern zutrifft. Ich jedenfalls rühr’ kein Gewehr mehr an.“

Die Uhr in der Gaststube zeigte die zehnte Stunde. Florian stellte den leeren Krug zurück, behielt ihn aber in der Hand, als die Kellnerin nochmal einschenken wollte.

„Nein, nichts mehr. Und du, Zauner Wastl, wenn du mich noch einmal Verbrecher nennst, dann schlag ich dich so, daß du acht Tag im Bett bleiben mußt.“

Dann warf er ein Geldstück auf den Tisch und griff nach seinem Hut.

„Geh, Florian, heut bist doch zechfrei“, sagte der Kirchenwirt und wollte ihm das Geldstück wieder in die Tasche schieben.

„Nein, ich brauch mir nichts schenken lassen. Und jetzt gut’ Nacht beinander.“

Florian ging über den Dorfplatz. Im schwankenden Licht der Glühbirne, die an einem dicken Drahtseil, das über den Platz gespannt war, baumelte, bewegte sich sein Schatten über das grobe Kopfsteinpflaster, als schwanke er selber, so, als ob er einen Rausch hätte.

Florian lachte vor sich hin. Von zwei Maß Bier einen Rausch? Früher hatte er sechs bis zur leichten Anheiterung gebraucht, heute aber spürte er die zwei Maß schon ein bißchen.

*

Ruhig und ganz in Stille gehüllt lag der Ruckerhof zu Haid unter dem Licht der Sterne.

Florian kam den Fußweg herauf, verhielt vorsichtig beim Pflanzgarten und schaute zu den dunklen Fenstern hin. Nur sein eigenes Herz hörte er klopfen. Es klopfte ängstlich und bang, wie bei einem Schulkind, das seine Aufgabe nicht gemacht und den Rohrstecken des Lehrers zu fürchten hatte.

Ja, so ähnlich war ihm zumute. Acht Monate sind eine lange Zeit für ein Mädchen wie Barbara, und er wußte nicht, ob in der Zwischenzeit nicht ein anderer ihr den Kopf verdreht hatte. Immerhin, auf diese Stunde hatte er gewartet wie ein Kranker auf die Genesung. Nicht das Eingesperrtsein allein hatte sein Herz oft so bedrückt, sondern nur die Sehnsucht nach Barbara.

Matt schimmerten die umgestülpten Milchkübel auf der Hausbank, und mit leisem Plätschern rann das Wasser aus dem eisernen Rohr in den Brunnentrog.

In dieser idyllischen Geborgenheit der kargen Sternennacht schlief Barbara den tiefen, gesunden Schlaf der Jugend und hörte nicht das leise Klirren der Fensterscheiben unter den kleinen Kieselsteinen. Erst als ein größerer Stein gegen die Scheiben schlug, schreckte sie auf, sprang aus dem Bett zum Fenster hin und sah den stummen Schatten im Hof unten stehn. Und sofort wußte sie, von wem und wozu sie durch dieses Steinchenwerfen gerufen wurde. Nur mühsam unterdrückte sie einen Freudenschrei. So groß und so schlank war sonst niemand in ihrer Erinnerung als Florian Stettinger. Freude und Angst zitterten durch ihr Herz. Angst, daß Florian ausgebrochen und dann gejagt werden würde, denn sie wußte, daß seine Zeit noch nicht abgelaufen war. Natürlich würde sie ihn verstecken, wie sie ja immer bereit gewesen war, alles für ihn zu tun.

„Ich komm", flüsterte sie hinunter und kleidete sich hastig an.

Florian trat wieder zurück zum Gartenzaun. Der Rosmarin duftete betäubend, und die verspäteten Pfingstrosen wiegten sich leicht auf ihren Stengeln im Nachtwind. Es schien ihm eine Ewigkeit zu dauern, oder er hatte das Maß verloren für die Zeit, die ein Mädchen brauchte, um wenigstens notdürftig bekleidet in die Nacht hinauszutreten, nachdem behutsam die hintere Stalltüre geöffnet und wieder geschlossen worden war.

Damen hätten auch in dieser Situation zuerst noch etwas Puder auflegen, die Lippen schminken und die Brauen nachziehen müssen für so eine Begegnung. Barbara aber war keine Dame, sondern ein ganz unkompliziertes Bauernmädchen, voller Natürlichkeit und trotzdem mit wachen Sinnen, die nicht erst fragen mußte: Wieso und warum heute schon? Der Geliebte war einfach da, aus irgendeinem Grunde war er einfach früher da als erwartet.

Nein, sie fragte nicht, warum er früher gekommen sei. Es war so wunderbar, daß er da war und sie gerufen hatte. Sie legte ganz einfach ihre schlanken, nackten Arme um seinen Hals und empfand sofort, wie ihn die Monate ohne Liebe und Zärtlichkeit ausgehungert hatten.

„Komm“, sagte sie dann und schob ihren Arm in den seinen. Erst hinter dem kleinen Backofen, der schon lange nicht mehr benützt wurde, machten sie halt. Die Fliederbüsche waren schon im Verblühen. Rotdorn und hohe Brennessel wucherten hinter dieser abgebröckelten Mauer, und unweit davon floß ein kleiner Bach vorüber.

Dort erst fand Barbara den Mut, ihn zu fragen:

„Warum bist du da? Bist du ausgerissen, Florian?“

Er schüttelte nur den Kopf, mußte sie immerzu ansehen. So schön, so kraftvoll, so eigenwillig und so zärtlich hatte er sie in seiner Erinnerung behalten und so war sie in seinen Träumen gewesen.

„Du kannst es mir ruhig sagen, Florian. Ich werde dich verstecken, in meiner Kammer. Es schickt sich gerade, daß Susanne nicht da ist.“

„Warum, wo ist die Susann?“

„Operiert hat sie werden müssen. Es kann noch vierzehn Tage dauern, bis sie heimkommt. Und dann — wir werden schon einen Weg finden, Florian.“

„Nein, ich bin nicht ausgerissen“, sagte er dann. „Man hat mich bloß um vier Wochen früher entlassen.“

Lachend schmiegte sie sich wieder in seine Arme.

„Manchmal haben auch die hohen Herrn einen vernünftigen Gedanken. Sie werden es gewußt haben, daß ich mich fast krank gesehnt hab’ nach dir.“

„Ist das wahr, Barbara?“

„Hast du es denn nicht gespürt, Florian?“

Der Bach plätscherte so vertraulich. Die Rotdornhecke duftete, und einmal gurrte ganz leise ein kleiner Vogel im Traum. Sie lagen auf der warmen Erde, Barbaras Arm lag hinter dem Nacken Florians und er hatte ihr Gesicht in die Hand genommen und sagte ihr mit der Einfalt eines Kindes, daß er sie in keiner Minute vergessen hatte und sie immer noch mit der gleichen Kraft liebe. Er sagte dies noch ein zweites und drittes Mal, mit derselben Einfachheit, wie in einer stillen Beschwörung, und Barbara wußte, daß in ihm neben dieser Liebe zu ihr nichts anderes Platz hatte. Ihre Wange lag an seiner Schulter, ihre Hand lag auf seinem Haar. Sein Haar war rauh und grätig, noch nicht wieder voll nachgewachsen von der Schur, die eben auch, wie der Blechkübel, zu den Erniedrigungen in den Gefängnissen gehörte. Aber Barbara wußte, und sie war selig darüber, daß sein Haar wieder nachwachsen, weich und seidig werden würde.

Und abrupt, wie sie sich oftmals gezeigt hatte, fragte Barbara mitten in der Liebkosung:

„Und wo bist du nun untergeschlupft, Florian?"

„Beim Wegmacher Prechtl haben sie mich aufgenommen."

„Allweil sind es die Armen, die sich erbarmen", sagte Barbara und fügte gleich hinzu: „Ich hätt' dich natürlich auch aufgenommen."

Das war zunächst einen Kuß wert. Aber gleich darauf erschien wie eine Wolke ein Bündel Faltenstriche auf seiner Stirn.

„Wenn du noch auf der Alm wärst. Aber das hat uns ja der Rucker vermasselt."

„Und was wird jetzt aus uns zwei werden, Florian?" Sie schmiegte sich wieder an ihn. Ihre Zärtlichkeit kannte keine Grenzen. Sie hatte das Gefühl, daß sie ihn für die langen Monate entschädigen müsse. „Sag jetzt nichts", bat sie. „Laß uns jetzt bloß darüber glücklich sein, daß wir uns wieder haben."

Die Wolke auf seiner Stirn verwehte.

„Eins weiß ich, Barbara", sagte er langsam und wie zu sich selber. „Ich werde nie mehr ein Gewehr anrühren."

„Darum wollte ich dich bitten. Wir werden schon einen Weg finden, Florian."

„Wir, ja. Aber dein Vater wird uns den Weg verbauen."

Einen Augenblick schwieg sie, legte sich straff auf den Rücken und sprach wie vom Blatt mit leidenschaftsloser Monotonie alles heraus, was sie sich in der ganzen Zeit schon zurechtgelegt hatte.

„Ich hab gewartet auf den Tag, bis du wieder kommst. Nochmal so eine Trennung, nein, Florian, das halt ich nicht aus. Und unser Leben wird das sein, was wir aus ihm machen. Mein Vater, ja, ich weiß, er wird versuchen, uns auseinanderzubringen. Aber dann wird er merken müssen, daß ich genauso einen harten Schädl hab wie er, und vor allem, daß ich mündig bin und mich nimmer ducken will."

Halb auf den Ellenbogen gestützt, bewunderte er ihr Gesicht, die fast wilde Entschlossenheit in ihren Zügen, die Falten des Trotzes auf ihrer Stirne. Mit leichten Fingern strich er darüber hin und ließ sich dann mit wehmütigem Seufzer zurückfallen.

„Ach, Barbara, wenn ich bloß nicht gar so arm wär. Ich hab vielleicht nicht mit dem nötigen Ehrgeiz im Leben gestanden. Gewildert hab ich, ja. Aber was hab ich schon gehabt davon? Den Nutzen haben andere gehabt. Ich bin dafür gesessen. Was hab ich jetzt davon?"

„Mich hast du doch", antwortete Barbara mit einer Selbstverständlichkeit, daß er nach ihrer Hand fassen mußte, als wolle er, daß wenigstens ein Teil von ihrer Kraft und ihrem Willen auf ihn überströme.

„Ja, dich hab ich, das weiß ich jetzt wieder. Und glaub mir, Barbara, ich werd' arbeiten von früh bis in die Nacht hinein, ich werd alles anpacken, was mir in die Hände kommt und . . ."

„Du vergißt, Florian, daß mir der Vater mein Heiratsgut auszahlen muß, wenn wir heiraten."

„Heiraten?" Er starrte sie an, als habe er sie nicht verstanden. „Da wird noch viel Wasser den Bach hinunterlaufen müssen. Aber du bist ein wunderlieber Kerl, Barbara."

„Und du bist ein wundersamer Narr, Florian."

„Dein Narr mag ich herzlich gern sein, Barbara."

Noch war es Nacht. Und die Liebe maß die Zeit mit leichten Fingern, bis hinter den östlichen Bergen etwas widerzuscheinen begann, was nicht mehr Sternenlicht, sondern schon Ahnung des Tages war. Barbara hob ihre Hand gegen die schüchterne Helle im Osten.

„Ich glaub, Florian, der Tag will kommen."

„Viel zu früh, Barbara. Was soll ich mit dem Tag anfangen ohne dich."

„Dich nochmal ausruhen von allem, was dir Last gewesen ist in all den Monaten. Und am Abend komm wieder. Bis dahin laß ich mir dann einfallen, wie es mit uns zweien werden soll."

„Darf ich mir auch was einfallen lassen?"

„Es kann gar nicht genug sein, Florian. Wir werfen alle unsere Gedanken in einen Korb, du darfst dann ziehn, und was dabei herauskommt, wollen wir als den Weg betrachten, den wir gehen müssen. Laß mich nur machen, Florian."

Noch einmal riß sie seinen Kopf heftig zu ihrem

Mund herunter, und so in die Fürsorge ihrer Liebe eingebettet, kam es ihm vor, als wolle sie ihn abschirmen gegen alle Not, die ihn noch bedrängte. Ja, Barbara war in dieser Stunde stärker als er. Aber von so viel Wollen mitgerissen, würde auch er wieder den Sinn des Lebens begreifen und mit ihr Schritt halten, auch wenn der Weg noch so schmal und steinig sein mochte.

*

Der Rucker fuhr mit seinem Wagen über den Stachus die Kaufingerstraße hinunter in Richtung Krankenhaus rechts der Isar. Er war an diesem Nachmittag bis zum Hals hinauf angefüllt mit Zorn, denn er hatte vormittags bei der Sitzung im Landwirtschaftsverband wieder heftig zu streiten gehabt. Man hatte ihn niederzuschreien versucht, aber wenn es drauf ankam, dann trat der Rucker aus seiner eisernen Ruhe heraus und konnte noch besser brüllen. Er war nun einmal ein verschworener Gegner dieses neuen Planes. Vielleicht durchschaute er das Ganze noch nicht richtig. Ihm dünkte nur, daß da an der althergebrachten Ordnung gerüttelt wurde, daß etwas geschehen sollte, was insbesondere gegen die Kleinbauern gerichtet war.

Im Krankenhaus sprach er zunächst im Sekretariat vor und wollte endlich einmal eine Zwischenrechnung haben, denn so wie er es sich ausrechnete, war da insgesamt ein ganz schöner Betrag fällig. Die Rechnung brauchte er, um etwas Fühlbares in die Hand zu bekommen und es denen zeigen zu können, die da immer meinten, sie müßten ihm seine „enormen“ Spesen vorhalten. Dann konnte er endlich sagen: „Seht, was mich die Sache mit Susanne kostet. Und siehst du, Susanne, wie teuer ich dein Leben zurückkaufen muß." Natürlich würde er das nicht sagen, aber er dachte es eben so nüchtern.

Als er das Krankenzimmer betrat, zeigte er ein Lächeln, denn Susanne erzählte ihm, aufrecht im Bett sitzend, daß sie heute bereits drei Stunden im Park spazierengehen habe dürfen und daß sie wahrscheinlich in einer Woche endlich wieder daheim sei.

Er setzte sich auf den Stuhl neben dem Bett, zog eine schmale Pralinenschachtel aus seiner Joppentasche und legte sie auf das Nachtkästchen neben ein Buch mit dem Titel: „Die Liebe der Lady Hamilton." Es tat gut, so in der Stille zu sitzen jetzt und die Beine von sich zu strecken. Er griff nach seinem Bartbürstchen, bürstete mit Hingebung über seine Oberlippe und erzählte dabei:

„Beinah wär mir einer ins Auto gefahren."

„Ja, gib nur immer obacht, Papa."

Er hob den Kopf mit einer ruckartigen Bewegung.

„Seit wann sagst denn du Papa zu mir?"

Die Susanne sagte, daß dies weiter nichts zu bedeuten hätte. Sie lese nur zur Zeit sehr viel, und da sei es ihr halt so 'rausgerutscht. Im Grunde genommen sei es ja wohl das gleiche, Papa oder Vater. Und als sie noch ganz klein war, da habe sie zuerst wohl auch Papa gesagt, oder nicht?

„Wenn ich mich recht erinnere, ja", gab er zu und sah dann erst den mächtigen Nelkenstrauß auf dem Fensterbrett stehen. Mindestens zwanzig blutrote Nelken waren es.

„Wo hast du denn die Nelken her?“ fragte er neugierig.

Die Susanne mußte zuerst ein wenig husten, bis sie sagen konnte, eine Patientin aus dem Nebenzimmer, die gestern entlassen worden sei, habe sie ihr dagelassen. Sie sagte das ganz ruhig, ohne dabei rot zu werden.

„So, so, aha. Daß ichs nicht vergeß: Der Kirchenwirt Xandl hat mir gestern für dich einen schwarzen Preßsack mitgegeben.“

„So?“ sagte Susanne gedehnt und wie gelangweilt, als wüßte sie gar nicht, wer der Kirchenwirt Xandl sei.

„Wenn es wenigstens frische Weißwürst gewesen wären“, sprach der Rucker weiter. „Aber einen schwarzen Preßsack.“

„Eine Maurerbrotzeit“, meinte die Susanne.

„Ich hab den Preßsack dem Rasso gegeben.“

Darüber konnten sie beide lachen. Und dann mußte der Rucker ungehemmt vor seiner Tochter das wiederholen, worüber er am Vormittag im Landwirtschaftsverband so heftig gestritten hatte. Die Tochter war eine gute Zuhörerin. Sie bewunderte ihn vielleicht nicht mehr ganz so wie in früheren Tagen, war aber klug genug, ihm nicht zu widersprechen, weil ihm doch, wie er sagte, heute im Verband schon dauernd widersprochen worden war. Im übrigen hatte Susanne selber genug zu denken und fand weder Zeit noch Muße, den ihr unbekannten Herrn mitzuhassen, der den Vater geärgert hatte, zumal ihre Seele gerade das Gegenteil von Haß erlebte, nämlich die Liebe. Die Liebe in einer reinen, geläuterten Form, die nicht mit einem Klumpen schwarzen Preßsacks erworben sein wollte, sondern mit einem prächtigen Strauß blutroter Nelken.

Die Liebe kam vom andern Flügel herüber, wo die

chirurgische Abteilung für Männer lag und wo man einen gewissen Bernhard Kronauer nach einem Autounfall mühsam wieder soweit zusammengeflickt hatte, daß er auf seinen Krücken im Krankenhausgarten drunten der schlanken Susanne begegnen konnte. Er sagte, daß dies für ihn eine schicksalhafte Begegnung sei und hatte dies mit den einundzwanzig roten Nelken bekräftigen wollen. Außerdem hatte er Susanne das Buch gebracht, damit sie auch das Abgründige im Leben kennenlerne.

Kaum hatte der Rucker das Krankenzimmer verlassen, kam vom andern Flügel der junge Berhard Kronauer herübergehumpelt und setzte sich auf den Stuhl, der vom letzten Besuch noch gar nicht kalt war. Er war der Sohn eines Pappkartonfabrikanten, Sprößling einer recht reichen, angesehenen Familie, wo man wahrscheinlich die Brauen hochgezogen hätte über das Zusammensein der beiden jungen Leute. Und dies mit Sicherheit noch hochmütiger und verständnisloser, wenn ihnen ihr Bernhard versichert hätte, daß es diesmal kein leichter Flirt wäre, sondern eine ganz ernste Sache, mit der man sich abfinden müsse.

„Du bist gerade um zwei Minuten zu spät gekommen, sonst hättest du meinen Vater noch angetroffen", sagte Susanne.

„So?" meinte der junge Mann und lächelte etwas süßsauer. „Lieber nicht. Mit meinen Krücken mach' ich noch keinen besonderen Eindruck. Ist übrigens die Abendvisite schon bei dir gewesen?"

„Nein, noch nicht."

„Wir werden sie hören, wenn sie im Nebenzimmer sind. Dann verschwinde ich vorübergehend. Wie weit bist du mit dem Buch schon?"

„Auf Seite zweihundertzwölf."

Dann unterhielten sie sich zunächst über den Lord Nelson und seine schöne Emma, eben diese Lady Hamilton, und Bernhard versprach, ihr noch ein weiteres Buch zu bringen mit dem Titel: „Mit den Augen einer Frau."

Er wußte, was ihm da das Schicksal in den Weg geführt hatte. Das Unverfälschte im Wesen Susannes verzauberte ihn und eröffnete ihm die Perspektiven einer unverdorbenen Mädchenseele, von denen er bisher keine Ahnung hatte.

Susanne wiederum fühlte sich gleichsam herausgehoben aus ihrer Bauernwelt und dachte, wie wundersam der liebe Gott ihr Geschick doch lenkte. Krankwerden hatte sie müssen, um dem Wunder der Liebe zu begegnen. Im andern Falle wäre sie jetzt auf der Alm droben, würde die braungefleckten Simmentaler Kühe melken und warten, ob vielleicht am Sonntagnachmittag der Kirchenwirt Xandl den Weg zur Alm herauf finden würde.

Du lieber Gott, wenn sie da einen Vergleich anstellte. Wie Licht und Schatten war das. Der Xandl konnte ihr stundenlang erzählen von einem Stier, der sich fehlgeschlagen habe und wieviel Schaden dabei für einen Metzger herausspringe. Für den Bauern nicht, der sei ja versichert. Die Leidtragenden seien immer die Metzger. Oder er hielt ihr einen Vortrag über die Geheimnisse eines ungarischen Gulaschs, wie es nur seine Mutter, die Kirchenwirtin, zubereiten könne. Ziemlich scharf, mit viel Paprika, weil das Durst mache.

Dieser Bernhard Kronauer hingegen sprach von der Liebe als Himmelsmacht und von der Gewalt, die sie über den Menschen ausüben könne, wie sie ihn verwandeln, erhöhen oder erniedrigen könne. Er führte Susanne in eine für sie noch fremde Welt ein und sagte ihr, daß sie sich davor nicht zu fürchten brauche. Die Ecken, an denen sie sich eventuell stoßen könnte, die werde er schon abrunden. Angst sei überhaupt etwas Dummes, er meine, die Angst vorm andern Menschen.

Auch an diesem Abend versuchte Bernhard, ihr jede Angst auszureden.

„Ich weiß schon“, sagte er, „du hast große Angst zum Beispiel vor meinen Eltern. Das ist aber ganz unbegründet, Susanne. Mein Papa ist sogar ein recht gemütlicher Mensch, wenn er gerade nicht vom Geschäft redet. Und die Mama, na ja, die sticht schon zuweilen der Hafer des Hochmuts. Aber jeder Hafer ist noch in die Scheune gekommen. Die Hauptsache werden immer ich und du sein.“

„Ja, Hartl“, flüsterte Susanne und streichelte über seine Hand, die schmal und gepflegt war. „Wirklich Angst hab ich auch nur, wenn ich nächste Woch' heim muß.“

Bernhard wollte sich eine Zigarette anzünden, aber dann dachte er noch rechtzeitig an die Visite, die noch nicht durchgekommen war, und steckte die Schachtel wieder weg.

„Es gäb da schon etwas, womit man Fieber erzeugen könnte“, meinte er. „Und mit Fieber lassen sie dich nicht heim.“

Susanne dachte ein bißchen nach, dann schüttelte sie den Kopf.

„Nein, Hartl, der Vater muß sowieso viel zahlen jetzt für mich. Das darf ich ihm nicht antun.“

Draußen im Gang hörte man Schritte und Stimmen, dann das Schließen einer Türe. Die Abendvisite war nebenan, und Bernhard nützte die Gelegenheit, um seine Zigarette draußen im Gang zu rauchen.

Der Rucker aber fuhr um diese Zeit bereits in Richtung Hofkirchen, und der Abend lag schon mit all seinen Schatten über dem Weiler Haid, als er den Hof erreichte.

Er kam gerade zum Abendessen zurecht, das sie auf dem Ruckerhof an heißen Sommertagen stets im Freien vor dem Haus einnahmen. Des großen, roten Sonnenschirms bedurfte es um diese Zeit nicht mehr. Er lehnte in der Ecke bei der Feuermauer zwischen Stall und Wohnhaus.

Der Rucker war jetzt zufrieden, seinen Hunger stillen zu können, und außerdem fühlte er sich in diesem Kreis geborgen nach der Hetze des Tages und all dem erlebten Ärger.

Zunächst berichtete er von seinem Besuch im Krankenhaus und sagte, daß die Susann wahrscheinlich in der nächsten Woche wieder heimkomme.

„Und wie war's sonst?" fragte endlich Frau Therese, weil sie wußte, wie brennend er auf diese Frage wartete.

„Ärger, wie gewöhnlich."

„Der Lackermaier wieder?"

„Ja, der auch." Und dann war er bereits wieder mitten im Erzählen, wobei er voraussetzte, daß ihm alle aufmerksam zuhörten. Das jedoch tat nur die Frau allein. Der alte Knecht, der Toni — man hatte festgestellt, daß er einer der Letzten seines Zeichens in der Gegend war —, warf in einer kleinen Pause ein, daß er schon zu alt sei und von diesen ganzen Wirtschaftsfragen überhaupt nichts verstünde. Der Lukas schaute zwischen Beißen und Kauen immer wieder zu den Bergen hinauf, über denen noch etwas rötliches Abendlicht zitterte, und dachte an seine Brieftauben, von denen ihm eine seiner besten von einem Flug aus Freiburg her nicht mehr zurückgekommen war. Die Barbara aber dachte, es ist nicht gut, wenn der Vater so verärgert ist, denn was ich ihm heut' noch sagen will, wird ihn auch nicht besonders freuen. Aber sie wollte und konnte es nicht aufschieben. Der Vater indessen war in seinen Rhythmus hineingekommen und kam mit dem Ausmalen seiner Erlebnisse erst zu Ende, als Barbara begann, die leeren Teller aufeinanderzustellen. Die Mutter sprach ein kurzes Dankgebet, und kaum war das Amen gesprochen, sagte die Barbara:

„Kann ich hernach mit dir noch unter vier Augen was besprechen, Vater?"

In ihrer Stimme war so etwas Bestimmtes, fast Forderndes, daß er unwillkürlich den Kopf ein wenig zur Seite legte, wie immer, wenn er einen Angriff im Bezirkstag oder sonstwo erwartete.

„Muß das heut noch sein? Hat das nicht Zeit bis morgen?"

„Nein, heut noch", sagte die Barbara.

„Dann komm hernach ins Stüberl."

Aus gesenkten Brauen heraus schaute er ihr nach, wie sie mit dem Stoß Teller im Arm im Haus verschwand. Dann richtete er seinen Blick auf die Frau.

„Weißt du vielleicht, was sie will?"

„Ich kann mir's nicht denken. Zu mir hat sie nichts gesagt."

Der Rucker bürstete zuerst sein Bärtchen noch, dann stand er auf.

„Hoffentlich dauert es nicht zu lang, ich bin nämlich müde."

Gelangweilt blätterte er dann in der Post, die man ihm auf den Schreibtisch gelegt hatte. Post bekam er, für einen Bauern, jeden Tag eine Menge. Durch den Luftzug spürte er, daß die Türe geöffnet worden war, und drehte das Gesicht.

„Ah, da bist du ja schon, Barbara. Also, was gibt es?"

„Ich tät mich ganz gern niedersetzen und in aller Ruh' mit dir reden, Vater", sagte die Barbara.

„Da ist der Stuhl oder dort ists Kanapee." Er selber blieb am Schreibtisch gelehnt stehen und steckte zwei Finger seiner rechten Hand in das Westentascherl. „Daß ich es vorweg noch sag, Barbara, Ärger hab ich heut schon genug gehabt, falls du die Absicht hättest, mich auch noch zu ärgern."

Die Barbara spürte, wie ihr die Kehle ein bißchen eng wurde, obwohl sie sich vorgenommen hatte, überhaupt keine Angst zu haben. Aber wenn man den Rukker so am Schreibtisch gelehnt stehen sah, die Arme über der Brust verschränkt, den Kopf leicht zurückgelehnt, wirkte er wie ein geballtes Bündel Kraft und Willen.

„Das liegt ja jetzt ganz an dir allein, Vater, ob du dich ärgerst oder nicht."

Gottlob, die Stimme wirkte nun freier, hatte sich losgelöst aus der Enge, und es klang nicht viel anders als bei einem Kind, das beim Jahrmarkt einen Luftballon begehrt, als die Barbara jetzt sagte:

„Ich will heiraten."

Der Rucker rührte sich kaum, nur über seine linke Braue zuckte es ein bißchen hin. Doch seine Stimme klang ruhig:

„Wie alt bist jetzt, Barbara?"

„Zweiundzwanzig", antwortete sie, schon ein wenig

trotzig, als wolle sie mitklingen lassen: In dem Alter kannst du es mir nicht mehr verbieten. Aber daran dachte der Rucker gar nicht. Er brauchte nur ein bißchen Zeit jetzt, drehte sich um und nahm sich eine Zigarre aus einer Kiste, die auf dem Schreibtisch stand.

„Wann?"

„Soweit ich im Bilde bin, dauert so ein Aufgebot bei der Gemeinde und im Pfarrhof drei Wochen."

„Vierzehn Tage. Und wenn man ein bißl nachhilft, geht's auch mit acht Tagen. Aber —" er schaute sie plötzlich scharf an — „so wird es doch nicht pressieren, oder?"

Die Barbara löste jetzt ihre Hände auseinander, die sie bisher verschlungen im Schoß gehalten hatte, und strich die Falten ihrer Schürze glatt. Dann sah sie den Vater voll und offen an.

„Das kommt jetzt ganz auf dich an, Vater, und unter Umständen ..."

„Was heißt auf mich?" Er biß die Spitze seiner Zigarre ab. „Und was heißt unter Umständen? Bist am End' in Umständen?"

„Nein."

„Na also dann. Vielleicht darf ich jetzt schon bald erfahren, wo der Hof liegt und wie der Mann heißt." Er riß ein Zündholz an und stieß ein paar blaue Wolken gegen die Decke. Solange, bis der Rauch sich dort unter den Balken hinkräuselte, wartete Barbara. Dann sagte sie ganz ruhig:

„Der Mann hat keinen Hof und heißt Florian Stettinger."

Wieder zuckte es über die Braue des Ruckers hin. Dann legte er die Zigarre behutsam in den Aschenbecher. Ihm war der Appetit darauf vergangen. Dann kam es wie ein zischender Laut aus seinen engen Lippen:

„Den Zuchthäusler? Nie!"

„Im Zuchthaus war er nicht. Bloß im Gefängnis. Der Unterschied sollte dir nicht fremd sein."

Das saß, und dem Rucker lief die Stirn rot an. Ohne Zweifel hatte Barbara ihn aufgeschreckt.

„Wie du dich bloß traust, das zu verlangen! Und daß du annimmst, ich könnt zu sowas ja sagen."

„Du kennst ihn nicht, Vater. Der Florian ist ein anständiger Mensch. Auch wenn er gewildert hat. Doch hätten auch die andern eingesperrt werden müssen, die den Hauptnutzen davon gehabt haben."

„Aber auch du, denn du hast ihm Unterschlupf gegeben und im Keller unserer Alm Wildbret versteckt. Ja, du hättest auch eingesperrt gehört, dann wärt ihr einander wenigstens wert."

Die Barbara senkte den Kopf. Nur nicht weinen jetzt, dachte sie, obwohl sie die Tränen innen hochsteigen spürte. Sie wollte sich nichts erweinen und nichts erbetteln.

„Er hat geschwiegen und niemand belastet", sagte sie dann. „Aber das zählt ja nicht, wie mir scheint. Man hat ihn früher entlassen, weil er sich gut geführt hat. Das zählt aber wahrscheinlich bei deinesgleichen auch nicht."

„Was heißt hier meinesgleichen", fuhr der Rucker jetzt wütend auf. „Vergiß nicht: Ich bin dein Vater und bitte mir einen anderen Ton aus."

Von da an dachte Barbara, daß er nur gegen die Wand hinreden solle. Ihr Entschluß stand jedenfalls fest.

„Es wäre ganz gut, Vater, wenn du weniger schreien

würdest. Aber — im Grunde genommen ist es ja gleich, ob du nun schreist oder mir in Güte zureden möchtest, zu ändern ist nichts mehr. Ich werde den Florian heiraten. Um Erlaubnis brauch ich dich ja nicht mehr zu fragen. Nimm also bloß nochmal zur Kenntnis, daß wir heiraten werden."

„Und von aufgeschmalzner Wassersuppe leben?"

„Darum sorg dich nur nicht. Wir sind jung und können arbeiten."

Die Barbara stand jetzt so heftig auf, daß der Stuhl hinter ihr umkippte. Sie streckte die schönen, schlanken Arme. „Da schau her. Das ist alles Kraft, und daß ich arbeiten kann, das wirst mir ja wohl nicht abstreiten können."

„Fragt sich nur, für welchen Zweck du deine Kraft verschwenden willst. Aber vergiß nicht, du kommst aus dem Vollen, und es wird dir schwer genug ankommen, so ganz nach unten zu steigen. Mit leeren Händen ist schlecht was anzufangen."

Die Barbara warf den Kopf zurück, und sie erinnerte ihn in diesem Augenblick an ein junges, feuriges Fohlen, das den Kopf in den Wind hebt. „Ich denke, daß mir der Vater mein Erbteil auszahlen sollte."

Schweigen. Man hörte im Hintergrund die eiserne Stalltüre zuschlagen. Barbara sah, wie der Vater die Zigarre, die ihm ausgegangen war, in der Faust zerquetschte. Dann hörte sie sein Lachen, kalt und bös, von Zorn geschüttelt.

„Also du bist doch ein raffiniertes Biest. Das hat dir wohl der Zuchthäusler eingeredet? Das könnte dem Kerl grad so passen, diesem Taugenichts, diesem Lumpen. Kein Gesetz und kein Mensch kann mich zwingen, dir ein Erbteil auszuzahlen. Da mußt schon warten, bis ich sterbe, und selbst dann werd ich mir vorher noch etwas einfallen lassen, damit ich dich enterben kann."

Barbara war blaß geworden. Mit dem hatte sie wirklich nicht gerechnet. Wieder drückte die gewaltsam die Tränen zurück, riß all ihren Willen zusammen und mühte sich, ihrer Stimme ruhigen und festen Klang zu geben.

„Gut, wie du meinst. Betteln werd ich dich nicht."

„Was wirst du sonst tun?"

„Dir und allen beweisen, daß es auch ohne deinen Segen und dein Geld geht."

„Dann schau zu, wie es geht. Geh jetzt und reg mich nicht noch mehr auf."

Barbara war schon bei der Türe, drehte sich nochmal um. In ihrem Blick war jetzt doch etwas wie unendliche Trauer.

„Ich könnte es so auffassen, Vater, daß du mich 'rauswirfst — auf der Stelle. Aber ich will mir nicht nachsagen lassen, daß ich unter der Heuernte weggelaufen wäre. Und die kann — wenn das Wetter so bleibt, nur mehr acht Tage dauern."

„Ach, mach doch was du willst!" brüllte der Rucker auf, als sei er weidwund geschossen worden. Nachdem die Türe sich geschlossen hatte, überkam ihn etwas wie Bedauern. Und das Gefühl, soeben ein Kind verloren zu haben, das schmeckte bitter wie Wermut. Hätte Barbara es vielleicht anders versuchen sollen? Bei dieser Überlegung erinnerte er sich, daß ihm eigentlich keins seiner Kinder jemals schmeicheln hatte können. Die Susann vielleicht, die überhaupt weicher geartet war. Immerhin hätte Barbara ihn auch mit Schmeicheln nicht erweichen können, ihm das Jawort abzujagen zu einer Heirat mit einem Menschen, der ihm einfach nicht lag.

Eine ganze Weile saß er dann noch auf dem Kanapee, das Gesicht in die Hände gestützt, und grübelte über dieses Gespräch nach. Dabei kam er zu der Erkenntnis, daß wahrscheinlich auch ein anderer seines Ansehens keine große Lust verspüren würde, zu einem Schwiegersohn ja zu sagen, dem der muffige Geruch von Gefängnismauern anhaftete.

Um aber mit seiner Meinung nicht länger allein sein zu müssen, ging er hinüber zu seiner Therese, die bereits im Bett lag, aber noch nicht schlief.

„Was war jetzt?" wollte sie wissen und rückte ein wenig zur Seite, daß er sich bei ihr auf die Bettkante setzen könne. Er aber trat ans Fenster und starrte hinaus. Es war inzwischen Nacht geworden und man sah die Mondsichel zwischen einem Gewimmel von Sternen. Ohne sich umzudrehen fragte er:

„Hast du das gewußt?"

„Was soll ich gewußt haben?"

„Daß die Barbara den Wilddieb — ich weiß den Namen gar nicht mehr — aber sie will ihn heiraten."

„Das darf doch nicht wahr sein!"

„Es ist aber wahr. Ich kenne meine Kinder zwar nicht genau, immerhin so gut, daß sie sich nichts mehr ausreden lassen, wenn sie sich etwas in den Kopf gesetzt haben."

„Das haben sie nicht gestohlen, Thomas."

„Ach so, du meinst, sie haben's von mir?" Er drehte sich um und setzte sich aufs Fensterbrett. „Dann hätten sie auch meine Einsicht erben können, mit der ich jeder Narretei aus dem Weg gegangen bin."

„Stettinger heißt er doch?" fiel Frau Therese ein.

„Natürlich heißt er so. Aber den Namen will ich in diesem Haus nicht hören. Oder möchtest du gleich gar sagen, ich hätte nicht recht gehandelt, weil ich g'sagt hab, zu dem Zuchthäusler kann ich nie und nimmer ja sagen?"

„Das grad nicht, aber was soll jetzt werden?"

„Das muß sie wissen, nicht ich. Gehn will sie und ihn trotzdem heiraten. Aber das kann ich erwarten, daß sie eines schönen Tages angekrochen kommt und drum bettelt, daß sie wieder ins Haus darf. Du hättest sie bloß sehn sollen, wie sie vor mir gestanden ist. Frech sag ich dir. Ihr Erbgut hat sie verlangt. Daß der andere was hätte zum versaufen!"

„Ja, das geht natürlich auch nicht", klagte die Frau und spürte fast schmerzhaft, daß sie in eine tiefe Not getrieben wurde; denn immerhin war sie Mutter, mit allen Regungen einer sehr guten Mutter, die keins ihrer Kinder hinausstoßen wollte. Vielleicht war die Barbara auf einem Irrweg. Aber konnte man ihr den nicht in Güte ausreden?

„Hast ihr denn den Irrsinn nicht auszureden versucht?" fragte sie.

In der Dunkelheit, die in der Kammer herrschte, konnte man nicht sehen, wie wütend er seinen Lippenbart bürstete. Dazwischen lachte er auf.

„Die und sich was ausreden lassen? Das versuch nur du. Mich wundert überhaupt, daß sie nicht zuerst mit dir gesprochen und gleich mich überfallen hat."

„Zu mir hat sie bloß gesagt, daß der — ja, jetzt weiß ich's wieder, Florian heißt er — daß der Florian um vier Wochen früher entlassen worden ist, wegen guter Führung."

„Ja, das sind ja diese Subjekte. Wenn sie die Obrigkeit spür'n, dann ducken sie den Nacken und spielen in brav. Du brauchst aber doch nicht glauben, daß einer, der einmal drin war, sich gebessert hätte. Das können wir noch erleben, daß der wieder 'nausgeht und zusammenschießt, was ihm vor den Lauf kommt. Na ja, sie soll ihren Schädel nur durchsetzen, wenn sie meint. Um so reumütiger kommt sie dann zurück."

So schlecht kannte der Rucker seine Tochter Barbara.

Die stand um diese Stunde hinter dem Backhaus bei den Rotdornbüschen neben dem Mann, den ihr Vater einen Taugenichts und Lumpen genannt hatte. Und wenn man einen Menschen derart schlechtmachte, dann war es nicht bloß ihr Recht, sondern auch ihre Pflicht, ihm zu beweisen, daß sie anders dachte, daß sie an ihn glaubte, daß sie ihm vollends vertraute und jetzt erst recht bereit war, alle Zärtlichkeiten an ihn zu verschenken, damit er nicht lauter Graues und Dunkles sah, sondern auch das Licht, das von liebenden Händen für ihn entzündet wurde.

*

Seit drei Tagen regnete es ohne Unterlaß, und es war gerade so, als ob die Welt ertrinken wolle, mit allem Leid, das sie zu tragen hatte.

Über den Hochwald hinauf ratterte der Traktor des Ruckerbauern. Verdrossen hockte der Lukas unter dem dichten Verdeck, die kurze Pfeife zwischen den Zähnen, das Steuerrad nur in einer Hand. Das Wasser rann an den seitlichen Scheiben herunter und klopfte monoton auf das imprägnierte Segeltuch.

Lukas war auf dem Weg zur Alm, die Erträge dort abzuholen. Die Fahrt hatte sich wegen der Heuernte um acht Tage verschoben, und meistens fuhr ja auch der Rucker selber hinauf. Aber der war wieder einmal irgendwo zur Hagelschadenschätzung. In einem Korb hintendrauf hatte er Wäsche für den Andreas eingepackt, auch Lebensmittel hatte die Mutter noch dazugetan, vor allem Brot und Rauchfleisch.

Als er aus dem Wald hinauskam, sah er die Almhütte am Hang kaum liegen, so tief hingen die Wolken. Der Regen strömte, an den einzelnen Krüppelföhren auf dem Almfeld riß der Wind, und der Bach war bereits über sein Bett hinausgetreten.

Andreas war froh, daß jemand zu ihm in die trostlose Einsamkeit kam, denn bei solchem Wetter waren auch keine Touristen unterwegs, die auf der Ruckeralm einkehrten.

„Was gibt es Neues drunten?" war seine erste Frage an den Bruder, kaum daß er hinter dem Tisch Platz genommen hatte.

„Gar nicht viel", antwortete Lukas, kratzte mit der Spitze seines Messers den kleinen Pfeifenkopf aus und füllte ihn wieder mit grobem Tabak. „Meine weiße Brieftaube ist nimmer zurückgekommen", sagte er dann. Dies schien ihm das Wichtigste zu sein.

„Die weiße?"

Lukas nickte und zündete die Pfeife an. „Die war unter Brüdern ihre zweihundert Mark wert."

„Hast ja noch ein halbes Dutzend davon."

„Aber keine weiße mehr."

Andreas schob ihm den Brotlaib hin und holte Käse aus dem Kasten.

„Habt ihr 's Heu schon daheim?"

Lukas nickte, schnitt den Käse in kleine Brocken und schob sie auf der Messerspitze in den Mund.

„Wie geht es der Susann?“ wollte Andreas wissen, und Lukas wurde allmählich gesprächiger.

„Jetzt ist sie wieder daheim. Stell die vor, die überspannte Henne sagt auf einmal Papa und Mama.“

Andreas schüttelte den Kopf.

„Wie kommt sie denn auf sowas?“

Lukas hatte sich darüber seine eigene Theorie entwickelt und meinte: „Die Susann hat einen Haufen Inflazionen gekriegt.“

„Infusionen, meinst?“

„Ist ja gleich wie ’s heißt. Eine Menge fremdes Blut hat sie gekriegt, sagt sie, und das wird das ihrige verwässert haben.“

„Das wird nicht ganz stimmen“, lächelte Andreas. „Ist der Vater daheim?“

„Ah woher denn. Der ist seit drei Tag wieder einmal unterwegs beim Hagelschätzen. Stimmt das, daß auf der Fritznalm heuer die Erika wirtschaftet?“

„Du, das kann ich dir nicht einmal sag’n. Ich bin bis heut von unserer Alm noch nicht wegkommen.“

Lukas war nun fertig mit der Brotzeit, wischte das Messer an seiner Lederhose ab und steckte es wieder in die Scheide. „Hast du eigentlich Buttermilch in deinem Blut?“ fragte er dann.

„Wie meinst denn das?“

„Weil du nicht einmal weiß, ob die Erika in deiner Nachbarschaft ist. Sowas müßtest du doch wissen.“

„Interessiert mich gar nicht.“

„Na ja“, gab Lukas zu. „Sie ist zwar keine Schönheit, aber man muß ja nicht so genau hinschaun, und bei der Nacht war auch meine weiße Brieftaube schwarz.“ Er zündete seine Pfeife wieder an. „Vielleicht fahr ich heimzu über die Fritznalm.“

„Das ist mir gleich. Nimmst's Geld auch mit? In den letzten Wochen ist viel Betrieb gewesen da. Schmalz hab ich bloß ein paar Kübel voll da und zwei Laib Käse."

Sie trugen die Sachen hinaus und verstauten sie auf der kleinen Ladefläche hinten am Traktor.

„Falls ich heut' nicht heimkommen sollt — daß du dich nicht verplapperst — vielleicht bleib ich auf der Fritznalm über Nacht."

„Brüderl, Brüderl, wirst du überhaupt nimmer gescheit?" scherzte Andreas.

„Warum denn?"

„Vorhin hast grad selber g'sagt, daß die Erika keine Schönheit wäre."

„Eben deswegen. Grad die weniger Schönen sind die Dankbarsten. Die brauchen die Liebe am notwendigsten."

Lukas stieg auf den Traktor. Es regnete immer noch in Strömen, und der Wind rauschte über das Latschenfeld. Im Wegfahren schon fiel es Lukas gerade noch ein:

„Das hätt' ich jetzt bald vergessen: Die Barbara ist abgehauen daheim."

„Waaas? Und das fällt dir jetzt erst ein?"

„Na ja, so wichtig ist ja das auch wieder nicht."

„Ja — warum? Und — wo ist sie denn hin?"

„Den Stettinger Florian möcht' sie heiraten. Und weil der Vater dagegen war, ist sie einfach auf und davon. Grad daß wir's Heu noch 'reingebracht haben. Also, Servus, Anderl."

Der Traktor sprang an und rumpelte über den schlechten Weg in den Wald hinein bis zur Kreuzung, wo dann nach rechts hinauf ein Almweg abzweigte zur Fritznalm. Dort hielt Lukas nochmal an und begann das Orakel an seinen Joppenknöpfen zu fragen: „Soll ich, soll ich nicht?"

Er sollte, sagte ihm das Orakel. Lukas legte den ersten Gang ein und fuhr den steilen Pfad hinauf, dann wieder in eine Mulde hinein, in der die Fritznalm lag.

Nein, eine Schönheit war sie gerade nicht, die Fritzn Erika. Ein bißl arg mager und lang, mit einer Zahnlücke oben links und einem Kropf. Darum trug sie stets, auch bei der Hitze, einen hochgeschlossenen Spenzer, und wenn sie lachen mußte, dann hielt sie immer die Hand vor den Mund. Dabei wäre diesen Äußerlichkeiten leicht abzuhelfen gewesen. Ein paar Sitzungen beim Zahnarzt, der saubere Schnitt eines Chirurgen am Hals, und schon sähe sie anders aus. Gegen die Einfalt allerdings half kein chirurgischer Eingriff. Nicht daß sie dumm gewesen wäre, nein, keineswegs, sie war sogar sehr praktisch veranlagt und doch sträflich vertrauensselig. Wenn ihr jemand einen Schmus vormachte, dann nahm sie das für bare Münze. Vor allen Dingen aber war sie die einzige Tochter des Fritznbauern von Langöd und würde einmal den prächtigen Hof erben.

Als der Lukas vorfuhr, stand sie gerade hinter den Fensterscheiben und schaute in den Regen hinaus. Jäh schoß ihr eine Röte ins Gesicht und sie trat schnell vor den Spiegel, ihr Haar zu ordnen. Haar hatte sie übrigens ein recht schönes. Nußbraun war es und paßte gut zu ihren großen, hellen Augen. Im Fasching hatte sie der Lukas einmal zum Wein geführt und die Litanei seiner üblichen Sprüche heruntergerasselt.

Die Erika trat unter die Türe, als Lukas hielt und schlug die Hände vor der Brust zusammen.

„Ist das die Möglichkeit? Bei dem Wetter kommst du zu mir?"

„Ja, da kenn ich nichts. Bei schönem Wetter kann jeder kommen. Und hab ich's dir nicht versprochen auf dem Trachtenball im Fasching, daß ich einmal käm?"

„Nach Langöd hast du gesagt, kämst. Und ich hab allweil gewartet. Aber das macht ja nichts, jetzt bist ja da."

„Ja, jetzt bin ich da", sagte Lukas vom Traktor herunter und brachte einen seiner schmachtenden Blicke an. Sie war braungebrannt und hatte ein bißchen was angesetzt um die Hüften herum. „Ja sag einmal, was machst denn du bloß? Du wirst ja allweil schöner."

„Ah geh. Das sagst ja bloß so", kicherte die Erika. Dabei sah er etwas blitzen, und er hakte gleich ein.

„Ich glaub gar, du warst beim Zahnarzt?"

Jetzt getraute sie sich zu lachen und sie konnte sehr herzlich lachen. „Ja, da war ich, weil mich die Lücke allweil geärgert hat." Sie deutete auf den goldenen Stiftzahn. „Frag aber nicht, was das gekostet hat. Die nehmen es auch vom Lebendigen. Verlangt der unverschämte Kerl zweihundert Mark für das Bröckerl Gold."

„Was tät da ich sagen? Mir ist meine weiße Brieftaube ausgeblieben. Die ist auch zweihundert Mark wert. Aber den Zahn muß ich mir schon genauer anschaun."

„Ja, geh weiter, komm rein. Es ist so schön warm herinnen."

Lukas fuhr den Traktor unter das weite Vordach, dann betrat er die Hütte, begrüßte die Erika mit übertriebener Herzlichkeit und wollte nun unbedingt ihren Goldzahn sehn.

„Schaust gleich nochmal so schön aus", lobte er.

„Hoffentlich wackelt er nicht, wenn ich dir ein Bußl geb."

„Der hält schon", versicherte die Erika. Und nach dem Kuß sagte sie wieder: „Nein, daß du bei dem Wetter zu mir kommst. Magst was essen jetzt, Lukasl?"

„Das hat noch Zeit. Zuerst wird jetzt einmal richtig geschmust. Du glaubst es gar nicht, Erika, wie oft ich gedacht hab an dich!"

„Und ich erst. Das darf ich dir gar nicht sagen."

„Mir darfst alles sagen, du herziges Schnackerl. Komm, setzen wir uns dort auf das Lager."

Die Hütte war nicht so großräumig wie die Ruckeralmhütte. Auch nicht so modern. Aber das gab vielleicht gerade das Trauliche, das Gemütliche, die warme Geborgenheit in jedem Winkel.

Scheinbar hatte die Erika Hunger, weil sie wieder damit anfing. „Ein abgelagertes, bratiges Rindfleisch hätt' ich da. Magst vielleicht einen Rostbraten, Lukasl?"

„Mit recht viel Pfeffer", scherzte er und rüttelte sie wieder an Hüften und Schultern. „Aber es pressiert doch noch nicht, Herzerl."

„Ja länger du dableibst, desto lieber ist mir's ja", meinte sie. „Na ja, daß ich halt nicht in die Nacht hineinkomm', weißt', denn —" er drückte sie wieder fest an sich — „denn über Nacht möchtest mich ja doch nicht behalten."

Die Erika antwortete nicht darauf, schmiegte nur ihr feuerrot gewordenes Gesicht an seinen Hals und flüsterte ihm ins Ohr: „Daß du bei dem Wetter zu mir gekommen bist!"

Das sagte sie im Lauf des Abends noch ein paarmal. Er half ihr beim Melken, warf Streu hinter die Kühe, weil man sie bei diesem Regen nicht auf das Almfeld treiben mochte, und kehrte dann den Futtergang zusammen.

Darüber wurde es dann Spätabend. Die Dunkelheit kam, und der Regen klopfte noch schwerer aufs Schindeldach. In der Hütte zündete Erika die alte Petroleumlampe an und legte ein paar Buchenscheite ins offene Feuer.

„Ich komm' wir vor wie im Paradies", sagte Lukas, während sie den saftigen Rostbraten aßen. Hernach langte er zum Fenster hinaus und zog die Fensterläden zu.

*

Sorgenvoll schaute Andreas nach dem Wetter aus. Zu regnen hatte es seit gestern aufgehört, aber das Gewölk wollte sich immer noch nicht lichten. Erst am andern Morgen war dann der Himmel auf einmal wie ausgekehrt. Keine Wolke war mehr da, und die Sonne lachte herunter, als wolle sie sagen: „Da seht ihr es, wie traurig die Welt ist, wenn ich mich einmal auf ein paar Tage versteck'."

Ja, es war höchste Zeit, denn am Samstag war Johannis und da sollten nach uraltem Brauch auf den Bergen die Sonnwendfeuer brennen.

Auch Andreas fing an diesem Tag gleich an, dürres Reisig und Holz auf die Kuppe zu tragen. Immer höher wurde der Haufen. Der Lukas brachte ein paar volle Bierfässer herauf, und der Jäger Rupert Niggl kam mit einem halben Reh, das man zum Ragout verwenden sollte, denn wenn es wieder so wurde wie in den Jahren vorher, kamen mindestens an die dreißig Personen zum Johannisfeuer.

Wenn nur das Wetter schön blieb! Die Fritzn Erika betete jeden Tag drei Vaterunser darum, denn Lukas hatte ihr versprochen, daß er mit ihr übers Johannisfeuer springen werde. Darauf richtete sie ihre ganzen Erwartungen, denn in einer alten Sage hieß es, daß, wenn ein Bursche mit einem Mädl übers Johannisfeuer springe, die Hochzeit dann nicht mehr allzufern sei.

Sie hielt viel von alten Sagen und Bräuchen, der Lukas wiederum gar nichts. Brieftauben waren ihm viel wichtiger. Aber die Erika, na ja, so übel war sie auch wieder nicht. Er konnte ja das Heiratsfähnchen ein bißchen flattern lassen und es dann wieder einrollen, wenn es gefährlicher wurde.

Der vierundzwanzigste Juni, der am Kalender den Namen des Lieblingsjüngers St. Johannis anzeigte, ließ sich am Morgen noch gar nicht so schön an, nachdem in der Nacht ein heftiges Gewitter durch das Tal gedonnert hatte. Erst so gegen zehn Uhr verzogen sich die letzten, grauen Wolkenfetzen. Die Sonne begann sich in dem kleinen Hofkirchner See zu spiegeln, und die Berge bekamen wieder das helle, durchsichtige Blau, wie es die Bauern gern hatten, wenn das Wetter für längere Zeit schön bleiben sollte.

Die Menschen, und das waren hauptsächlich die jungen Menschen, meinten dann, an diesem Johannistag wolle die Sonne überhaupt nicht mehr untergehn, obwohl doch nichts so verläßlich ist auf dieser Erde wie der Gang der Sonne. Doch dann kam das Abendrot mit mildem Glanz. Auf einmal begann die Natur, eins ihrer Wunder auszuspielen. Wie aus dunklen Schatten heraus zog sich Farbenprächtiges zu den Gipfeln hinauf, scharlachrot, gemischt mit Violett, helles und dunkles Blut floß ineinander, dazwischen züngelten wieder goldene Streifen. Darüber war der Himmel fast ziegelrot gewölbt. Ein Naturschauspiel von unvergleichlicher Schönheit bot sich den staunenden Menschen, ein Alpenglühn, wie man es nur ganz, ganz selten einmal zu sehen bekam.

Auf der Ruckeralm hatten sie Bänke und Tische aufgestellt. Das übernahm nach einer alten Überlieferung der Kirchenwirt von Hofkirchen. Der Xandl bereitete Bratwürste auf einem Eisenrost überm Holzkohlenfeuer. Ferner gab es Rehragout und Schweinswürstl mit Kraut. Das erste Bierfaß war bereits angezapft, und der Reischl Pankraz spielte unentwegt auf seiner Ziehharmonika.

Als aber dann so plötzlich das Alpenglühn aufkam, verstummte jedes Geräusch, und die Menschen starrten hinauf zu dieser Farbenpracht, die einfach mit nichts zu vergleichen war. Die Fritzn Erika faltete unterm Tisch schon wieder die Hände zusammen und lispelte leise für sich hin:

„Laß, o Herr, beim Alpenglühn
das Herzl meines Liebsten blühn ...“

Jawohl, die Erika hatte für jede Gelegenheit ihr Sprüchlein bereit. Wo er nur wieder blieb, der Lukas! Die Bratwürste wollten ihr gar nicht mehr schmecken. Aber dann gab es ihr plötzlich einen Stich. Sie mußte Augen wie ein Luchs haben, daß sie den Schatten sofort erkannte, der sich von unten herauf dem Almgatter näherte. Sie schob den Pappteller weg, auf dem noch ein Bratwürstl lag, und rannte auf den Zaun zu.

„Ja, weil du nur da bist, Lukasl. Wo steckst denn so lang?“

„Bin schon da“, sagte er gemütlich und schob die Ungestüme mit dem Ellbogen ein wenig zurück. „Doch nicht vor den Leuten.“

Da erst sah Erika, daß ein paar Sommerfrischler in seiner Begleitung waren und schaute dann recht brav zu dem ersterbenden Alpenglühn hinauf, das jetzt nur mehr ein kleines Spiel von Kupferrot und Violett war, bis es dann innerhalb einer Minute gänzlich erstarb und man nur mehr das feine Gitterwerk der Sterne sah, das sich unbemerkt über den Himmel gespannt hatte.

Je dunkler es wurde, desto mehr Menschen kamen heran und stiegen gleich zur Kuppe hinauf, einer Fläche von etwa hundert Meter Durchmesser, umkränzt von brusthohen Latschen, die sich über den Hang hinaufzogen.

Da — auf einmal, weit weg auf einem fernen Gipfel — ein gelblicher Punkt, als sei ein mächtiger Stern heruntergefallen, der sich dann jäh in eine steile Fackel verwandelte. Das erste Bergfeuer flammte auf.

„Jetzt wird es Zeit“, sagte Andreas und machte sich ebenfalls zur Kuppe auf. Er sah bereits eine Menge um den Holzstoß versammelt, aber es war keins der Gesichter mehr zu erkennen. Erst als er den Öllappen anzündete und in den Holzstoß warf, schoß eine jähe Flamme empor und beleuchtete ringsum die Gesichter mit grellem Schein. Die Funken sprühten, glühten ein wenig im sanften Nachtwind und fielen als Goldregen verlöschend ins Latschenfeld.

Ringsum war nun alles hell erleuchtet. Da und dort schien ein Gipfel zu brennen anzufangen. So weit das Auge sehen konnte entzündeten sich die Bergfeuer und loderten in den nächtlichen Himmel hinauf, den Menschen heute nur mehr zur Freude und Ergötzung, wo sie einmal Fanale zur Erhebung gewesen sein mochten. Zu Andreas Hofers Zeiten etwa, wenn die Flammenzeichen die Bauern zum Kampfe riefen.

In diesem hellen Licht sah der Rucker Andreas unter den vielen Menschen ein Gesicht, das er schon vergessen zu haben glaubte. Mit langen Haaren, die ihr beiderseits der Wangen herunterhingen, eine Zigarette in der Hand, saß sie auf einem Rasenbuckel und schaute ihm direkt ins Gesicht. Neben ihr hockte eine Blondine, auch nur mit einer dunklen Samthose und einem roten Pulli bekleidet. Jetzt stieß Gabriele die andere an und flüsterte ihr etwas zu, worauf diese ebenfalls zu ihm herübersah. Andreas fielen besonders die großen Augen auf und und der weichgeschwungene Mund. Sie mochte um einige Jahre jünger als Gabriele sein, und schien im gleichen Milieu zu leben, in jenem Milieu, von dem ihm Gabriele einmal gesagt hatte, daß es Glück in aller Bedenkenlosigkeit und Losgelöstsein von allen Fesseln bedeute. Nach diesem Gesetz schien sie zu leben, denn etwas war erloschen an ihr: das Strahlende, das Zeichen der Unverdorbenheit.

Beinahe fröhlich nickte Andreas vor sich hin. Er spürte nichts mehr in seinem Herzen, es tat nichts mehr weh.

Die Musik spielte, der Reischl Pankraz schien seinem Instrument alle Töne auf einmal herauslocken zu wollen. Da jubelten die Klarinettstimmen und orgelten die Bässe. Was doch so eine Ziehharmonika alles in sich barg! Die ersten Paare begannen um das Feuer herum zu tanzen. Langsam war die Flamme niedriger geworden, und als erster sprang der Schonauer Franzl mit der Huber Brigitte durch das Feuer. Ihm folgten immer mehr Paare. Nur der Rucker Lukas hatte noch keine rechte Lust. Es saß mit der Erika etwas abseits, denn mit dem Niederfallen des Feuers breiteten sich ringsum immer mehr die Schatten.

„Magst nicht mit mir durchs Feuer springen?“ fragte die Erika.

„Wart noch ein bißl“, meinte er.

„Wenn dich friert, tu deine Händ ruhig unter mein Schürzl stecken“, meinte Erika in ihrer grenzenlosen Verliebtheit.

„Mich friert nicht. Aber Durst hätt ich.“

„Wart, ich hol dir eine Maß.“

Als sie mit dem Krug zurückkam und sich wieder nah an ihn hinlehnte, wollte sie von ihm wissen:

„Ist da was Wahres dran, daß, wenn ein Bursch mit einem Mädl in der Johannisnacht durchs Feuer springt, daß dann bald eine Hochzeit draus wird?“

Der Lukas trank einen großen Schluck und zuckte dann mit den Schultern. „Das hab ich noch nicht g'hört.“

„Aber wahr soll es sein. Meine Mutter sagt das auch allweil. Ja du, daß ich dir's sag, gestern war der Vater heroben und hat Lebensmittel 'raufbracht. Und da hab ich ihm von dir erzählt, daß du mich so narrisch gern hast.“

Dem Lukas gab es einen Riß, als ob ihn unvermutet eine Wespe gestochen hätte.

„Daß du gar so voreilig bist!“

„Ist es vielleicht nicht wahr?“

„Das schon, aber — es hat doch alles seine Grenzen und überhaupt, so eine Liebe posaunt man doch nicht gleich so laut hinaus.“

„Ich hab's dem Vater doch ganz ruhig gesagt“, versicherte die Erika.

„Was hat er denn geantwortet?"

„Es wär ihm ganz recht, hat er gemeint. Die Ruckerbuben wärn tüchtige Schaffer. Und — bei uns könntest dich schon in ein warmes Nest 'neinsetzen, Lukasl. Bei uns sind immerhin zweihundert Tagwerk Grund dabei."

Lukas trank wieder und hatte die Stirn voller Falten. Das war alles nicht nach seinem Geschmack. Die Erika — er hätte ihr das gar nicht zugetraut — legte ihm einfach Fesseln an, die er noch gar nicht wollte. Aber es fiel ihm nichts Rechtes ein. Nur die eine Frage drängte sich ihm auf:

„Habt ihr wenigstens einen Taubenschlag?"

„Nein, noch nicht. Aber so ein Nesterl kann man doch leicht baun, oder? Wenn du schon Tauben willst."

„Brieftauben. Und das auf alle Fälle."

Als hätte der Reischl Pankraz einen sechsten Sinn oder als habe ihm der Almwind Erikas heimliche Wünsche zugeflüstert, ließ er in diesem Moment wieder seine Harmonika auftönen und spielte: „Machen wir's den Schwalben nach, bau'n wir uns ein Nest."

„Magst jetzt allweil noch nicht übers Feuer springen mit mir?" bettelte die Erika.

„Also dann, wenn du 's schon unbedingt haben willst", antwortete Lukas, stand auf und faßte sie bei der Hand. Das Feuer war schon ziemlich niedergebrannt, und die meisten Menschen hatten sich schon zur Hütte hinuntergebegen. Es war kein Wagnis mehr, durch die kleine Flamme zu springen. Danach gingen auch sie zur Hütte, wo man eine Reihe bunter Lampions aufgehängt hatte.

Auf den Höhen waren die Bergfeuer wieder erloschen. Auch auf der Kuppe gab es nur mehr ein Häuflein Glut, das zuweilen nochmal schwach aufzuckte. Ringsum stand jetzt die Nacht mit ihren Sternen. Aus dieser Nacht traten plötzlich noch zwei Menschen. Als Schattenbilder standen sie vor der Glut und sahen auf das Gewimmel da drunten bei der Hütte. Sie hielten sich bei den Händen und sprangen. Nur ein paar Funken stoben auf. Dann verschwanden die beiden wieder im Dunkel, aus dem sie gekommen, und der Mann sagte mit wehmütiger Stimme:

„Da lachen sie und tanzen, und wir zwei sind wie Verdammte."

Barbara hob ihre Hände und umschloß sein Gesicht, weil sie seine Qual mitfühlte.

„Es wird schon noch alles recht werden, Florian. Auch wenn wir im Augenblick arm sind, du darfst bloß nicht in dir selber auch noch arm werden und zu nichts mehr Vertrauen haben. Ich kann es dir nicht genau sagen, Florian, aber ich spür' es einfach, daß wir bald Boden unter die Füße bekommen."

„Ach, Barbara, wenn ich dich nicht hätte", atmete Florian in leiser Beglückung. Und es tat ihm nicht mehr weh, die schmachtenden Klänge der Ziehharmonika zu hören, bis sie im Nachtwind verwehten.

*

Es ging schon auf Mitternacht zu, aber auf der Ruckeralm dachte noch niemand ans Heimgehn. Sie tanzten auf dem freien Platz vor der Hütte, lachten und scherzten, und nur wenn die Musik einmal für ein paar Minuten aussetzte, hörte man vom tieferen Almgrund herauf die Kuhglocken läuten. Die Lampions schaukelten leicht im Wind, und zuweilen hörte man aus dem Latschenfeld herunter ein helles Mädchenlachen.

Andreas, des Trubels schon müde, saß etwas abseits der Hütte auf dem Brunnenrand, hielt die eine Hand unter den kalten Wasserstrahl und schaute die Sterne an, die sich unruhig im Wasser spiegelten.

Er spürte es mehr, als daß er es sah, wie jemand aus dem Lichtkreis der Lampions trat und auf ihn zukam. Aber erst als die Gestalt vor ihm stand, schaute er auf.

„Hallo, Andi . . .“

Ihre Stimme klang rauh, ohne jeden Schmelz. Er schaute sie ganz ruhig an, runzelte die Brauen dabei, als müsse er erst nachdenken, wer sie sei.

„Ja, Gaby?“

Sie schien enttäuscht zu sein. Immerhin hatte sie erwartet, daß er aufstehen und sie begrüßen würde. Nein, er blieb auf dem Brunnenrand sitzen, zog die Hand durchs Wasser, daß das Sternbild völlig zerrann.

„Wir haben uns lange nicht gesehn, Andi“, sagte sie dann.

„Im September werden es vier Jahre.“

„Wie genau du es noch weißt.“

„Ja, damals ist dir eingefallen, daß ich dich nicht mehr Gabriele, sondern Gaby nennen soll.“

Sie setzte sich neben ihn auf den Brunnenrand, griff in ihre Hosentasche und zerrte eine Zigarettenschachtel heraus.

„Willst du auch eine. Oder rauchst du immer noch nicht?“ Sie zündete die Zigarette an und stellte fest: „Äußerlich hast du dich kaum verändert.“

„Dafür du um so mehr. Wie kann man denn bloß in so einer Hose ’rumlaufen?“

„Erstens weil es bequem ist, zweitens weil es modern ist und drittens, weil ich es einfach will.“

„Ach so, ja. Na ja, mag sein, daß ich halt immer noch hinterm Mond lebe.“

„Das hab ich einmal gesagt, ja, ich weiß es.“ Sie lachte und warf die langen Haare in den Nacken. „Komm, sei friedlich, Andi. Erzähl mir was von dir.“

„Was gäb es da schon viel zu erzählen.“

„Komm, komm, jeder erlebt doch irgend etwas und auf seine Weise. Du kannst mir ruhig auch von deiner Geliebten etwas erzählen.“

Daraufhin erst sah er sie genauer an. Ihr rötliches Haar schimmerte im Licht der Sterne. Es schien, als ginge ein feines Knistern davon aus. Andreas meinte einen Moment, er müsse ihr loses Haar in die Hände nehmen und es im Nacken zu einem Knoten zusammenschlingen, so wie sie es früher oft getragen hatte. Aber dann spürte er, wie fremd sie ihm geworden war und daß er einem Bild nachgeträumt hatte, das es nicht mehr gab. Es war zerstört, flach und grau. Es kam kein Glanz mehr aus ihren Augen und aus ihrem rotgeschminkten Mund fielen die Worte wie rauhe Steine.

„Du wirst mir doch nicht weismachen wollen“, sagte sie, als er ihr keine Antwort gab, „daß du nach mir keine andere mehr geliebt hast.“

Er hätte eigentlich jetzt sagen müssen, daß dies die Wahrheit sei. Aber wozu sollte sie das wissen? Sogar die Erinnerungen waren zerrissen. Er zog die Hand aus dem Wasser und schwang sie hin und her, daß sie im Wind trockne. Dann sagte er:

„Was kann dich das schon noch interessieren?“

„Oh, sag das nicht. Manchmal gibt es auch in meinem Leben Augenblicke, in denen ich mich an das Vergangene erinnere. Trotzdem, ich kann es gar nicht beurteilen, Andi, ob es jemals schön gewesen ist mit uns beiden. Oder doch, ja —" unterbrach sie sich lachend — „zum Beispiel, wenn du nach einem Kuß dankeschön sagtest."

Er spürte, wie es ihm heiß über die Stirne lief."

„Ja, so ein Trottel war ich einmal. Oder ich hab tatsächlich hinter dem Mond gelebt, damals, oder vielleicht immer noch, denn — wenn ich dich so betrachte —"

„Ja, was ist dann?" Gaby trat näher heran, ihre Hand legte sich auf seine Schulter, ihre Stirne versuchte, sich an die seine zu lehnen. Ihr Atem streifte seine Schläfen. Da bog er den Kopf zur Seite und stand auf.

„Laß das bleiben", sagte er schroff. „Du bist viel weiter aus mir fortgegangen, als ich es gewußt hab."

„Und jetzt weißt du es?"

„Ja, jetzt weiß ich es."

„Du weißt einen Dreck", zischte sie.

Erschrocken sah er sie an. So ordinär drückte sie sich aus, und er spürte, daß ihn eine ganze Welt von ihr trennte.

Unwillkürlich spürte sie, daß sie sich zu weit hatte gehen lassen und versuchte einiges zu erklären, wärend sie sich eine neue Zigarette anzündete. Das Leben sei eben doch nicht so, wie man es aufgrund einer falschen Erziehung gesehen habe. Auf alle Fälle sei es kein Märchen, sondern daß es nach Taten rufe, nach Änderung des Bestehenden, das morsch und faul sei. Sie sprach von der morschen bürgerlichen Gesellschaft und gebrauchte Ausdrücke, die Andreas noch nie gehört hatte. Unmutig unterbrach er ihren Redeschwall:

„Das interessiert mich doch alles gar nicht."

„Das hätte ich mir eigentlich denken können", sagte Gabriele spöttisch und wendete plötzlich den Kopf. „Ach, da kommst du ja, Ilona. Komm her, Kleines."

So klein war diese Ilona nun auch wieder nicht. Im Gegenteil, sie war schlank und großgewachsen. Vielleicht schienen durch die engen Hosen auch ihre Beine länger. Auf alle Fälle, das fühlte Andreas sofort, schien sie in einem gewissen Abhängigkeitsverhältnis zu Gabriele zu stehen. Es klang fast bittend, als sie sagte:

„Laß mich doch auch einen Zug machen, Gaby. Ich hab keine mehr."

Gabriele steckte ihr die halbgerauchte Zigarette zwischen die Lippen und sagte dabei:

„Das ist Andreas. Ein großer Träumer, von Kind an schon."

Eine weiße schmale Hand streckte sich Andreas entgegen.

„Ich heiße Ilona Korres."

Dann schwiegen sie alle drei. Es war eine merkwürdige Situation. Ilona zog an ihrer Zigarette. Dabei erhellte sich ihr Gesicht, ein fast kindliches Gesicht, mit einem schöngeschwungenen Mund, aus dem die Stimme ganz leise, wie verzaubert kam.

„Sie war früher beim Ballett", sagte Gabriele, die dieses Schweigen als Last empfand. Dann ging sie langsam weg, in den Lichtkreis der Lampions zurück. Die zwei aber standen immer noch wie von einem Bann belegt, wie von einer magischen Kraft gezwungen, einander anzusehn. Andreas konnte einfach seine Augen von dem Mädchen nicht mehr abwenden. Er hatte noch niemals etwas gesehn, das so nach Schutz und Hilfe verlangt hätte wie dieses schmale Gesicht mit den hellen

Augen. Ein gefangenes Rehkitz, meinte er, könne so verängstigt aussehn.

Die Musik schmeichelte ihre Melodien in die sternklare Nacht, wie ein singender Traum, der vom Nachtwind in das Latschenfeld hinaufgetragen wurde.

„Wollen wir nicht auch tanzen?“ fragte Ilona.

Er legte den Arm um ihre schmale Taille. Leicht, wie eine Feder, hing sie an ihm und langsam tanzten sie auf den Platz zu, an den Tischen vorbei. Andreas kam alles ganz traumhaft vor, er meinte, daß niemand sonst da sei, nur sie beide, die Sterne und ein halber Mondscherben, der auf sie heruntersah. Und wenn sie von anderen Tanzenden angerempelt wurden, dann merkten sie es kaum. Ganz selbstvergessen hatte das Mädchen ihren Kopf an Andreas' Brust gelehnt, gerade als ob sie den Schlag seines Herzens erhorchen wolle.

Einmal tanzten sie ganz nah an dem Tisch vorbei, an dem Lukas und Erika saßen. Lukas verfolgte sie mit engen Augen. Dann pfiff er leise durch die Zähne. Sofort erwachte in Erika das Mißtrauen.

„Was gibt's denn da zu pfeifen?“

Lukas hatte schon ein bißchen viel getrunken und wollte seine Männlichkeit herauskehren.

„Ich kann pfeifen wann ich mag.“

„Gefällt dir die Hopfenstange vielleicht?“

„Gewachsen ist sie gut“, schwärmte Lukas von dem fremden Mädchen, das mit seinem Bruder so aufreizend tanzte.

„Du hast mich bloß noch nicht gesehn, wie ich gewachsen bin“, sagte sie mit weinerlicher Stimme, und Lukas wurde sofort wieder versöhnlicher, stieß sie leicht in die Seite und flüsterte:

„Vielleicht nehm ich dich heut noch genauer in Augenschein. Was meinst?“

Sie sagte nichts darauf, aber wie sie sich so eng an ihn drückte, konnte er sicher sein, daß sie damit einverstanden war.

Die Musik hatte aufgehört zu spielen, aber die beiden tanzten noch immer weiter. Der Rhythmus war in ihren Körpern verblieben, sie bewegten sich aus dem Lichtkreis der Lampions hinaus, aber auch im Dunklen schienen die Klänge der Harmonika noch zu ihnen zu kommen, obwohl sie längst verstummt war. Auf einmal legte sich eine Hand auf die Schulter des Mädchens. Gabriele war es, und ihre Stimme klang barsch:

„Wir gehn jetzt heim, Ilona.“

Die beiden blieben stehen, Andreas hatte schon ein scharfes Wort auf der Zunge, als Gabriele noch hinzufügte:

„Ja, ja, komm nur, Ilona.“ Sie ging wieder zurück, nahm ihre Jacke von einer Stuhllehne und hängte sie um ihre Schultern.

„Mußt du der gehorchen wie ein Hunderl?“ fragte Andreas.

„Ich bin Gast im Hause ihres Vaters“, sagte Ilona.

„Wie lang bist du noch in Hofkirchen?“

„Vierzehn Tage, drei Wochen, ich weiß es nicht. Warum fragst du?“

„Weil ich dich nochmal sehen möcht.“

„Vielleicht kommst du einmal hinunter ins Dorf. Beim Seewirt ist dreimal in der Woche Tanz.“

„Wie stellst du dir denn das vor? Ich kann doch die Alm nicht allein lassen.“

„Ja, dann wird es wohl so sein, daß ich zu dir kommen muß“, sagte sie mit einer Selbstverständlichkeit, als gehöre das bereits in ihr Programm. Sie reichte ihm die Hand. „Es war ein sehr schöner Abend, Andreas. Ganz anders wie so mancher Abend in meinem Leben. Möchtest du wirklich, daß ich wiederkomme?"

„Ja, komm wieder, Mädl. Und komm bald. Es wird dann nicht mehr so laut zugehen wie heut'. Ich bin dann allein und — es wird einsam sein."

„Ich war auch einmal in der Einsamkeit, Andreas."

„Jetzt nimmer?"

„Ich weiß nicht — nein, jetzt nicht mehr."

Sie begann zu gehen. Gabriele wartete bereits mit ihrer Jacke in der Hand.

„Jetzt komm doch endlich. Tschüß, Andi."

Sie faßte Ilona unterm Arm, sie verschwanden in der Dunkelheit. Nicht einmal hatte sich Ilona umgedreht, obwohl Andreas darauf gewartet hatte, daß sie nochmal zurückwinke.

Langsam erloschen die Lampions, eine nach der andern. Die letzte Maß Bier war aus dem Faß geflossen, der Reischl Pankraz packte seine Ziehharmonika in den Rucksack, und nach einer halben Stunde war Andreas allein.

Es mochte schon gegen zwei Uhr sein, so daß sich Andreas fragte, ob es sich überhaupt noch lohne, sich schlafen zu legen. In einer Stunde mußten die Sterne schon verblassen und ein neuer Tag heraufsteigen. Ein Tag wie jeder andere. Und doch und doch — Es war ihm, als sei er von etwas angerührt worden, das den Ring seiner Einsamkeit zerbrochen hatte.

Er hatte nach Jahren Gabriele wiedergesehen. Aber das war nichts, es hatte ihn kaum berührt, Gabriele war nur mehr ein grauer Schemen der Erinnerung. Dafür war etwas anderes in seinen Alltag getreten, etwas

Leuchtendes, und es war ihm, als habe es sich gelohnt, so lange in der Enttäuschung gelebt zu haben, um zu erkennen, daß ihn das Schicksal aufbewahrt habe für etwas viel Größeres.

Aber lebte denn dieses Mädchen nicht auch in Gabrieles verworrener Welt? Da lag etwas nicht offen auf der Hand, es war etwas Verschleiertes, etwas, das er nicht — oder noch nicht — durchschauen konnte. Was hatte Gabriele für eine Macht über dieses Geschöpf? Und warum war sie so gehorsam?

Gab er sich nicht überhaupt überspannten Hoffnungen hin? Was erwartete er eigentlich davon, wenn er sich so brennend wünschte, daß dieses Mädchen wiederkäme? Würde sie überhaupt wiederkommen? Vielleicht hatten beide auf dem Heimweg über ihn gelacht.

Beide Arme über der Tischplatte verkreuzt, legte Andreas seinen Kopf hinein und war auf einmal eingeschlafen. Als er wieder aufschreckte, schob sich gerade die Sonne über die östlichen Bergspitzen, und mit bimmelnder Glocke trotteten die Kühe vom Almfeld herauf und standen mit prallen Eutern am Zaun, darauf wartend, daß ihnen das Gatter geöffnet würde.

*

Wenn eine Bauerntochter wie diese Barbara Rucker plötzlich aus so einem festgefügtem Rahmen, wie ihn Haus, Stall, Tenne, Miststatt, Pflanzgarten, Brunnen vor dem Haus und Geranien an Balkon und Fensterstöcken als Gesamtheit ergeben, dann müßte sie sich doch wie verloren vorkommen, wie ausgestoßen aus einem Paradies.

Barbara aber war gar nicht ausgestoßen worden, sie

war selber gegangen, und außerdem war der Ruckerhof in letzter Zeit alles andere als ein Paradies gewesen. Der Vater war mit kaltem Gesicht an ihr vorübergegangen und war dann, als er die Stunde wußte, in der Barbara den Hof verlassen würde, einfach nicht sichtbar. Er war weggefahren. Einen Anlaß hatte er ja immer gehabt. Barbara nannte das schlechthin Feigheit eines Mannes, der sonst überall vom Fortschritt sprach und glänzen wollte.

Die Mutter hatte ein bißchen geweint, und es war ihr schon zu glauben, daß es ihr herzlich leid tat, aber sie hatte nicht aufbegehrt, wie Barbara es erwartet, sie hatte sich dem Willen des Mannes gebeugt und nur geklagt, daß sie nicht wisse, was sie in ihrem Leben verschuldet habe, weil jetzt soviel Verdruß und Kummer über sie komme. Und die Geschwister? Ach ja, Geschwister waren eine mühsame Angelegenheit, sie sind immer zu verschieden veranlagt. Susann hatte entsetzt die Hände über dem Kopf zusammengeschlagen. Wie konnte man bloß um eines Menschen wegen, der eingesperrt war, Heimat und Eltern verlassen. Bist du denn verrückt, Barbara? hatte Susann gefragt. Weder verrückt noch so überspannt wie du es jetzt bist, hatte Barbara geantwortet. Lukas war von ihrem Entschluß überhaupt nicht berührt und hatte ihr Fortgehen mit seiner weißen Brieftaube verglichen, die auch fortgeflogen und nicht mehr wiedergekommen war. Im übrigen hatte Lukas gegen den Florian gar nichts. Vielleicht, daß Andreas sie verstehen würde. Aber Andreas war auf der Alm, nicht allzugern, wie sie wußte, aber er hatte sich halt auch dem Willen des Vaters gebeugt.

Sie selber hatte ihren Entschluß noch keine Minute bereut. Keines dieser Ruckerkinder konnte mit solch stählerner, düsterer Entschlossenheit auf ein Ziel zusteuern wie sie, und es bedrückte sie keine Sekunde, daß sie im Haus des Professors Widenauer als Magd eingetreten war, als Hausmagd sozusagen, wenngleich Professors dafür den modischeren Namen Hausgehilfin anwandten. Der Professor war ein feiner, stiller Mensch und war viel auf Vortragsreisen. Die Frau war jünger als er und suchte in der neuen Hausgehilfin mehr eine Freundin als einen dienenden Menschen. Barbara bewohnte ein eigenes Zimmer in einem der zwei barocken Türmchen, die die weiße Villa am Hang zierten, welche mit ihrer Bauweise so gar nicht in den Stil der Landschaft passen wollte. Sie brauchte nicht mehr um vier oder um fünf Uhr aufstehen, sondern erst um halb sieben. Die Arbeit des Tages war für ihre starken Arme ein Kinderspiel. Sie war viel allein, denn die jugendliche Frau Professor schrieb Romane für Illustrierte, rauchte stets amerikanische Zigaretten und fand die Liebestragödie ihrer Hausgehilfin Barbara geradezu himmlisch. Barbara hatte ihr zwar nichts davon erzählt, aber die Wegmachersfrau, die Prechtlin, die vor Barbara in der Woche zweimal zum Putzen in die Villa gekommen war, hatte ihr in bewegten Worten den Heroismus geschildert, mit dem die Bauerntochter Barbara Rucker zu dem Wilddieb Florian hielt.

„Wenn ich gerade einmal um einen Stoff verlegen bin", sagte die Frau Professor, die durchaus nicht Frau Professor genannt sein wollte, sondern ganz schlicht Frau Widenauer, „dann erzählen Sie mir doch die romantische Geschichte Ihrer Liebe zu dem Wildschützen."

Vielleicht war das gar nicht so ernst gemeint, denn Frau Widenauer schrieb moderne Romane. Auf alle

Fälle hätte Barbara niemals über ihre Liebe zu Florian etwas erzählt. Daß sie ihn liebte, konnte jedermann sehen, denn am zweiten Sonntag, nachdem es von der Kanzel wiederum verkündet worden war, daß die beiden zu heiraten gedächten, lohnte es sich schon für alle Neugierigen, den Kopf zu drehn, um zu sehen, wie sich diese Barbara vertraulich in den Arm des Florian Stettinger einhakte und mit ihm zum Dorf hinausging in das Häusl des Wegmachers Prechtl, in dem dieser vorzeitig entlassene Sträfling wohnte. Barbara sah die Blicke wohl, doch sie schaute durch die Menschen hindurch. Es war ja nicht zu vergessen, wie sie sich die Mäuler am Anfang zerrissen hatten. Jetzt auf einmal, seit sie bei Widenauers war, versuchte die eine oder die andere ein Lächeln hervorzukehren, aber Barbara ging auf nichts mehr ein, es wäre denn, daß jemand ihr sagen würde:

„Stimmt es, daß ihr beide zehntausend Mark braucht, weil sich der Stettinger doch einen gebrauchten Lastwagen kaufen will, um damit Kies, Ziegelsteine, Sand und sonstiges Baumaterial anliefern zu können?"

Ja, das waren Florians kühne Pläne. Er radelte jeden Morgen um sechs Uhr eine gute Stunde zu einer Baustelle, hatte ein Eßgeschirr an der Lenkstange hängen und kam am Abend wieder zurück. Meist wartete Barbara bereits im Wegmacherhäusl auf ihn, denn die Sache mit dem Lastwagen mußte doch besprochen und beraten werden. Florian hatte von der schweren Handlangerarbeit rauhe, zerrissene Hände und wurde mager wie ein Fakir. Er gönnte sich keine halbe Maß Bier, legte jeden Pfennig auf die Seite, das heißt, er gab seinen Lohn Barbara, daß sie ihn mit dem ihren zusammenlege und auf die Sparkasse trage. Dabei wäre alles so einfach gewesen. Der Vater hätte ihr ja bloß ihr Heiratsgut auszubezahlen brauchen. Aber daran dachte der Rucker nicht im Traum, und Barbara war zu stolz, um zu betteln.

Dann traf Barbara zufällig, als sie zum Metzger ging, ihren Bruder Lukas, der mit dem Traktor vor der Rampe des Lagerhauses stand.

„Grüß dich, Barbara“, sagte Lukas.

„Grüß dich, Lukas.“ Barbara blieb stehen, schwenkte das Körbchen in ihrer Hand und wartete, daß Lukas noch etwas sage. Er sagte auch etwas:

„Da haben sie am Sonntag beim Wirt erzählt, der Florian möcht' ein Fuhrgeschäft anfangen. Stimmt das?“

„Ja, das stimmt, Lukas. Du könntest uns nicht ein paar tausend Mark leihen?“

Lukas zog die Oberlippe hoch, als verspüre er einen Schmerz.

„Du weißt doch genau, daß ich mein ganzes Geld in meine Brieftauben investiere.“

„Ja, ich weiß. Es war ja auch nur eine Frage.“

„Heimgehn willst nicht wieder? Vielleicht könntest den Vater doch noch umstimmen.“

„Nein!“

„Vielleicht, daß der Anderl etliche Tausender hätt. Der lebt ja wie ein Eremit.“

„Ach, Lukas, weißt du, betteln mag ich nicht. Und es wird auch anders gehn.“

Ja, ja, sie war voller Glauben und Vertrauen. Sie glaubte einfach an einen guten Stern. Aber sie ging am Sonntag darauf doch mit Florian zu Andreas hinauf auf die Alm.

Andreas begegnete ihnen zunächst mit etwas Skepsis,

dann wurde er freundlicher, bewirtete sie mit allem, was er hatte, und saß schließlich mit ihnen draußen vor der Hütte.

„Ihr wollt also wirklich heiraten?"

„Ja, morgen früh um sechs Uhr", antwortete Barbara. „In aller Stille."

Daraufhin wurde Andreas recht nachdenklich, um dann plötzlich, was sonst gar nicht seine Art war, zornig zu schreien:

„Das alles müßt' nicht sein, wenn unser Vater nicht so einen Dünkel hätte. Ich hab viel nachgedacht in letzter Zeit, Barbara. Sehr gekümmert hat sich der Vater eigentlich nie um uns Kinder. Und wenn eins aus der Bahn bricht, so wie jetzt du — und vielleicht auch einmal ich — man weiß ja nie, was über einen Menschen kommt —, dann spielt er den Gekränkten."

„Ich trag ihm nichts nach", sagte Barbara. „Ich hab ihm ja gezeigt, daß ich mich nicht beuge."

„Aber du spürst ja, wie er dich zappeln läßt. Oder meinst du, daß er dir dein Heiratsgut jetzt doch auszahlt, wenn er sieht, daß du auch ohne seinen Segen heiratest?"

„Ich hab mich schon erkundigt. Gesetzlich kann man ihn dazu nicht zwingen. — Was meinst du überhaupt, Anderl, was mir so ungefähr zustehen müßte?"

Andreas brauchte nicht lange zu überlegen. Er kannte die Ertragsverhältnisse des Hofes, den großen Waldbestand und auch so ungefähr, was an Bargeld auf der Sparkasse war.

„Zwanzigtausend müßten schon drin sein für jedes von uns Geschwistern, und ein Baugrund dazu."

Die Barbara sah daraufhin den Florian bedeutungsvoll an, und es wollten ihr beinahe die Tränen kommen, als sie sagte:

„Da hättest du deinen Lastwagen schnell, Florian."

„Es muß auch so gehn", meinte der und wandte sich an Andreas. „Wir verdienen alle zwei nicht schlecht miteinander, und wenn wir jeden Pfennig zusammenlegen, kommen wir auch zu was. Es dauert halt länger dann. Aber wir sind ja noch jung und mögen arbeiten."

„Wenn auch der Vater sagt, mein Florian wär' ein Lump und ein Taugenichts."

Ganz still und feierlich war es ringsum. Kleine, weiße Wolken schwammen über den Grat der Berge hin, im Latschenfeld rauschte leise der Wind, und einmal hörte man den schrillen Pfiff eines Murmeltieres. Die Barbara griff nach der Hand Florians, lächelte erinnerungsselig in seine Augen hinein, als wollte sie ihm sagen: Weißt du noch, Florian, was wir zwei hier oben für glückliche Stunden verlebt haben?

„Was hast du vorhin gesagt, Barbara?" brach Andreas die Stille. „Hast du nicht von einem Lastwagen was gesagt?"

„Ja, der Florian wüßte einen. Einen gebrauchten, weißt du, um zehntausend Mark."

„Ich hab mir ausgerechnet, was ich damit verdienen könnte, wenn ich, von vier Uhr in der Früh bis abends um neun, Kies fahre, Steine oder Sand. Aber leider haben wir zwei miteinander bloß achtzehnhundert Mark bis jetzt. Ich war auch schon auf der Kasse, aber die wollen mir nichts geben. Da müßt' ich einen Bürgen haben, meinen die, und überhaupt hab ich gleich gemerkt, daß die kein Vertrauen haben zu mir. Wenn einmal einer dringehockt ist im Knast, das hängt ihm einfach nach."

„Du kannst uns auch keines leihen?“ warf Barbara noch ein.

„Warum nicht? Allerdings hab ich auch bloß fünftausend auf der Bank. Aber die könnt ihr haben.“

„Nein, Anderl, das ist doch nicht wahr? Du machst doch bloß Spaß.“

Andreas schüttelte den Kopf.

„So gut solltest mich eigentlich kennen, Barbara. Den Rest kriegt ihr sicher dann als Darlehen von der Kasse.“

In diesem Augenblick fiel oberhalb des Latschenfeldes, wo sich ein breiter Streifen Jungwald hereinschob, ein Schuß. Das Echo rollte ein paarmal ganz dünn durch den Nachmittag, dann war es wieder still.

Wie gebannt starrte Florian zu dem Jungwald hinauf. Dann sagte er:

„Gut, daß ich da sitz’, sonst hätten sie schon wieder mich im Verdacht.“

„Das kann auch einer von den Jägern gewesen sein“, meinte Andreas.

„Ausgeschlossen, um die Zeit schießt kein Jäger.“

Die Barbara wollte von den Dingen nichts mehr wissen und war mit all ihren Gedanken schon beim „Geschäft“, das sie gründen wollten.

„Vorerst bleib ich natürlich noch bei Professors. Ich hab der Frau versprochen, daß ich noch bei ihr bleib’, auch wenn ich morgen heirate. Dann werden wir schon sehen, wie sich unser Geschäft entwickelt. — Unser Geschäft“, lachte sie und rüttelte Florian an der Schulter. „Wie sich das anhört, Florian. Wann könntest du den Lastwagen haben?“

„Den könnt ich morgen schon haben“, antwortete Florian, den Barbaras Freude noch nicht so recht anstecken konnte. Er war etwas schwerfälliger, bei ihm arbeiteten die Gedanken langsam der Reihe nach, es kam ihm nichts durcheinander.

„Aber du freust dich ja gar nicht, Florian?"

„Doch, natürlich, Barbara. Ich laß' mir bloß alles genau durch den Kopf gehn. Auf alle Fälle müssen wir dem Anderl einen Schuldschein ausstellen. Und dann müssen wir uns über die Zinsen einigen, denn ganz umsonst wird er uns die fünftausend Mark auch nicht leihen wollen. Da wäre er ja ein Narr."

„Ich bin aber so ein Narr", lächelte Andreas. „Ich leih meiner Schwester das Geld, und vom Zurückzahlen habe ich noch nichts gesagt. Erst wenn ihr einmal aus dem Ärgsten raus seid — — —"

Hinter der Hütte hörte man einen hastigen Schritt, und gleich darauf bog der Jäger Rupert Niggl mit seinem Dackel, die Büchse schußfertig in den Händen, um die Ecke.

Wie angewurzelt blieb er stehen, grenzenlose Verblüffung war in seinen Augen.

„Stettinger, du? Langen dir denn die acht Monat' noch nicht."

„Und wie mir die langen."

„Aber du warst doch da oben und hast den Bock geschossen?"

„Jetzt mach aber einen Punkt", mischte sich Andreas ein und stand auf. „Die zwei sitzen seit einer Stund' bei mir da. Ich kann es beschwören, daß der Florian keine Minute weg war."

Immer noch Mißtrauen in den Augen, hing Niggl sein Gewehr auf den Rücken und ließ den Dackel von der Leine.

„Jetzt kenn' ich mich überhaupt nimmer aus. Ich hab

doch den Kerl im Glas gehabt. Es war dein Gesicht, Stettinger, ich könnte einen Eid drauf leisten."

„Auf Meineid gibts bis zu fünf Jahre Zuchthaus, soweit ich informiert bin", sagte Florian und streichelte den Dackel, der zutraulich seine Schnauze auf sein Knie gelegt hatte.

„Dein Dackel ist scheinbar anderer Meinung", lachte Andreas, „sonst tät er sich von einem Wilddieb nicht streicheln lassen."

„Jetzt versteh ich erst recht nichts mehr." Der Jäger betrachtete die beiden Holzteller, den noch halbvollen Maßkrug. „Wenn ich dir sag', Stettinger, der hat deine Figur gehabt, deine Bewegungen und überhaupt, das kann doch keine Fata Morgana gewesen sein."

„Wahrscheinlich doch, oder ich hab' einen Doppelgänger."

„Laß gut sein jetzt, Jager", sagte Andreas. „Setz dich her zu uns. Wirst ja auch Durst haben bei der Hitz'."

„Einen Schluck Wasser bloß. Dann muß ich wieder weiter. Dienst ist Dienst."

Er ging denselben Weg zurück, stieg durch das Latschenfeld und bog dann nach rechts ab in den Jungwald hinein.

„Da haben wir's wieder", sagte Florian nachdenklich. „Du brauchst bloß einmal gesessen haben, dann ist man für immer verdächtig."

„Du wirst es halt auch ein bißl übertrieben haben", meinte Andreas.

Barbara und Florian blinzelten sich vielsagend zu, und dann sagte Barbara:

„Jedenfalls hab ich seinetwegen heuer nimmer auf die Alm dürfen."

„Und wenn ich es so recht bedenke", sprach Florian

weiter, „die wirklich einen Nutzen davon gehabt haben — ich mag keine Namen nennen — die schaun mich heut über die Achsel an. Aber es macht nichts. Aus jeder Enttäuschung lernt man was. Ich jedenfalls hab die Menschen kennengelernt, und das ist viel wert."

„Besonders wenn man ein Geschäft anfangen will", gab Barbara ihren Trumpf drein und fügte noch hinzu: „Jede Enttäuschung ist Wegweiser zu einem andern Sein."

Andreas schaute sie verdutzt an: „Das ist aber nicht auf deinem Mist gewachsen."

„Nein, das hat die Frau Professor gesagt." Sie lehnte sich vertraulich an Florians Schulter. „Morgen um die Zeit sind wir schon Eheleut'. Und jetzt, meine ich, müssen wir uns wieder auf den Heimweg machen."

Fröhlich, und wie Kinder sich an den Händen haltend, rannten sie den schmalen Weg hinunter. Sie waren ohne Bitterkeit, als wüßten sie um das Unabänderliche, das ihnen vom Schicksal auferlegt worden war. Die Sorge lag zwar auf ihren jungen Schultern, aber ihre Herzen waren erfüllt vom Vertrauen auf ihre Jugend und ihre Kraft.

Andreas war es viel bitterer ums Herz als den beiden. Er stand am Gatter und sah ihnen nach, bis sie im Wald verschwanden. In seinen Gedanken war das immer ganz anders gewesen, und so wie er es gedacht hatte, müßte morgen seine selbstbewußte, schöne Schwester Barbara im schweren Brautschmuck vor dem Altar stehen, die Musik müßte spielen, und im Saal beim Kirchenwirt müßten sich die Tische biegen unter der Last der Speisen und Getränke. Statt dessen war es nur eine stille Trauung, eine Armeleutehochzeit, ohne jeden Prunk und Glanz. Nur ihre Herzen würden glänzen und leuchten.

Aber sie waren glücklich. Und er? Das Glück machte einen großen Umweg um ihn, es fand ihn nicht würdig, daß es sich ihm schenkte. Dieses fremde Mädchen zum Beispiel. Er hatte so fest geglaubt, daß sie nochmal käme, zuweilen hatte er sie fast krankhaft in seine Einsamkeit hereingesehnt, und ihr Gesicht hatte ihn bis in seine Träume hinein verfolgt. Aber sie war ganz einfach nicht mehr gekommen. Und vielleicht war das ganz gut so, denn was wollte er denn mit einer, die in hautengen Samthosen und einem roten Pullover kam und außerdem verstrickt war in einen absurden Weltverbesserungsfimmel.

Über den Hang herunter kam eine Schar Touristen, die es nun zu bewirten galt. Hernach hatte er die Kühe zu melken und wieder hinaufzulassen auf das obere Almfeld. Bis er dann alles wieder in Ordnung gebracht, das Geschirr gespült und sich gewaschen hatte, war schon die große Ruhe zwischen Dämmerung und Nacht da. Schwarz und geheimnisvoll stand bereits der Wald, nur über den Bergen lag noch ein letzter, rötlicher Schimmer. Das Läuten der Herdenglocken verlor sich in den Schleiern der Dämmerung.

Andreas saß unter dem weiten Vordach der Hütte und die Dunkelheit fiel heute schwerer als sonst auf sein Herz. Barbaras Schicksal wollte ihm nicht aus dem Kopf gehen.

Plötzlich hob er den Kopf.

Er vernahm drunten auf dem Steig das Klirren von Steinen. Dann sah er einen grauen Schatten über das Almfeld heraufkommen, der erst bis ans Gatter heranmußte, ehe Andreas ihn erkannte.

„Ja, du bist es noch, Tonerl?“ staunte Andreas. „Was führt denn dich heut' noch auf die Alm 'rauf.“

Das kleine verhutzelte Männlein, im Dienst des Rukkerhofes so grau und krumm geworden, schnaufte zuerst eine Weile heftig, bis es mit gespielter Grantigkeit sagen konnte:

„Warum, ist es dir nicht recht? Das Heu ist in der Tenne, und es wird einem alten Knecht doch vergönnt sein, wenn er auch einmal acht Tage Urlaub machen möchte.“

„Geh Tonerl, wie kannst denn bloß fragen, ob's mir recht ist“, lachte Andreas und öffnete das Gatter. „Mich freut es, daß du kommst. Bloß so spät hätt' ich dich nicht erwartet.“

„Ich kann mir's schon denken, ein junges Madl wäre dir lieber gewesen, gell?“

„Unter Umständen, ja“, gab Andreas ehrlich zu und dachte unwillkürlich dabei an jenes Mädchen Ilona. „Aber komm rein jetzt, Tonerl. Du schwitzt, und der Wind wird jetzt frischer. Und Hunger wirst wohl auch haben?“

„Hunger überhaupt nicht, bloß Durst.“

Sie gingen in die Hütte und Andreas zündete die Lampe an, holte ein paar Flaschen Bier aus dem Keller und freute sich nun wirklich über den Besuch.

„Was gibt's denn Neues drunten?“ wollte er wissen.

Der Tonerl trank zuerst ein paarmal recht ausgiebig, dann lehnte er sich behaglich zurück und sinnierte mehr als er redete. Erst nach zwei Stunden fiel es ihm ein, daß er für Andreas einen Brief dabei hatte.

„Das hätt' ich jetzt bald vergessen. Für dich ist ein Brief gekommen.“

„Für mich?“ Andreas nahm ihm das zerknüllte Kuvert aus der Hand. „Wann ist denn der Brief gekommen?“

„Wie lang wird’s denn her sein? Zehn Tage vielleicht. Ich hab gerade Gras gemäht am Anger unten, da ist der Postbote dahergekommen und hat gejammert, daß er wegen so einem blöden Brief bis zur Alm herauf soll.“

Andreas las die Anschrift: „An Herrn Andreas Rucker in Hofkirchen, zur Zeit auf der Rucker-Alm.“

Absender war keiner angegeben. Aber Andreas spürte mit unbeirrbarer Sicherheit, daß der Brief von Ilona sein müsse.

„Vor zehn Tagen, sagst du, ist der Brief schon gekommen?“

„Ich hab gesagt: Du brauchst nicht extra bis auf die Alm ’nauflaufen bei der Hitz’, ich komm’ demnächst sowieso einmal ’nauf.“

„Demnächst ist ja gut“, versuchte Andreas zu lachen, aber es mißlang ihm. „In zehn Tagen könnte die Welt untergehn.“

„Wegen einem Weibsbild nicht“, kicherte der Alte. „Und der Schrift nach muß der Brief von einem Weibsbild sein. Und was die woll’n, das ist nie was Gescheites.“

Während er mit vorsichtigen Schritten die kleine Treppe zum Heuboden hinaufstieg, stellte sich Andreas unter den Lampenschirm, riß mit zitternden Händen den Brief auf und las:

„Lieber Andreas!

Ich weiß nicht, ob Du Dich meiner noch erinnerst. An mich und jene Nacht, als die Bergfeuer brannten, an die Johannisnacht, in der wir uns begegnet sind.

Du hattest mich gebeten, daß ich wiederkommen soll. Ich habe es versprochen, aber nicht gehalten, was sonst eigentlich nicht meine Art ist. Aber es sprechen Gründe dafür, die ich Dir gerne erläutern möchte, in der Hoffnung, daß Du mich verstehst.

Also, erstens bin ich mir klar darüber geworden, daß es wie Nachlaufen aussieht. Zweitens — das ist nun schon ein bißchen schwerer. Ich hatte Angst, Du könntest mich über mein vergangenes Leben zuviel fragen. Ich habe ein bißchen außerhalb der Ordnung gelebt. Das ist mir mit einem Male ganz klar zum Bewußtsein gekommen, als ich da oben mit Dir unter den schweigenden Sternen gestanden bin. Von Dir ist soviel Ruhe und Klarheit ausgegangen, die ich unter Menschen schon verloren glaubte. Damals ist mir auch unerbittlich klar geworden, daß ich nicht mehr in die Stadt zurückkehren darf. Darüber hatte ich zunächst eine heftige Auseinandersetzung mit Gaby.

Ich weiß nicht, lieber Andreas, ob ich es schaffe, den Rückweg in ein Leben der Ordnung und Ruhe. Auf alle Fälle will ich es versuchen und mir alle Mühe geben. Vorerst habe ich jetzt eine Stelle im Büro des Gutsbetriebes des Herrn von Saller in Hochzell angenommen, bin also nicht in Deiner unmittelbaren Nähe, aber doch nicht allzufern. Es würde immerhin die Möglichkeit bestehen, Dich über Samstag und Sonntag einmal zu besuchen. Allerdings nur unter der Voraussetzung, daß Du es noch haben willst. Ich möchte Dir nichts versprechen und auch nichts von Liebe schreiben, ich weiß nur, daß sich in mir etwas gewandelt hat, seit ich Dir begegnet bin. Bitte, schreibe mir, ob Du es willst, daß ich einmal komme, denn Du kannst ja nicht fort von Deiner Alm, wie Du mir versichert hast.

Gerne erwarte ich Deine Antwort und verbleibe zwischenzeitlich mit herzlichen Grüßen

Ilona Korres
Gut Hochzell
Post Inkofen."

Zehn Tage war der Brief alt. Und da meinte dieser gutmütige Narr, den wahrscheinlich nie der Hauch einer Liebe gestreift hatte, das sei nicht so wichtig.

Und wie wichtig das war! Andreas spürte, wie sein Herz ganz schnell schlug, wie alles so beengt war in dem Raum, so daß er hinaustreten mußte in die Nacht. In die sternflimmernde Nacht, mit dem leisen Wind, der über das Latschenfeld hinging und sich wie eine geheimnisvolle Sprache ausnahm. Er hörte einen Nachtvogel aus dem Hochwald klagen, ein Ruf, unter dem man erschauern konnte. Es war ihm, als ob ihn die Zukunft anrufe. Nicht die nächste Stunde oder der nächste Tag, sondern die Zukunft seines Lebens, was noch auf ihn wartete. Zwar lag noch alles ein bißchen verschleiert vor ihm. Aber er wußte, daß sich der Schleier zerteilen und daß der Ring der Einsamkeit sich von seinem Herzen lösen würde.

Natürlich würde er nicht schreiben. Dafür waren ihm gar nicht die Worte gegeben, wie das Mädchen Ilona sie in ihrem Brief gefunden hatte. Aber er würde morgen ins Tal gehen und in der Frühmesse sein, wenn seine Schwester Barbara mit ihrem Ja den kleinen Makel vom Leben eines Mannes nehmen wollte, um mit ihm gemeinsam etwas Neues zu beginnen, nachdem sie alles andere hinter sich gelassen hatte.

Der Nachtvogel rief noch einmal. Doch Andreas

hörte ihm nicht bis zu Ende zu, schloß die Hütte ab und legte sich noch für ein paar Stunden zum Schlaf nieder.

*

Im Westen zeigte der Himmel bereits zitterndes Gelb. Aber in den Himbeersträuchern des Kahlschlags nistete noch die Hitze des Tages. Schmetterlinge gaukelten um die mannshohen Stauden, an denen gerade ins gelblich schimmernde Beeren hingen. Sie brauchten diese Gluthitze noch, um zu reifen. Kleine, weiße Wolken schwammen über den Bergen am östlichen Horizont, und einmal hörte man von fernher den Ruf ziehender Kraniche.

Von diesem Platz im Himbeerschlag konnte Andreas hinuntersehn auf die ausgedehnten Gebäude des Gutes Hochzell. Das weiße Wohnhaus lag etwas abseits unter dem grünen Blätterdach von alten Linden. Alles Leben schien da unten ausgestorben zu sein. Nur auf der Terrasse vor dem Haus saß eine Frau mit silbernem Haar unbeweglich in einem Lehnstuhl und hatte eine wollene Decke über die Knie gebreitet.

Seit zwei Stunden hockte Andreas schon auf einem halbvermorschten Baumstamm und wartete ungeduldig auf den Abend. Ungeduldig und über sich selber verärgert zugleich, daß er nicht den Mut fand, ganz einfach hinunterzugehen, um nach Fräulein Ilona Korres zu fragen. Aber vermutlich würde man ihm dort sagen, daß Fräulein Korres jetzt beschäftigt sei und er eben doch bis zum Abend warten müsse.

Also blieb ihm nichts weiter übrig, als vorerst wieder die Landschaft zu betrachten und vielleicht zu bedenken, daß es über die Berge nach hierher ein viel kürzerer Weg sei, als der, den er auf der Landstraße genommen hatte, denn von Hofkirchen bis Hochzell waren es gute fünf Wegstunden gewesen. Er sah auf das Dorf Inkofen hinunter, ein kleines Dorf mit einem winzigen Gottesacker. Was zwischen diesem Dorf und dem Gutshof Hochzell lag, waren riesengroße Felder und Wiesen. Auf einem der Felder schob sich mit lautem Geratter ein roter Mähdrescher dahin. Von der Ferne sah er sich an wie ein Roboter, der alles in seinen ungeheuren Schlund hineinwürgte. Es mußte Wintergerste sein, die sie bereits ernteten.

Hinter ihm, wo der Kahlschlag zu Ende ging, stand der Hochwald, düster und stumm, nur hin und wieder von einem leichten Wind bewegt. Die Sonnenflecken wanderten zwischen den Stämmen. Es roch nach Harz und nach Moos. Andreas fielen die Augen zu, und die Sonne sank schon, als er sie wieder öffnete, und es war, als ob er es noch einmal geträumt hätte, die ganze große Armseligkeit dieser Trauung seiner Schwester Barbara, in aller Herrgottsfrühe in der Dorfkirche zu Hofkirchen. Nur das Wegmacherehepaar, das als Trauzeugen fungierte, war dabei, der Pfarrer und ein Ministrant, sonst keine Menschenseele. Andreas hatte es hernach bereut, sich der Schwester nicht als Trauzeugen angeboten zu haben. Aber dazu war es zu spät gewesen. Er hatte ja auch gestern noch nicht wissen können, daß er von der Alm fortkommen konnte. Immerhin, die Schwester war ihm um den Hals gefallen, als sie ihn hernach im Glockenhaus stehen sah.

„Wenigstens einer von uns“, hatte sie geschluchzt, hatte sich aber gleich wieder aufgerafft. „Du weißt ja, Bruder, daß jetzt das Band endgültig zerschnitten ist.

Nur du bleibst in meinem Herzen. Bis zu dieser Stunde habe ich gehofft, daß wenigstens eins von meinen Leuten käme. Nun warst du es, Andreas, und ich danke dir aus tiefstem Herzen."

„Ja, ich dank dir auch, Andreas", hatte dann Florian gesagt. „Und wenn es grad einmal wär', daß du mich brauchst, auf mich kannst du immer zählen."

Er schaute wieder hinunter zum Gutshof. Ein Reiter erschien, sprang vom Pferd, das von selber auf die geöffnete Stalltüre zutrottete. Der Reiter mußte wohl der Gutsbesitzer Norbert von Saller sein. Er schien nur einen Arm zu haben, denn der rechte Ärmel seines weißen Hemdes hing lose herunter. Er beugte sich jetzt der Frau im Rollstuhl zu, hob dann den Kopf und rief etwas gegen eins der Fenster hin.

Jetzt gab es Andreas einen Stich. Die breite Treppe herunter kam ein Mädchen. Ihr helles Haar flimmerte und war hoch aufgesteckt. Sie trug ein Dirndkleid mit silbernen Knöpfen am Spenzer. Ihre Bewegungen waren rasch und geschmeidig. Andreas hatte das Mädchen nicht so in seiner Erinnerung. Aber es gab keinen Zweifel, es war Ilona, die dem Mann jetzt behilflich war, die Frau im Rollstuhl über die Treppe hinaufzubefördern. Dann verschwand sie im Haus.

Über den Bergen flammte in wilder Schönheit das Abendrot. Die Schmetterlinge waren jetzt verschwunden. Lauter rauschte der Wind im Hochwald. Eine Rehgeiß wanderte nah bei ihm vorbei, zwei Schritte hinter ihr das Kitz, leicht getönt mit hellen Flecken.

Andreas erhob sich jetzt. Er konnte nicht warten, bis es gänzlich Nacht wurde. Direkt auf die Gutsgebäude ging er zu, sah ein paar Menschen auf der Hausbank sitzen und machte dann doch einen kleinen Bogen, kam in den Lindenhag und stand dann plötzlich auf der Rückseite des Herrenhauses, am Ufer eines Teiches, in dem ein paar Schwäne schwammen. Neben dem Teich war ein großes Schwimmbecken, mit blauen Fliesen und einer Brause vor dem Einstieg.

Es dunkelte bereits unter den langen Fäden der Trauerweiden, die den Teich umsäumten, und die zwei Schwäne sahen sich an wie adelige Frauen, die auch vor der Nacht ihre schlanken Hälse nicht beugten und sich majestätisch auf die kleine Hütte zubewegten, die wohl ihr Schloß für die Nachtruhe war.

Andreas stand mit klopfendem Herzen, sah, wie sich oben ein Fenster erhellte und kurz darauf das Licht wieder erlosch. Wenig später öffnete sich die Terrassentüre. Eine hohe Gestalt im Badeanzug, ein Badetuch über die Schultern gehängt, kam die Treppe herunter und ging auf das Bad zu, stellte sich unter die Dusche. Eine silberne Fontäne plätscherte über den Körper des Mädchens, das die Arme wohlig streckte und sich langsam drehte.

Dann trat sie unter der Dusche hervor, schaute mit schiefgehaltenem Kopf zur Schwanenhütte hin und sagte mit leiser Stimme:

„Komm doch her, Andreas. Ich weiß doch, daß du da bist."

Ihre Stimme und die Tatsache, daß sie um sein Dasein wußte, fuhr ihm ins Gebein. Er kam sich vor wie ein ertappter Sünder. Aber es half ihm nichts, er mußte nun doch aus dem schützenden Dunkel heraustreten. Zum Glück machte es ihm Ilona nicht schwer. Beide Hände streckte sie ihm entgegen.

„Ja", sagte er hilflos. „Da bin ich nun."

„Ich spürte es, Andreas. Den ganzen Tag spürte ich es schon, daß du in der Nähe sein mußt."

„Das gibt's doch nicht", meinte er in großer Verlegenheit. Wohin er auch mit seinen Händen kam, überall spürte er die Nässe ihres Körpers.

„Doch, das gibt es. Manchmal hab ich einen sechsten Sinn. Und weil du mir auf meinen Brief keine Antwort gegeben hast, da hab ich mir eingeredet, daß du eines Tages vor mir stehen wirst. Eigentlich habe ich's mehr geträumt, aber auch Träume sind schön, wenn man dahinter die Wirklichkeit spürt. Kommst du mit, Andreas? Nur eine Runde."

„Aber — ich habe doch —"

„Kein Badezeug dabei", unterbrach sie ihn lächelnd und machte dann einen Hechtsprung ins Becken. Sie schwamm wirklich nur eine Runde, dann kam sie wieder heraus, trocknete sich ab und bat ihn, nur eine kleine Weile zu warten, dann werde sie wieder da sein.

Eine kleine Weile kann zur Ewigkeit werden, wenn man wie ein Verzauberter in der Nacht stand, so wie Andreas jetzt. Er sah das Licht wieder aufleuchten hinter dem Fenster. Das mußte Ilonas Zimmer sein.

Andreas blickte zur Seite und sah die Sterne im Wasser tanzen. Wie Geisterhände fuhren die Zweige der Trauerweiden über den Teich.

Jetzt hörte er die Verandatür wieder in den Angeln kreischen. Sie fiel dann ziemlich laut ins Schloß. Ilona schien auch zu jenen freigewordenen Menschenkindern zu gehören, die vor niemandem Angst hatten, wenn sie zur Liebe gingen.

Sie trug jetzt ein Dirndlgewand mit kurzen Ärmeln. Das Haar hatte sie im Nacken zu einem Knoten zusammengeflochten. Das gab ihrem schmalen Gesicht einen ganz eigentümlichen Reiz. Überhaupt, wenn Andreas es in den paar Sekunden begriff, es war nicht mehr das Mädchen vom Johannisfeuer. Ein neugeborner Mensch stand vor ihm, nahm seinen Arm und sagte: „Komm."

*

Ilona war ein ganz neuer Mensch geworden. Sie allerdings wußte es genauer, wußte, daß sie wieder so geworden war, wie sie einmal war, bevor sie sich der tiefen Täuschung hingegeben hatte, aus der sie sich selber erlöste. Aber war das nicht schon wieder eine kleine Täuschung? War nicht Andreas der Grund und der Anlaß, daß sie aus der Verstörtheit ihres Lebens herausgefunden hatte?

Das sagte sie ihm dann auch. Sie lagen am Rande des Lindenparkes, dort, wo das riesige Roggenfeld begann, das zum Gut gehörte. Die Nacht war warm und durch die vielen Sterne so weit erhellt, daß man die roten Mohnblumen sehen konnte, die zwischen den Ähren leuchteten.

„Da bist nur du schuld, Andreas, daß ich jetzt hier bin", antwortete sie auf seine Frage, wieso sie ausgerechnet nach Hochzell gekommen sei. „Doktor Neidhard erzählte beiläufig, daß Herr von Saller eine Bürokraft sucht. Ich hab mich dann gleich darum beworben. Dann kam sofort der große Krach. Was meinst du, was die Gaby mir vorgeworfen hat?"

„Keine Ahnung."

„Daß ich nur deinetwegen hier bliebe und daß sie es bitter bereue, mich zu dem Johannisfeuer mitgenommen zu haben."

„Und ist das die Wahrheit?"

„Ich hab es dir doch geschrieben, Andreas."

„Du hast auch geschrieben, daß du Angst hast, ich könnte dich um dein vergangenes Leben zuviel fragen."

„Tu es auch bitte nicht, oder heute noch nicht."

„Nein, aber wenn du beim Ballett warst, wieso kannst du dann hier die Büroarbeit machen?"

„Ballett? Mein Gott, als Kind war ich einmal auf einer Ballettschule. Dann trennten sich meine Eltern, Papa ging nach Amerika, und Mutter fehlten dann die Mittel für eine weitere Ausbildung. Vielleicht hab' ich das auch im Ernst gar nicht werden sollen. Nur Gaby hat immer Reklame damit gemacht. Ich habe dann eine kaufmännische Lehre abgeschlossen und in einem Büro gearbeitet. Später bewarb ich mich als Flugzeugstewardess. Aber sie stellten fest, daß mein Herz den Ansprüchen nicht ganz genügen würde. Um diese Zeit starb meine Mutter. Ich arbeitete schließlich im Büro einer Luftfahrtsgesellschaft. Dort begegnete ich Gaby. Die zog mich dann in ihren Kreis mit hinein, in die Freiheit eines Lebens, das nur aus Utopien besteht. Kannst du es mir nicht erlassen, Andreas, weiterzuerzählen?"

„Doch, doch. Behalte dies für dich. Von mir weißt du ja, wer ich bin."

„Wenn ich mir nicht selbst ein Urteil hätte bilden können, Andreas, Gaby hat mir ein ganz falsches Bild von dir vermittelt."

„Was die Gaby schon sagt! Früher war sie einmal ein lieber, netter Kamerad. Ich bin erschrocken, als ich sie nach Jahren wiedergesehen hab'."

Ilona setzte sich ein wenig auf, schaute auf sein Gesicht nieder, als wolle sie sich jeden Zug einprägen. Es war so feierlich still um sie. Nur der Wind rauschte in den Ähren des Kornfeldes.

„Liebst du mich denn, Andreas?“

Er griff mit der einen Hand hinter sich und bekam eine Mohnblume zu fassen.

„Wär ich denn sonst hier? Ich find' bloß die Worte nicht so, wie du sie vielleicht erwartest. Aber mit Worten zerredet man auch viel. Da drinnen im Herzen muß man's spüren. Das Herz muß es einem sagen, ob man bereit ist, für einen Menschen dazusein, ihm Opfer zu bringen und mit ihm, wenn es sein muß, durch alle Not zu gehn.“

Ilona betrachtete ihn noch immer. Auf ihrer Stirne hatte sich ein ganz kleines Bündel Faltenstriche gebildet, so als hätte sie angestrengt jedem Wort nachzulauschen, das er sprach. Sie hörte, wie der Wind der Nacht über das Kornfeld rauschte, und sie sah die Hand des Mannes, die sich ihrem Gesicht näherte und dann die Mohnblume in ihr Haar steckte. Ihr Gesicht näherte sich dem seinen, sie küßte ihn, und hernach strich sie mit zarten Fingern über seine Schläfen hin. „Wie wunderschön du das gesagt hast, Andreas, vom Herzen, das es spüren muß. So hat noch nie ein Mensch zu mir von Liebe gesprochen. Wir kennen uns noch nicht lange, aber laß mir bitte den Glauben an die Wahrhaftigkeit deiner Worte. In jener Nacht, Andreas, als die Bergfeuer brannten, da hätte ich dich rasend gern geküßt, und ich weiß heute noch nicht, warum ich den Mut dazu nicht hatte. Vielleicht wollte ich, daß du kein falsches Bild von mir bekämst.“

Langsam streckte er seine Hand wieder nach ihrem Gesicht aus, streichelte ihre Wange, legte sie um ihren Hals und zog ihren Kopf zu sich herunter, als wolle er nicht mehr hören, wie der Nachtwind im Korn rauschte und daß sie ihn dabei nicht ansehen konnte, wenn er nah an ihrem Ohr mit der Stimme und der Einfalt eines Knaben sagte, daß er sie gern habe, vom ersten Augenblick an schon gern gehabt hätte. Und wahrscheinlich würde das immer so sein. Sein ganzes Leben lang. Bis dahin hatte sie ihm zugehört, dann legte sie ihre Hand auf seinen Mund.

„Sprich jetzt nicht weiter, Andreas, sonst sagst du noch etwas, das du dann doch nicht halten könntest."

„Aber ich kann dich doch küssen, wie ich mag und so oft ich mag", sagte er. Sie spürte seinen Trotz, in dem vielleicht auch eine kleine Angst lag, daß er sie wieder verlieren könnte. Sie beugte sich zu seinem Mund nieder. Und Andreas wußte, daß er nicht der Erste war in ihrem Leben, er wußte aber nicht, daß in dieser Stunde dem Mädchen Ilona trotz aller Küsse und allen Glücks zum Weinen war, weil sie dabei die Rückkehr in ihre alte Welt wie eine immer weiter um sich greifende Befreiung fand. Die langsame Loslösung aus dem Dunklen, dem sie verhaftet gewesen war! Sie empfand es wie einen Flug in die Sonne und wäre weitergeflogen, vielleicht bis zu den Sternen hinauf, wenn er in diesem Augenblick nicht ihren linken Arm gestreichelt und plötzlich gefragt hätte:

„Was hast du denn da?"

Er konnte den Schrecken in ihrem Gesicht nicht sehen, wie er auch die Einstiche in ihrem Arm nicht sehen, sondern nur mit seinen Fingerspitzen erfühlen konnte.

„Es ist nichts", sagte sie, „du sollst darum nicht fragen, Andreas."

„Nein, nein, ich frag schon nicht", lachte er. Wie Glockenton fiel sein Lachen in ihre Seele, und sie lachte mit, hätte jauchzen können, daß sie wieder so frei aus sich herauslachen konnte. Es war soviel verkrampftes

Lächeln gewesen in den letzten zwei Jahren. Aber nur bedrückte Menschen suchen Zuflucht beim Lächeln, glückliche Menschen können lachen.

Und dann hörten sie wieder nichts mehr als das leise Rauschen des Nachtwindes über dem reifenden Roggenfeld.

*

Im Forsthaus zu Hofkirchen stieß der Förster Benno Nagl wütend den Stuhl zurück und fluchte, wie man ihn eigentlich nur selten einmal hören konnte. Der Jäger Rupert Niggl saß auf der anderen Seite des Schreibtischs, den Hut auf den Knien, ziemlich zerknirscht. Er sah aus gesenktem Kopf heraus seinem Vorgesetzten nach, der mit großen Schritten durch die Kanzlei stampfte. Dann blieb dieser wieder vor dem Schreibtisch stehen, nahm einen Briefbogen an sich und las dem Jäger vor:

„Jetzt paß einmal gut auf, was sie schreiben: ‚... liegt die Vermutung nahe', schreiben sie, ‚daß diesem Wildererfrevel nicht mit der nötigen Sorgfalt nachgegangen wird, und wird daher angeordnet ...'"

Voller Zorn warf er den Wisch von seiner vorgesetzten Dienststelle wieder auf den Schreibtisch zurück und wetterte los:

„Die soll'n mich doch kreuzweis ..."

„Das werden sie aber nicht tun, Herr Förster", meinte der Jäger.

„Diese Schreibtischhengste", polterte der Förster weiter. „Im Anordnen sind sie gut, aber von der Praxis verstehn sie einen nassen Staub. Als ob ich mir nicht sowieso schon die Haxn ausrennen tät. Der Bartl hat seit drei Wochen keinen freien Tag mehr gehabt und du bist auch bloß mehr Haut und Knochen, Rupp. Und da schreiben die, daß nicht mit der nötigen Sorgfalt nachgegangen wird." Wie sich selbst zu beruhigen, zündete er sich seine Pfeife an. Das machte ihn sichtlich gelassener, und fast mitleidig sah er seinen Jäger Rupert Niggl an, der tatsächlich in den letzten Wochen recht abgemagert war. Der strenge Bergdienst forderte eben seinen Tribut. „Also, ehrlich gesagt, Rupp, ich steh vor einem Rätsel. Der Bartl, wie du, ist der Meinung, es müßt' wieder der Stettinger sein. Aber es wird noch nie ein Mensch so überwacht worden sein, wie in den letzten Wochen der Stettinger. Der fährt, kaum daß es tagt, mit seinem Lastwagen weg. Jede seiner Fahrten wird tagsüber heimlich kontrolliert. Am Abend, wenn es schon dunkelt, kommt er heim. Wann der Mensch schläft, weiß ich nicht. Dabei ist er jung verheiratet. Wann er aber dann noch Zeit zum Wildern haben sollte, das wüßte ich erst recht nicht."

„Dann muß er einen Doppelgänger haben", mutmaßte der Jäger. „Der Bartl hat genauso wie ich gemeint, er hätte den Stettinger im Glas. Die Nachforschungen aber haben ergeben, daß der Stettinger um die gleiche Zeit Ziegelsteine von Amberg nach Holzen gefahren hat."

„Dann muß es eben ein anderer sein. Und einer, der es im großen betreibt. Gestern hat mich der Hochzeller angerufen, daß auch in seiner Jagd in letzter Zeit viel gewildert wird. Wenn es aber der Stettinger nicht ist, wer dann? Ist dir denn gar nichts anderes aufgefallen in letzter Zeit?"

Der Jäger drehte seinen Hut zwischen den Fingern

und schaute nachdenklich zur Decke hinauf. Dann meinte er:

„Ich weiß nicht, ob das von Bedeutung ist?"

„Von Bedeutung ist in unserm Fall jetzt alles, Rupp."

„Kürzlich hab ich einmal den Rucker Andreas um halb vier Uhr in der Früh von der Langbrucker Leiten heraufkommen sehn. Er muß über die Zagglerplatte kommen sein."

Der Förster vergaß das Ziehen an seiner Pfeife, so überrascht war er.

„Das ist ja interessant. Wann war das genau, Rupp?"

„Das war — Moment einmal — das war in der Nacht vom Montag auf Dienstag vor vierzehn Tagen."

Der Förster fuhr mit dem Finger am Kalender entlang, der an der Wand hing.

„Das wäre dann der fünfundzwanzigste Juli gewesen. Vom Rucker Anderl kann ich das zwar nicht glauben. Seinem Bruder tät ich es eher zutraun. Aber auf alle Fälle: ab sofort wird die Rucker-Almhütte scharf unter Beobachtung genommen. Hast sonst noch was, Rupp?"

„Der Bartl meint, daß der Kerl auch mit Schlingen arbeitet."

„Dann scheidet der Stettinger auf alle Fälle aus. Er hat es zwar einmal arg getrieben. Aber Schlingen? Nein! — So, und jetzt kommt mit 'nüber in die Stub'n, Rupp. Ich glaub, die Försterin wartet mit einer Brotzeit auf uns. Und morgen nimmst deinen freien Tag. Übermorgen soll dann der Bartl frei nehmen. Die können schreiben, was sie mögen. ‚Nicht mit der nötigen Sorgfalt.' Die haben eine Ahnung! Wenn es nicht so blutiger Ernst wär, müßte man lachen über die grasgrüne Theorie der Herrn am Schreibtisch."

*

Es war am Maria-Himmelfahrtstag, am fünfzehnten August, als sich nach dem Hochamt auf dem freien Platz vor der Kirche ein kleiner Mann mit hochgezogenen Schultern neben den Rucker drängte. Es war der Fritzn von Langöd. Der Rucker kannte ihn natürlich. Nur daß sich der Fritzn so ausschließlich an ihn hindrängte, fiel ihm auf. Wahrscheinlich hatte er etwas zu fragen wegen seines Hofes. Vielleicht wollte er wissen, ob es nicht da und dort wieder einen Zuschuß gäbe aus dem „Grünen Plan", oder sonst was. Der Rucker jedenfalls war über diese Dinge stets bestens orientiert.

Der Fritzn aber wollte ganz was anderes und steuerte auch gleich auf sein Ziel los:

„Deinen Buben, den Lukas, hätt' ich gern einmal kennengelernt."

„Meinen Lukas?" Der Rucker hob den Kopf und deutete mit dem Kinn zur Kegelbahn hin, wo sie der Hitze wegen das Fenster weit geöffnet hatten.

„Der Schwarzhaarige dort ist's, der grad schreibt. Was möchtest denn von ihm?"

Der Fritzn schob mit dem Daumen sein grünes Hütl aus der Stirne, das wie ein Tüpfelchen auf seinem runden, roten Kopf saß.

„Ich eigentlich nichts. Aber mein Dirndl, die Erika, weißt, die bildet sich jetzt ausgerechnet deinen Lukas ein. Ganz damisch ist sie damit, und er muß ihr 's Köpferl ganz schön verdreht haben."

Der Rucker atmete ein paarmal tief durch, zog sein

Bartbürstchen und lächelte. Er kannte den Fritznhof, der dem seinen nicht viel nachstand.

„Ja, ja, ich kenn seine Sprüche schon", meinte er dann. „Die Gosch'n geht ihm manchmal wie geschmiert."

„Gestohln hat er es ja auch nicht", sagte der Fritzn.

„Wie meinst? Ach so, ja. Entweder man hat's oder man hat's nicht. Hast du bloß das eine Dirndl?"

„Bloß die Erika. Leider."

„Was heißt leider? Manchmal ist es gut, wenn man bloß eins hat. Dann braucht man sich weniger ärgern."

Beim Kaufhaus Bößl gingen die Leute aus und ein. Sonderbarerweise durfte der sonntags nach der Kirche seinen Laden offenhalten. Vielleicht hatte er eine Ausnahmegenehmigung, oder er dachte sich: Wo kein Kläger, da kein Richter. Jedenfalls gab es Leute genug, die unter der Woche keine Zeit hatten, vom Berg herunterzukommen, um einzukaufen.

Soeben verließ der Stettinger Florian den Laden, blieb auf der Treppe stehen, öffnete das Päckchen in seiner Hand und zog einen Stumpen heraus.

Der Rucker drehte sich abrupt um. Nur soviel hatte er gesehn, daß dieser Kerl, mit dem ihm seine Tochter Barbara durchgegangen war, einen sauberen Steyreranzug trug, mit einem Hut, auf dem ein mächtiger Gamsbart steckte. Natürlich war das ein gewilderter. Eine andere Möglichkeit ließ der Rucker nicht gelten. Peinlich, daß man so einem Menschen beim friedlichen Kirchgang begegnen mußte. Da war es besser, wenn er in Zukunft in die Frühmesse ging.

„Ja, also, da sollt' man halt jetzt schon wissen, ob es dein Lukas ehrlich meint", drängte der Fritzn wieder auf ihn ein.

Ach so, ja, der Fritzn war ja auch noch da. Und da lohnte es sich schon, etwas freundlicher zu sein.

„Das kann ich dir natürlich nicht sagen. Auf alle Fälle, was mich betrifft, mir wär es schon recht. — Was ist? Kommst nicht mit rein auf eine Halbe?"

Der Rucker wandte sich dem Eingang des Wirtshauses zu, denn dieser freche Mensch mit seinem Riesengamsbart ging nun tatsächlich ganz nah an ihm vorbei und blies den Rauch seines Stumpens gegen sein Gesicht hin. Das war doch Absicht. Der Rucker knirschte mit den Zähnen und fühlte die Ohnmacht, oder war es doch ein schlechtes Gewissen, das ihm die Röte ins Gesicht trieb? Was er so hörte — manchmal war ihm so, als verfolge der eine oder der andere eine gewisse Absicht, wenn sie den Stettinger über den Schellenkönig lobten, daß er so tüchtig sei, daß der seinen Weg bestimmt noch gehen werde und daß sich manch anderer ein Beispiel an ihm nehmen könne.

Ja, ja, zuweilen krochen den Rucker jetzt so dumme Gedanken an, weil er fühlte, daß man hinter seinem Rücken redete und am Thron seiner Macht rüttelte.

Gerade als er zur Tür hineinwollte, faßte ihn der Fritzn nochmal am Joppenärmel:

„Daß wir da drüber noch geschwind reden, Rucker. Drinnen können wir das doch nicht sagen — wieviel tätst du denn deinem Lukas mitgeben?"

„So um zwanzigtausend herum, fürs erste."

„Auszahlbar bei der Hochzeit?"

„Ja, natürlich. Was soll denn die Fragerei?"

„Weil sie da jetzt einmal erzählt haben, du hättest eine von deinen Dirndln ohne nix weitergeschickt."

Der Rucker erschrak. Soweit war es also schon gekommen, daß man ihm das offen vorhalten durfte. Er griff wieder nach dem Bartbürstchen, ließ es aber diesmal stecken, weil ihm die Hände vor Zorn zitterten.

„So? Reden die Leut", zischte er hervor. „Was wissen die Leute schon? Ich hab sie nicht weitergeschickt, sie ist mir durchgebrannt mit einem Taugenichts. Hätt' ich ihr vielleicht nachlaufen und betteln sollen, ob sie ein Heiratsgut will? Den Vater möchte ich kennen, der das tut. Tätst du es?"

„Meine Erika brennt mir nicht durch", sagte der Fritzn, dann folgte er dem Rucker in die Gaststube, wo am großen Ofentisch die Bauern bereits beisammensaßen —

Das Bier schäumte herrlich über den Rand des Glases hinaus, die Weißwürste waren pikant, aber dem Rucker schmeckte heute gar nichts. Die Laune war ihm gründlich verdorben, obwohl sich für seinen Lukas eine Einheiratsmöglichkeit bot, bei der sich ein anderer die Finger abschlecken würde. Mißmutig zog er die Haut von den Weißwürsten und horchte nur halb auf das Gespräch am Tisch hin. Erst als der Jodlbauer erzählte, daß seine zwei Töchter an die Costa Brava in Spanien in Urlaub geflogen seien und daß dies Costa Brava deswegen heiße, weil da die Dirndln recht brav sein müßten, stimmte auch er in das ausbrechende Gelächter ein.

Hernach ergab sich daraus ein recht hitziges Gespräch, denn von den alteingesessenen Bauern verstand keiner die Zeichen der Zeit. Wann hatte es bei einem Bauern schon einmal Urlaub gegeben?

„Keinen Tag hab ich noch Urlaub gehabt in meinem Leben", erzählte der Scheidhofer. „Und meine Alte auch nicht. Die Jungen aber müssen heut Urlaub haben, grad wie die Sommerfrischler. Und gleich nach Spanien müssen sie fliegen."

„Vergönn's ihnen doch", verteidigte der Jodl seine beiden Töchter. „Die Pepi ist auf der Gemeinde angestellt und verdient ganz schön, und da hat sie halt die Margret auch mitgenommen, weil sie allein nicht fliegen hat wollen."

„Aber das kann niemals nicht ein gesunder Standpunkt sein", meinte der Wieser vom Kreuz. „Ein Bauernmensch fahrt nicht in Urlaub. Was sagst du, Rucker?"

Der Rucker schob seinen Teller zurück, wischte sich mit der Papierserviette den Mund ab und griff nach dem Bartbürstchen.

„Ja mei', die Zeiten haben sich eben geändert. Gar manches, was man vor dreißig Jahren noch als Wahnsinn bezeichnet hätte, hat heut seine Gültigkeit. Das Wirtschaftswunder streift auch unsere Leute schön langsam. Und im Fernsehen wird auch Reklame genug gemacht, der Blick in die Welt ist weiter geworden. Das ist eine Entwicklung, die wir nimmer aufhalten können. Und warum sollen wir Bauernmenschen nicht auch einmal ausspannen dürfen?"

„Das sagst du, weil du sowieso dauernd unterwegs bist", warf der Wieser dem Rucker vor. Doch diesen Vorwurf tat der Rucker mit einer Handbewegung ab. Der Scheidhofer aber wußte:

„Ich hab gehört, daß es da in Spanien Badestrände geben soll, wo Mandl und Weibln ganz pudelnackt miteinander baden. Ob das wirklich wahr ist?"

„Überhaupt gar nix an?" fragte der Loichl und hatte dabei einen merkwürdigen Blick. „Ob sie sich nicht schämen?"

„Scham wird allmählich immer kleiner geschrieben", sagte der Hupfauer mit leiser Stimme und recht salbungsvoll — er war sehr fromm und durfte bei der Fronleichnamsprozession den Himmel tragen —, was ihn aber nicht hinderte, ein wenig später zu fragen, was so ein Flug nach Spanien koste.

„Pudelnackt und mit gar nix am Leib", sinnierte der Loichl wieder und sah mit verschleiertem Auge in sein Bierkrügl hinein.

Kurz vorm Zwölfuhrläuten bezahlte der Rucker und ging heim. Hochaufgerichtet ging er aus der Gaststube. Er wußte genau, daß sie jetzt über ihn reden würden. Er mußte sich angewöhnen, dagegen immun zu werden.

Kurz bevor er von der Straße abbog in den Weg nach Haid hinauf, kam ihm sein Sohn Lukas nach.

„Laufen kannst du noch wie ein Junger", staunte Lukas.

„Ich bin ja auch noch nicht alt", antwortete der Rukker und blieb stehen. „Das paßt mir jetzt grad, daß du mir nachgekommen bist. Der Fritzn von Langöd hat mich heut angeredet wegen dir. Er meint, seine Tochter hätte an dir einen Narren gefressen."

„Die Erika?" lächelte Lukas ein bißchen süßsauer.

„Das weiß ich nicht, wie sie heißt. Dem Alten wärst du scheinbar auch ganz recht. Und was den Hof betrifft, es müssen bald an die zweihundert Tagwerk dabei sein."

„Hundertachtzig", wußte Lukas. „Und vielleicht noch drei Tagwerk Dreck ums Haus 'rum."

„Darum gehört eine tüchtige Hand hin, die Ordnung schafft!" Der Rucker begann wieder zu gehen, ganz langsam jetzt, die eine Hand auf dem Rücken, in der andern trug er den Hut. „Ich hab das Gefühl gehabt, daß es ihm ganz recht wär, wenn du dich einmal sehn lassen tätst bei ihm."

„Ich weiß nicht", klagte Lukas, „daß die Leut allweil gleich so aufdringlich sind."

„Das kommt drauf an, wie weit du dich da wieder hingepirscht hast. Hast du zu dem Madl was vom Heiraten gesagt?"

„Direkt gerad nicht. Bloß so allgemein hab ich einmal gesagt zu ihr: Geheiratet wirst auf alle Fälle einmal. Dabei hab ich aber nicht an mich gedacht."

Der Rucker mußte unwillkürlich lachen.

„Mit solchen Sprüchen kannst einmal recht saudumm 'reinfalln. Wie ist sie denn sonst, das Madl?"

„Mei', was soll man da sagen. Zur Not ging sie ja gerad. Aber ich hab erfahren, daß ihre Mutter keine Gute ist. Die soll Haare auf den Zähnen haben."

„Die müßtest du ihr gleich am Anfang ausreißen. Im übrigen brauchst du ja nicht die Alte heiraten, sondern die Tochter. Ich will dir ja nichts einreden, Lukas, aber schön langsam wird es Zeit, daß du dich nach einem warmen Nest umschaust."

Dem Lukas fiel nichts anderes ein, als zu sagen:

„Gerad ich soll in den sauern Apfel beißen. Der Andreas denkt ja auch nicht ans Heiraten."

„Ja, mit dem werde ich ebenfalls reden müssen", meinte der Rucker. „Die Mutter soll es endlich auch einmal schöner kriegen. Und für den Anderl, da wüßte ich eine."

Daß wenigstens ihm der Vater nicht mit Nachdruck zusetzte und ihm nichts einreden wollte, wie er gesagt hatte, erfüllte Lukas mit einiger Genugtuung, denn das Feuer, das die Fritzn Erika angezündet, wollte nicht mehr so recht brennen. Es läge an ihm, in die Glut hineinzublasen, daß wieder Flämmlein aufsprängen. Aber dazu hatte er keine rechte Lust mehr, seit ihm beim

Seewirt die Sommerfrischlerin Olga begegnet war. Das war Rasse, die hatte Temperament und einen schlanken Hals, wie ihn seine weiße Brieftaube gehabt hatte. Und was der Lukas bisher noch nicht gewußt hatte in punkto Geheimnis einer Frau, das brachte ihm diese Olga bei.

Sie näherten sich jetzt dem Hof, und der Rucker runzelte die Brauen, denn er sah seine Tochter Susanne im Liegestuhl liegen, mit einem Buch in der Hand.

„Laß nur die Mutter sich abrackern, damit du es dir recht bequem machen kannst“, sagte er mit Vorwurf in der Stimme. Daraufhin verzog die Susanne den Mund ein wenig, so als ob sie Schmerzen spürte, und legte die Hand auf die Stelle, wo man ihr den Blinddarm herausgenommen hatte.

„Ja, ja, vergiß nur nicht, immer dort hinzulangen“, brummte der Rucker. Aber da kam gerade noch rechtzeitig die Mutter aus der Haustür.

„Ah, seid ihr schon da? Dann wollen wir gleich essen jetzt, sonst verkochen mir die Knödel.“

Beim Mittagessen erfuhr der Rucker dann, daß sie nachmittags Besuch bekämen und daß er deswegen daheimbleiben müsse.

„Anstandshalber“, fügte Susanne noch hinzu.

„Meinst, daß du mir sagen mußt, was Anstand ist?“ fragte der Rucker. „Und warum erfahr ich das jetzt erst?“

„Weil Bernhard erst um zehn Uhr angerufen hat, heute.“

„So, so, der Bernhard. Wenn ich das Wort schon höre. Das erinnert mich allweil an einen Bernhardinerhund.“

„Sei doch nicht so ungut, Vater“, mahnte die Ruk-kerin.

„Ist ja auch wahr. Ich hab ja an sich nichts gegen den Bernhard, aber weil sie, die Susann, allweil so tut, als käm der Erzengel Gabriel daher. Überhaupt hab ich da meine Bedenken, ich sag's ganz ehrlich. Das kannst du nämlich drehn und wenden wie du willst, Susann, aber es läßt sich einfach nicht aus der Welt schaffen, daß du von einem Bauern abstammst.“

„Das weiß Bernhard doch schon lange und — es macht ihm nichts aus.“

„Mir kann es recht sein“, gab der Rucker dann klein bei. „Meinen Mittagsschlaf werde ich aber doch noch halten können, oder?“

„Bernhard kommt mit seinen Eltern so gegen halb drei Uhr.“

„Ach so, die Alten kommen heute auch mit?“

„Hab ich das nicht gesagt?“ wunderte sich Susanne.

„Nein, das hast du nicht gesagt. Aber bitte, wenn er es ernst meint, dein Bernhard, dann war es ja zu erwarten, daß seine Eltern auch einmal aufkreuzen.“

„Die kreuzen nicht einfach auf, sie kommen mit einem Traumfahrzeug von Auto“, gab Susanne dem Vater zu bedenken, und es klang schon eine ganz schöne Menge Überheblichkeit in ihrer Stimme.

Nein, es war nicht mehr die Susanne vergangener Zeiten. Man hatte ihr scheinbar mit dem Blinddarm auch einen Teil ihrer bäuerlichen Gesinnung herausgeschnitten. Sie war jetzt oft so gereizt, las Bücher und löste Kreuzworträtsel, das heißt, sie versuchte sie zu lösen, aber beim griechischen Hirtengott mußte sie schon passen. Was Eros hieß, das hatte ihr Bernhard beigebracht. Ares war auch ein Gott, aber Susanne wußte nicht, welcher Kategorie er zugehörte. Aber sie würde das schon noch herausbringen, weil sie die Hochzeit nach Griechenland machen wollten. Neben vielem andern hatte sie bereits auch gelernt, wie man Messer und Gabel so in die Hand nahm, daß es vornehm aussah. Und sie runzelte fast schmerzlich die schöngeschwungenen Brauen, als Lukas jetzt beim Essen ein Stück Bratenbein einfach in den Fingern hielt und es abnagte.

*

Um diese Zeit nahm die Familie Kronauer in einem Gasthof unterwegs ihr Mittagessen ein, weil Frau Berta Kronauer der Ansicht gewesen war, es schicke sich nicht, wenn man in einem fremden Haus beim Mittagessen störe, und außerdem erwartete sie sich für ihre verwöhnte Zunge nichts. Hier gab es wenigstens frische Bachforellen in blau. Überhaupt war diese hochgewachsene Frau ein bißchen skeptisch, was die Wahl ihres Sohnes anlangte. Man war immerhin wer, man beschäftigte zweihundertfünfzig Personen in der Kartonagenfabrik, und ihr Bernhard hätte überall anklopfen können. Aber nein, auf so ein Bauernmädl mußte er hereinfallen!

Otto Kronauer, der Vater, dachte in einer ganz anderen Richtung. Er war überhaupt ein recht gemütlicher Mann, mit einem dicken Bauch und Hängebäcklein, der es sich leisten konnte, gelassen zu sein. Sein Betrieb existierte bereits seit einhundert Jahren und hatte sich immer vom Vater auf den Sohn vererbt, war jeweils vergrößert worden, wobei die Kronauers ihre

Frauen immer aus gutsituierten Familien des Geschäftslebens der Stadt genommen hatten. Frau Berta zum Beispiel stammte aus einer Dynastie, wo sie mit Eisen und Stahl handelten. Der Sohn Bernhard fiel erstmals aus der Rolle. Seine Mutter hatte in der ersten Zeit um dessentwillen mit Einspruch nicht gespart, aber dieser Sohn, so meinte sie jetzt, sei wahrscheinlich verkehrt erzogen worden oder sei überhaupt ein wenig aus der Art geschlagen, weil er auch außergeschäftlich soviel eisernen Willen und Starrsinn zeige und weil er sich vor allem den Argumenten seiner Mutter widersetze. Na ja, sagte sie immer. Ich kann es erwarten, bis dich bittere Enttäuschung dann doch noch auf den rechten Weg führt. Immerhin hatte sie es durchgesetzt, daß auf die Vermählungskarten „Gutsbesitzerstochter" gedruckt werden würde. Sie hatte sich auch soweit durchringen können, daß sie sich für den ersten Besuch in Haid ein Dirndlkostüm hatte schneidern lassen. Zu diesem Zugeständnis hatte sie sich eben noch zu entschließen vermocht, im übrigen blieb sie nach wie vor skeptisch.

Herr Otto Kronauer rechnete anders. Er wußte, was heute Baugründe wert waren. Wenn die Preise so weiter stiegen und wenn ein Stück Land eines Bauern zum Baugebiet erklärt wurde, dann konnten da Hunderttausende drinstecken. Nein, nein, diese Bauernmädchen waren nicht mehr so arm wie früher, sie brauchten nicht mehr mit ein paar Tausendern und einer oder einigen Kühen abgefunden werden. Außerdem hatte Bernhard ihm erklärt, daß er diese Susanne liebe, und eine Blutauffrischung tat seiner „Kartonagendynastie" einmal ganz gut.

Man hatte gegessen. Bernhard setzte sich wieder ans Steuer des schweren Wagens. Seine Mutter saß vorn —

sie saß immer nur vorn — der Vater saß hinten und hielt den Blumenstrauß, den Bernhard seiner angehenden Schwiegermutter überreichen wollte.

Frau Berta schaute zum Fenster hinaus. Sie sah die wogenden Getreidefelder, und einmal fragte sie nach hinten:

„Ist das nun Korn oder Weizen, Otto?"

Otto kannte sich da überhaupt nicht aus, und als Frau Berta ihren Sohn fragend ansah, lächelte Bernhard:

„Über Getreide haben wir eigentlich nie gesprochen, Mama."

„Das kann ich mir denken. Fahr nicht so schnell, da vorn kommt eine Kurve. Wie weit haben wir es eigentlich noch?"

„Noch eine Viertelstunde."

„Hoffentlich können die einen anständigen Kaffee machen."

„Was du für Sorgen hast, Mama."

„Immerhin mache ich mich auf einiges gefaßt. Wahrscheinlich haben die noch so ein Häusl im Freien mit einem eingeschnitzten Herzen."

„Nein, Mama, auf Haid gibt es Spülklosett mit Bad, falls du dort einmal auf ein paar Tage Urlaub machen möchtest."

„Das wirst du wohl kaum erleben."

„Sag das nicht, Berta", sagte Herr Kronauer. „Wenn es Fischgewässer dort gibt —"

„Das kenn ich schon", widersprach ihm die Frau sofort. „Du säßest wieder wie damals in Glonn stundenlang am Forellenwasser, und ich weiß nicht, wie ich die Stunden totschlagen soll. Nein, nein, wir fahren heuer wieder nach Ischia, schon deines Bauches wegen. Der muß doch wieder wegzubringen sein."

Da kam auch schon Hofkirchen in Sicht, und Bernhard deutete den Berg hinauf.

„Das da droben ist Haid", sagte er.

„Liegen tut es eigentlich recht romantisch", meinte seine Mutter, öffnete ihr Handtäschchen und zog sich die Lippen nach. „Bitte, Bernhard, nimm die Kurven nicht so schnell und leg den zweiten Gang ein. Merkst du denn nicht, daß die Kupplung rupft?"

Bernhard Kronauer hielt es für gut, darauf nichts zu erwidern. Er schaute nur in den Rückspiegel und sah, daß sein Vater ihm verständnisinnig zulächelte und wahrscheinlich das gleiche dachte wie er, nämlich: Laß sie nur reden, wenn sie auch nichts kauft.

*

Die Zeit geht viel schneller dahin als früher, sagen die Menschen. Aber das stimmt nicht ganz. Sie geht nicht schneller als früher, es sind nur die Menschen selber, die, von der Ruhe verlassen, alles nur mehr in Hast und Eile betreiben.

Die Zeit ging nicht schneller, wie die Natur sich nicht änderte. Wenn der Kuckuck am Morgen nicht mehr schrie, dann waren die Wochen eben schon in die Erntezeit hineingeglitten. Das Korn rauschte stärker im Wind, der Weizen leuchtete wie altes Gold im Glanz der Abendsonne, das Grummet wuchs schon üppig nach, und die Sterne zogen am Abend auf, so verläßlich wie seit Jahrtausenden, und fragten auch nicht nach der Zeit.

Ja, die Erntezeit war da, mit dem Ruf des Wachtelkönigs, der die Nächte erfüllte, zu dem die Sensen gedengelt wurden in der roten Frühe, wenn der Tau noch auf der schlafenden Welt lag.

Viele dengelten keine Sensen mehr im Zeitalter der Maschinen. Ein stiller Feierabend war über einst schwerarbeitende Hände gekommen. Die Hand eines Bauern brauchte nur mehr Hebel zu drücken, den oder jenen, dann begann die Maschine einem Roboter gleich durch die Felder zu brummen.

So ungefähr sinnierte der Rucker vor sich hin, als er droben im Schatten der Rotbuchen saß und auf den Lukasacker hinuntersah, wo der rotleuchtende Mähdrescher wie ein großer, ungeschickter Käfer durch die hohen Halme kroch. Lukas saß auf der Maschine, ein einzelner Mensch nur, der die Ernte einbrachte. Und es fiel dem Rucker ein, wie sie in früheren Jahren noch Ernteknechte gedungen hatten, die hernach wieder weiterzogen. Nur wenige waren geblieben. Der Tonerl zum Beispiel, ja, der war damals auf dem Ruckerhof hängengeblieben. An ihm konnte man auch ermessen, wie die Jahre davongeeilt waren und was sie alles durcheinandergewirbelt hatten.

Er brauchte ja nur bei sich selber die Dinge zu betrachten. Was hatte sich in einem knappen Jahr nicht alles geändert! Barbara war nicht mehr auf dem Hof, Andreas saß auf der Alm, die Susann war nur mehr halb daheim und strengte sich ganz mächtig an, sich zu bilden, was ihn am meisten ärgerte, denn ein Mensch, der eine Bildung im Herzen trug, brauchte nach einer andern nicht so gierig zu haschen. Aber daran war diese Madam Kronauer schuld, die an jenem Sonntag ganz ungeschminkt und unverschämt geäußert hatte: „Wenn du unsern Sohn heiraten willst, Kindchen, dann mußt du dir noch allerhand aneignen. Ich werde dir ein paar Bücher über den guten Ton und über Umgangsformen zuschicken."

Das war vor vierzehn Tagen gewesen. In weiteren vierzehn Tagen sollte nun schon die Hochzeit sein. Überraschenderweise hatte Frau Kronauer sofort zugestimmt, wenn es doch schon sein müsse, dann diese Hochzeit hier in Hofkirchen zu feiern, und ganz so, wie es eben hier üblich sei.

Mit dem Kronauer selber und auch mit dem angehenden Schwiegersohn hatte sich der Rucker soweit recht gut verstanden. Dieser junge, dunkelhaarige Bursche schien wirklich in die Susann arg verliebt zu sein. Dem Rucker gefiel, daß er hartnäckig war und über einen eigenen Willen verfügte, mit dem er seiner hochgestochenen Mama erklärte: „Entweder du fügst dich in das Unvermeidliche, liebe Mama, oder ich scheide aus der Firma aus."

So ähnlich hätte auch Barbara sagen können. Aber die war einfach gegangen, und es war für ihn, den Rucker, nun doch etwas peinlich, erleben zu müssen, wie dieser verschmähte Schwiegersohn mit Riesenschritten seinem Ziel zustrebte und wie er vor allem überall und bei allen Achtung gewann. Die Barbara diente zwar immer noch im Hause des Professors, aber da war ihm gestern erst zu Ohren gekommen, daß die beiden das Häusl des Wegmachers auf eine günstige Leibrente zu übernehmen gedachten. Das Häusl war nicht viel wert, wohl aber der Grund, der dazu gehörte und der im sogenannten Erschließungsgebiet lag.

Der Rucker mußte an diesem Nachmittag sehr häufig sein Bartbürstchen ziehn. Er merkte nur zu deutlich, daß er aus seiner Ruhe aufgeschreckt worden war. Viel schöner war es doch noch, als die Kinder noch klein gewesen und keinen eigenen Willen gehabt hatten. Nun aber waren sie herangewachsen und jedes von ihnen schien ein Einzelner geworden zu sein.

Das Rad des Lebens drehte sich doch nicht im gleichen Rhythmus. Manchmal sprang eine Speiche davon ab und konnte dann zum Schicksal werden. Ein ganz dummer durchgebrochener Blinddarm konnte alles mit einem Schlag ändern. Er hätte ja Susann heuer auf die Alm geschickt, und dort hätte sie wahrscheinlich diesen jungen Kronauer nie kennengelernt. Dann hätte sie sich wahrscheinlich mit dem Kirchenwirt Xandl zufrieden gegeben, der zwar kein Mann von Format war, doch hätte Susann dann auch keine Gelegenheit gehabt, den Unterschied kennenzulernen. Und Kirchenwirtin von Hofkirchen zu sein, hätte sie sich schon auch zur Ehre anrechnen können. Man kannte sich, man wußte, was sich hinter den dicken Mauern an gediegenem Wohlstand verbarg, es waren Äcker und Wiesen dabei, Wälder und Almen, alles in allem eine beständige Sache. Mag sein, daß Pappkartons mehr abwarfen, daß man damit in ganz anderen Dimensionen rechnen konnte, aber das Sicherste war noch immer der Boden, die Erde, die alles hervorbrachte, was die Menschen brauchten.

Nein, es kam nicht alles so, wie der Rucker es sich vorgestellt hatte. Zwar hatte er seine Träume und Pläne immer mehr für sich behalten, aber nun, weil alles ein bißchen anders lief, erschrak er doch ein wenig. Es schien einiges aus der Bahn zu kommen. Auch bei ihm selber; denn so wie es aussah, würde er beim nächstenmal nicht mehr in den Bezirkstag gewählt werden, und im Landwirtschaftsverband hatte er zu viele Gegner und Feinde, als daß er sich dort hätte noch recht wohlfühlen können. Wie hatten die Fachblätter einst geschrieben? „Dieser Bauer aus dem Oberland ist noch eine Säule, an der sich die Wogen brechen. Um diesen Mann rauscht noch der Bergwind, er steht wie ein Baum in seinen Wäldern ..."

Oh ja, er hatte sich diese Lobeshymnen aus einer vergangenen Zeit recht gut gemerkt. Aber nun schien die Säule zu wanken, man brauchte ihn nicht mehr. Das tat ein bißchen weh. Zu viele Gegensätze waren aufgetaucht, man schwächte mit neuartigen Argumenten seinen Willen, ja, man mißachtete ihn, wie ihn seine Tochter Barbara mißachtet hatte. Das alles fügte sich zusammen zu einer Kraft, die er zwar noch nicht spüren wollte, die ihn aber zwangsläufig wieder hineindrängen würde in seine ursprüngliche Bestimmung, in sein altes Leben, in dem er nichts anderes gewesen war als ein Bauer, der zum Feierabend mit auf dem Rücken verschränkten Händen am Rande seiner Felder hingegangen war, wenn sich die Sterne über ihnen entzündet hatten und der weiche Mantel der Nacht alles Land umschmiegen wollte.

Es war nur gut, daß eine sich nicht gewandelt hatte in all den Jahren. Seine Frau Therese. Sie hatte nie geklagt, nachdem er dem bäuerlichen Alltag ausgewichen war, um sich der Politik zu verschreiben. Und sie hatte mit Geduld auf den Tag gewartet, bis ihn neue Einsichten oder aber auch das Alter wieder zurückführen würden zu ihr und zum Hof.

Der Rucker stand jetzt auf, ging über das abgeerntete Feld hinunter, unterhielt sich kurze Zeit mit dem Lukas und kam dann in einem großen Bogen auf Haid zurück. Die Lindeggerin saß auf der Hausbank und rupfte ein paar Enten, die der Lindegger am Mittag abgestochen hatte.

„Tust die Enten rupfen?“ fragte der Rucker und war sich der Einfältigkeit seiner Frage sofort bewußt. Wenn man sieht, was ein Mensch tut, dann fragt man ihn doch nicht nach seiner Tätigkeit. Aber so ging es ihm in letzter Zeit öfter. Es hätte ihn nicht gewundert, wenn die Lindeggerin, die für ihre scharfe Zunge bekannt war, geantwortet hätte: Das siehst ja. Statt dessen fragte sie ihn sofort:

„Dann heiratet deine Susann wirklich in vierzehn Tagen den feinen Herrn?“

„Ob er fein ist, weiß ich nicht“, antwortete der Rukker und zog sein Bartbürstchen. „Rentiert sich ’s Entenzüchten überhaupt noch?“

„Was rentiert sich für uns Kleinhäusler heut überhaupt noch? Aber es kommt allweil so viel altes Brot zusammen, und Kartoffeln haben wir auch noch gehabt. So — also in vierzehn Tagen. Da werden wir dann hoffentlich eingeladen werden?“

„In der Nachbarschaft ist das doch eine Selbstverständlichkeit.“

„Ich hab’s meinem Roserl schon gesagt, soviel Glück hab ich gesagt, müßtest du halt auch einmal haben wie die Rucker Susann.“

„Ob es ein Glück wird, wer kann sowas im voraus schon sagen. Man muß alles erst abwarten.“

Die Lindeggerin legte die Ente, nachdem sie jetzt gerupft war, in die Schüssel zurück und setzte sich in Positur. Wann konnte man den vielbeschäftigten Nachbarn schon einmal auf einen Diskurs haben! Und sie hatte doch soviel zu erzählen und zu erfragen.

„Im voraus hat man bei der Barbara auch nichts sagen können. Und jetzt macht sich der Stettinger so.“

Zum Glück erschien in diesem Augenblick die Ruckerin drunten unter der Haustür und rief herauf:

„Thomas, ans Telefon sollst kommen.“

Es gab eben doch noch glückliche Augenblicke, in denen man von unangenehmen Fragen durch einen Zufall erlöst wurde.

*

Nicht weil Susanne den bäuerlichen Bräuchen noch tief verbunden gewesen wäre, ließ sie sich in einem Brautkleid von bäuerlichem Schnitt trauen, sondern weil dies gerade wieder stark in Mode gekommen war. Dieses Brautkleid hatte es allerdings in sich. Diesen modischen Trachtenschnitt hatte noch keiner gesehen. Das Kleid war aus hellem Silberbrokat, mit viereckigem Halsausschnitt, von golddurchflochtenen Rüschen eingesäumt, und der gefaltete Rock reichte bis zu den Knöcheln hinab, gerade noch so weit, daß man die breiten Silberspangen an den Schuhen sehen konnte. Der in Brokat gehüllte Körper war in der Taille so dünn, daß er von zwei Bauernhänden leicht hätte umfaßt werden können.

Ja, es war schon eine Schau, es war die Hochzeit des Jahres, jedenfalls eine Hochzeit, wie sie in Hofkirchen noch nie abgehalten worden war. Der Brautstrauß bestand nur aus sieben Blumen, aber es mußten furchtbar teure Blumen sein, und nur der Schneider Nirschl, der vor seiner Ladentür stand und ein paar Gesellenjahre in Paris hinter sich gebracht hatte, konnte annähernd den

Preis nennen, was solche unter Glas gezüchtete Orchideen kosten würden.

Der Bräutigam hatte auch einen Trachtenanzug aus allerfeinstem Stoff an und erinnerte in seiner Blässe und leichten Aufgeregtheit an einen jungen Direktor, der vor einer großen Versammlung seine erste Rede halten mußte.

Seine Verwandtschaft, die in schweren Luxuslimousinen angekommen war, zeigte Mode nach neuestem Schnitt. Die Verwandtschaft der Braut stand aber in der schweren Tracht mit all dem Silberschmuck dem städtischen Prunk in nichts nach.

Soffner hieß der Bürgermeister zu dieser Zeit, ein mittlerer Bauer, der zuweilen Ehepaare im Ackergewand, noch Erdschollen an den Schuhen, in aller Eile getraut hatte. Heute aber hatte er sich in einen schwarzen Anzug gezwängt, der ihm viel zu klein war und bei dem über der engen Hose das weiße Hemd herausschaute. Von Natur aus sonst ein Praktiker, hielt er seine standesamtlichen Trauungen immer sehr kurz, etwa mit den Worten: „Jetzt seid's Mann und Weib, halt's z'amm im Leb'n, ein Leben kann nämlich zur Höll' werden, wenn zwei Menschen nicht fest z'ammhalten . . ."

Heute aber hatte er sich einen Text zurechtgelegt über die eheliche Liebe, den ihm seine Tochter aus irgendeinem Dichtwerk abgeschrieben haben mußte. Der Rucker durchschaute das sofort und räusperte sich ein paarmal.

Draußen versammelten sich mittlerweile nicht bloß die Hochzeitsgäste, sondern fast das ganze Dorf, denn sowas durfte man sich doch nicht entgehen lassen. Der Reichtum von seiten des Bräutigams wurde freimütigst dargeboten. Freilich kam die Braut auch nicht aus einem Häusl, in dem man nur ein paar Ziegen hielt, so daß die lauthin geäußerte Meinung der Lindeggerin mit allgemeinem Kopfnicken bestätigt wurde.

„Es ist halt einmal so im Leben", sagte sie, „da kannst hinschaun wo du magst, Geld kommt allweil wieder zu Geld."

„Dafür hat der Rucker seine Barbara leer ausgehen lassen", sagte der Schneider Nirschl, der ein wenig verschnupft war, weil ihm gar nichts in Auftrag gegeben worden war für diese Hochzeit.

Die Musikkapelle, dreißig Mann stark, formierte sich für den Zug zur Kirche. Es war ein endlos langer Zug, die Glocken von Hofkirchen läuteten ihm entgegen, und die Musik spielte den Musianmarsch. Der Morgenwind trug die Klänge über alle Hügel hinauf und erreichte völlig ungebrochen auch die junge Frau, die da oben an der Ligusterhecke stand, die das Haus des Professors Widenauer umschloß. Glockenläuten und Musikklang stürzten in ihr sonst so starkes Herz und erzeugten darinnen einen so brennenden Schmerz, wie ihn Barbara in ihrem Leben noch nie empfunden hatte.

Sie wollte es nicht und merkte es vielleicht auch gar nicht, wie ihr die Tränen über die Wangen rannen. Es hatte wohl dieses Morgens erst bedurft, daß Barbara sich von den Erinnerungen der Kindheit überwältigen ließ. Alles fiel ihr wieder ein, wie sie als Sechsjährige die um vier Jahre jüngere Schwester im Leiterwägelchen bis in den Wald hinausgezogen hatte, wo der Anderl damals ein Nest mit jungen Geiern ausgehoben hatte. Und wie in einer Gewitternacht die kleine Schwester Susann in schlotternder Angst zu ihr ins Bett geschlüpft war. Auch, wie sie später dann dem Lehrer

Wagner in tapferer Selbstverleugnung die Handflächen dargeboten hatte für sechs Tatzen, weil sie im Wald ein Feuer angemacht haben sollte, während Susann diese Freveltat begangen hatte. Nur Susann hatte alles vergessen, sogar eine Einladung zu ihrer Hochzeit, einer Hochzeit mit allem Prunk, während sie in nebelgrauer Frühe ohne jede Feierlichkeit ihrem Florian angetraut worden war.

Das tat weh. Daß man so einen Unterschied machte, war so schmerzhaft, denn sie stammten doch aus gleichem Blut. In dieser Stunde verstand sie ihre Eltern endgültig nicht mehr. Ungehemmt rannen die Tränen, ihre Schultern schüttelte es, bis sich eine Hand ganz sacht auf ihr Haar legte.

„Ja, wein dich aus, Barbara", sagte Frau Widenauer. „Tränen können den größten Schmerz wegschwemmen."

„Ach", klagte Barbara und wischte hastig die Tränen fort, „ist schon wieder vorbei."

„Nein, es ist noch nicht vorbei. Die Verbitterung wird weiterhin auf deinem Herzen liegen, Barbara. Und du brauchst dich doch der Tränen nicht zu schämen. Vielleicht hat Gott uns die Tränen gegeben, damit wir wissen, wie man Leid lindern kann. Komm, jetzt, wir wollen miteinander frühstücken."

*

Daß der ehemalige Holzknecht und Wildschütz Florian Stettinger das Wesen seiner Frau Barbara viel tiefer erfaßt hatte, als sie es bis dahin selber gewußt, zeigte er ihr an diesem Tag, als er frischgewaschen und

rasiert um vier Uhr nachmittags in der Villa des Professors auftauchte. Barbara war gerade damit beschäftigt, den englischen Rasen vor dem Haus zu mähen, als sie Florian zur Toreinfahrt hereinkommen sah. Sie stellte sofort den Motor des Rasenmähers ab und sah ihm ein bißchen erschreckt entgegen.

„Ist was passiert, Florian?"

Er schüttelte den Kopf und ging auf sie zu, nahm ihre beiden Hände und schielte zuerst ein wenig um sich, bis er sie an sich zog.

„Ich hab mir gedacht, Weiberl, daß ich dich heut' nicht bis zum Abend warten lassen soll."

„Ach du", lächelte Barbara, die genau wußte, wie er es meinte. Dann gestand sie ihm in ihrer etwas burschikosen, aber grundehrlichen Art: „Bloß in der Früh, als die Glocken geläutet haben, da hab ich ein bißl weinen müssen. Aber jetzt hab ich es schon hinter mir. Schön, Florian, daß du dran gedacht hast."

Aus einem offenen Fenster hörte man das Geklapper einer Schreibmaschine. Nach einer Weile hörte es auf, und am Fenster erschien die Dichterin Widenauer, die unter dem Pseudonym Ines von Kent schrieb.

„Ah, der Herr Gemahl. Heute schon Feierabend?"

„Ja, ausnahmsweise", lachte Florian zurück. „Heut muß ich mein Frauerl ein bißl früher haben."

„Ja, ja", seufzte Frau Widenauer. „Wie lang noch, dann werd' ich meine gute Barbara ganz verlieren müssen."

„Ja mei', da kann man halt nichts machen, Frau Professor, die Familie geht vor. Komm her, Weiberl, ich mäh' das Stückl noch, dann gehn wir in den Herzogwald 'nauf."

„Was willst denn im Wald droben?"

„Ein neues Geschäft winkt. Zweitausend Kubikmeter Holz könnte ich von da droben 'runterfahrn."

„Mei', Florian — wieder mehr Arbeit. Kommst ja sowieso kaum mehr zum Schlafen."

„Schlafen können wir hernach, wenn wir unser Ziel erreicht haben."

Bis zu jenem Herzogswald, der Staatswald war, ging man etwa eine gute Stunde. Die Nonnenraupe hatte dort gewütet, und darum war der Einschlag zu so ungewohnter Zeit vorgenommen worden.

Diesem Holzschlag zu gingen die beiden Menschen wie im Traum, denn nur im Träumen war es möglich, so viel Optimismus heraufzubeschwören, wie sie ihn entwickelten. Erst als Florian die gewaltigen Hölzer rechts und links der schmalen Waldwege liegen sah, wurde er nachdenklicher und begann zu rechnen. Die Stämme waren aufgeschnitten, jeweils zu einer Länge von vier Meter fünfzig. Sie sollten nun zur zwanzig Kilometer entfernten Bahnstation gebracht werden.

Rechnen war immer Florians schwache Seite gewesen. Erst seit er im Gefängnis begonnen hatte, die Tage in Minuten und Sekunden unterzuteilen, und vor allem seit er „selbständiger Geschäftsmann" geworden war, formierten sich in seinem Hirn Zahlen und Summen wie bei einem Rechenschieber.

„Wenn es genau zweitausend Kubikmeter sind", hatte er bereits errechnet, „müßten zwölftausend Mark rausspringen."

Barbara saß auf einem Baumstumpf, hatte die Hände um die Knie geschlungen und sah zu ihm auf, der hoch über ihr auf einem der Holzstöße stand.

„Wie willst du denn das bloß schaffen, Florian? Das geht doch gar nicht."

„Gehn tut alles, Weiberl“, lachte er. „Man darf bloß keine Angst haben vor der Arbeit. Bloß zwei Seilwinden bräuchte ich. Aber die krieg ich zu leihen. Das Geschäft pack ich!“ Er sprang herunter und streckte seine mächtige Gestalt. „Da schau doch her, das ist alles Kraft und Jugend.“

„Aber mit vierzig Jahren bist du zusammengerackert und krank, wenn du so weitermachst, Flori, du treibst Raubbau mit deiner Kraft.“

Er ließ sich neben sie ins Moos plumpsen und lachte wieder, daß seine weißen Zähne blitzten.

„Mit vierzig, Weiberl, da arbeiten andere für mich. Da tu ich dann bloß mehr einteilen und nachschaun. Richtig kalkuliern und fest nachgehn, ist schon der halbe Erfolg.“

Voller Bewunderung schaute sie ihn an.

„Manchmal krieg ich direkt Angst, wenn du so hoch hinauswillst und denk mir dann, Hochmut kommt vor den Fall.“

Lachend griff er nach ihr und zog sie neben sich ins Moos.

„Mit so einer Frau kann man nicht fallen. Und, Barbara, für wen tu ich denn das alles? Doch nur für dich, daß du einmal bloß mehr meine Frau bist, die für unser Haus da ist und für unsere Kinder. Und Hochmut, Barbara — ich bin in einer zu argen Armut aufgewachsen, als daß ich das jemals vergessen könnt’.“

Barbaras Hand streichelte seine Wange, ganz leicht und verhalten, daß er nicht das blanke Mitleid herausspüren sollte, das sie immer für ihn empfand, seit sie um seine armselige Kindheit wußte. War er doch das ledige Kind einer Magd, die ihn schon bald nach der Geburt in fremde Hände hatte geben müssen. Später war er dann strafbar geworden, weil er Axt und Säge zu oft mit der Büchse verwechselt hatte. Vielleicht, oder sehr wahrscheinlich, hing er Barbara mit so großer Liebe an, weil sie der erste Mensch in seinem Leben war, der ihm Wärme und Geborgenheit zu schenken vermochte.

Es war ein Tag voll feierlicher Schönheit. Es duftete nach Harz ringsum und nach Thymian und es war so still wie in einem Dom. Ein paar Schmetterlinge gaukelten vorüber, und die Sonne stand schon ein bißchen schräg über ihnen.

In dieser seltsamen, stillen Stunde glaubte Barbara, es nicht mehr länger für sich allein tragen zu dürfen. Behutsam zog sie seinen Kopf an ihre Brust nieder und flüsterte:

„Von unsern Kindern hast du vorhin geredet, Florian. Das erste, vielleicht dein erster Sohn — er lebt schon in mir."

Florian riß den Kopf zurück, er packte sie mit einem fast wilden Griff an den Schultern und zwang ihr Gesicht ganz nah an das seine:

„Ist das wahr, Barbara?"

Statt aller Antwort küßte sie ihn. Aufschluchzend barg er dann seinen Kopf in ihrem Schoß und stöhnte:

„Barbara — Weiberl — so ein Glück — — —"

Er bot ihr seine Augen als einen glänzenden klaren Spiegel und holte dazu ihre Hände in die seinen.

„Ich kann das gar nicht glauben, Barbara, so ein Glück, so eine Seligkeit." Er riß sie empor und machte mit ihr ein paar Sprünge, über Stöcke und Stämme hinweg, bis es ihm einfiel: „Das müssen wir feiern jetzt, Barbara. Ins Bergcafé Herzogblick gehn wir, und alles kannst du dir bestellen, was du grad magst. Heut reut mich gar nichts."

Sie wurde mit angesteckt von seiner bubenhaften Freude, griff nach seiner Hand und lief mit ihm über den Kahlschlag auf den schattigen Jungwald zu, bis sie außer Atem stehenblieb.

„Ich kann nimmer, Florian."

„Dann trag ich dich", meinte er und wollte sie schon auf seine Arme nehmen, als es ihm den Kopf herumriß. „Horch einmal, Barbara."

In kaum sechs Meter Entfernung war ein jämmerliches Gepiepse zu vernehmen, das in Röcheln überging.

Mit ein paar Sprüngen verschwand Florian zwischen den niederen Zweigen. Was sich seinem Anblick bot, trieb ihm alles Blut ins Gesicht. Verzweifelt wehrte sich eine Rehgeiß in einer Schlinge. Mit raschem Griff befreite sie Florian von dem Draht. Torkelnd kam das Tier auf die Beine, schaute mit glasigen Augen umher und verschwand dann langsam im Dickicht.

„Was war denn?" fragte Barbara, als er zurückkam, das Gesicht immer noch von zorniger Röte übergossen.

„Da arbeitet so ein Lump mit Schlingen. Ich weiß schon, Barbara, was du jetzt sagen willst, aber glaub mir, mit Schlingen hab ich nie was zu tun gehabt."

„Das glaub ich dir ja, Florian. Jetzt reg dich nur wieder ab."

„Ist ja auch wahr! Das ist doch das Allergemeinste. So einen Kerl — wenn ich ihn zwischen die Finger bekäme, ich weiß nicht, was ich mit ihm anfängen tät."

Plötzlich faßte Barbara nach seinem Arm.

„Da schau hin, Flori."

Oben am Rande des Jungwaldes sprang eine Gestalt über die kleine Lichtung, verhielt ein wenig und schlich dann vorsichtig umherspähend am Wald entlang.

Florian und Barbara waren in den Schutz der jungen Fichten zurückgetreten. Je näher die Gestalt jetzt kam, desto verwunderter wurden ihre Augen.

„Wer ist denn das bloß?“ flüsterte Barbara. „Schau doch hin, Flori, das könntest genau auch du sein.“

„Das ist doch seltsam, Barbara.“ Auch Florian kam aus dem Wundern nicht heraus. Die Gestalt ähnelte Florian verblüffend. Das magere Gesicht war braungebrannt, sogar das schmale, dunkle Lippenbärtchen trug dieser Mensch, der einen Augenblick verhielt und dann blitzschnell unter die Zweige schlüpfte.

Ein unterdrückter Fluch, dann ein erschrecktes Herumfahren.

„Du also bist der Lump, der die Schlingen legt. Pfui Teufel!“

Im Gesicht des andern wechselten Schreck und Verblüffung. Dann starrte er Florian in die Augen, als könne er etwas selber nicht ganz begreifen.

„Weißt du, was dir für so eine Gemeinheit gehört? Das da!“

Florian hatte eigentlich nicht raufen wollen, aber es ergab sich so, weil der Fremde nicht gewillt war, die schallende Ohrfeige schweigend hinzunehmen. Er schlug zurück, und das hätte er nicht tun sollen, denn Florian, mit keinerlei Technik des Raufens vertraut, machte es mit der bloßen Kraft und gab dem Gegner aus angewinkeltem Arm einen Stoß gegen die Brust, daß es den andern einfach umwarf. Dem Dröhnen des Schlages nach mußte es recht schmerzhaft gewesen sein und den Zorn des fremden Wildfrevlers erst geweckt haben. Er war gleich groß wie Florian und wußte sich zu wehren, brachte mit Finten und Drehen einen harten Schlag gegen Florians rechte Augenbraue an und gab damit praktisch das Signal für seinen eigenen Untergang. Als wenn Dreschflegel auf ihn einschlagen würden, so trommelten Florians Fäuste auf ihn nieder. Blut rann ihm bereits aus Mund und Nase, und er mußte, obwohl er sich eisern dagegen stemmte, wieder zu Boden.

Da wurde Florian hart am Arm gepackt. Barbara stand neben ihm und hatte Angst in ihrer Stimme:

„Hör auf, Florian, du erschlägst ihn ja."

Sofort trat Florian zurück und hörte nur undeutlich, was der andere stöhnte:

„Der Kain hat ja auch seinen Bruder Abel erschlagen. Und er möcht' es halt jetzt genauso machen."

„Was, Bruder?" sagte Florian und betrachtete die aufgeschlagenen Knöchel seiner rechten Hand. „Ich hab' keinen Bruder."

Langsam kam der Fremde wieder auf die Beine und wischte sich mit dem Ellbogen über das blutende Gesicht.

„Du weißt es bloß nicht", stotterte er mühsam. „Ich glaube, ein paar Zähne sind auch hin. Daß du mein Bruder bist, weiß ich schon lange, aber daß du so ein Grobian bist, das hab ich nicht gewußt. Du bist doch der Stettinger. Und meine Mutter hat als Ledige auch Stettinger geheißen. Dann hat sie einen Brunner geheiratet und ist vor zehn Jahren gestorben. Ich bin der Ambros Brunner. Aber Mutter haben wir zwei die gleiche."

Zweifelnd bedachte Florian das Gehörte, bis Barbara sagte:

„Das braucht gar nicht einmal gelogen sein, Florian.

Ihr seht euch ja ähnlich, als ob ihr Zwillingsbrüder seid."

„Bloß im Augenblick nicht", versuchte Ambros in schmerzlicher Ironie zu scherzen. „Ich glaub' tatsächlich, du hast mir einen Zahn eingeschlagen." Ein kurzes Spielen mit der Zunge, dann spuckte er tatsächlich einen Zahn aus. „Jetzt ist's aus mit meiner Schönheit! Wie kann man denn gleich so zuschlagen, wegen nichts und wieder nichts!"

„So? Nichts, meinst du, ist das, wenn du Schlingen stellst. Ich will dir einmal was sagen, ich hab auch einmal gewildert, aber ..."

„Ich weiß, ich weiß", unterbrach ihn der andere und zog aus seiner Brieftasche einige Papiere hervor, mit denen er beweisen wollte, daß er tatsächlich jener Ambros Brunner sei. Aber Florian mußte es nun sowieso glauben, je länger er den Menschen betrachtete. Sogar dieses kleine Grübchen am Kinn hatte er, die gleiche Farbe der Augen, die kantigen Gesichtszüge. Florian wußte nur von fernher um seine Halbgeschwister. Dieser war also sein Halbbruder, vom gleichen Blut einer Mutter und von der gleichen Leidenschaft beseelt, die ihn auch einmal ins Gefängnis brachte. Er merkte, daß sein Zorn sich längst gelegt und daß etwas ihn übermannen wollte, etwas wie Mitleid.

„Und was treibst du sonst?" fragte er dann, neugierig geworden.

„Was treib ich sonst? Beruf haben wir keinen erlernen können. Es ist recht arm zugegangen bei sieben Kindern. Ich bin das älteste, und wie ich aus der Schule gekommen bin, da haben sie mich gleich zu den Bauern gesteckt. Später bin ich dann als Holzknecht gegangen, genau wie du. Ich hab dich schon gekannt, da hast du noch keine Ahnung gehabt, daß es mich gibt. Und — ich hab dich bewundert, deinen Schneid, deine Verwegenheit. Bis sie dich schnappten. Da hab ich mir geschworen: Dich erwischen sie nicht, Ambros! Und jetzt bist es ausgerechnet du, der mich erwischt hat."

„Ja und was glaubst du, was ich jetzt mit dir mache?"

„Dem Förster wirst du mich doch nicht melden?"

„An sich müßte ich's, denn Schlingenlegen hasse ich."

„Aber du weißt ja selber, was man als Holzknecht verdient."

„Und ob ich das weiß." Florian drehte sich endlich Barbara zu. „Was machen wir denn mit ihm?"

„Auf alle Fälle können wir hier nicht stehen bleiben, bis es Nacht wird", antwortete Barbara. Ihr Entschluß war längst gefaßt, noch ehe Florian es aussprach.

„Ich könnt' einen brauchen, wenn du Lust hast. Verdienen tätst nicht schlecht bei mir und —"

„Nimm mich mit, Bruder. Sollst es nicht bereuen."

Wieder schaute Florian zuerst seine Barbara an. Die nickte.

„Natürlich nimmst du ihn mit, Florian. Denk an deine zweitausend Meter Holz."

Am ersten Bach säuberte Ambros sein Gesicht, sah dann etwas manierlicher aus, aber noch mehr seinem Halbbruder ähnlich.

Sie hatten zwar selber nur ein paar Dachkammern beim Prechtl, aber zur Not ließ sich auch dieser Ambros noch unterbringen. Barbara richtete Abendbrot her. Sie saßen hinterm Haus, und wenn eine Windwelle über die Dächer ging, dann hörten sie vom Seewirt her die Melodien der Hochzeitskapelle.

Während des Essens fiel es Florian plötzlich ein:

„Jetzt wird mir manches klar. Darum haben mir die

Jäger allweil noch nachspioniert. Sie haben dich für mich gehalten. Die haben gemeint, ich merke das nicht. Aber wie oft, wenn ich wegfahre in der Früh um vier Uhr, seh ich irgendwo einen Jäger herausspähen aus einem Versteck."

Ambros nickte eifrig, während er kaute. Er mußte hübsch ausgehungert sein, weil er ganz schöne Mengen verschlang.

„Einmal", erzählte er, „da hätten sie mich beinahe erwischt. Da hab ich im letzten Moment unter einen Wasserfall springen können. So naß bin ich meiner Lebtag nicht worden wie damals. Das war ein Brausebad, daß mir bald die Luft weggeblieben wär. Und droben auf der Brücke sind die zwei Jäger gestanden. Jedes Wort hab ich hören können. Der eine hat geflucht, und der andere hat gesagt: Ich freß einen Besen, wenn das nicht der Stettinger war."

„Du hast auf meine Kosten ganz schön geräubert, meine ich."

„Gewildert, Bruder. Bloß gewildert."

Das „Bruder" störte Florian noch ein wenig. Daran mußte er sich erst gewöhnen, während Barbara sich schon damit abgefunden zu haben schien. Noch meinte Florian einen gewissen Abstand bewahren zu müssen. Er war ja der Geläuterte, der andere mußte erst geläutert werden. Sich weit zurücklehnend sprach er auf den andern ein:

„Darüber mußt du dir klar sein, daß es jetzt aus ist mit dem Schlingenlegen und Wildern. Ich nehm dich auf, ja, und ich geb sogar zu, daß ich dich brauch'. Bilde dir aber bloß nicht ein, daß die Arbeit bei mir ein Honiglecken ist. Ich zahle anständig, verlange aber auch was. Wenn du meinst, daß du das nicht packen kannst, dann sag es gleich, dann fangen wir gar nicht miteinander an."

„Probiers halt einmal mit mir, dann wirst du es schon sehn", meinte Ambros und sah dabei die Barbara dankbar an: „Ich dank dir recht schön, für Speis und Trank, und daß du dich für mich eingesetzt hast."

Unversehens war die Nacht hereingebrochen. Die Abendglocken hatten geläutet, die Sterne begannen sich zu entzünden, leichte Nebel zogen auf, und deutlicher als vorhin hörte man den klingenden Jubel der Hochzeitsfeier im Nachtwind wehn.

*

Man könnte eigentlich Freude empfinden bei der Hochzeit einer Tochter, zumal wenn man sah, daß diese Tochter Susanne eine herrliche Braut war und man es von allen Seiten zu spüren bekam, daß sie in den Kreis der noblen Gesellschaft recht wohlwollend aufgenommen war. Seinen Schwiegersohn nannte der Rucker bei sich einen „feinen Hund", der immer ein Taschentuch auf die Schulterblätter seiner jungen Frau legte, damit das Brokatkleid nicht mit Händeschweiß in Berührung kam. Und die Verwandtschaft des Bräutigams — lauter nette Leute, wenn sie um die abendliche Stunde, nachdem als letztes gefüllte Kalbsbrust aufgetragen wurde, ein bißchen angetrunken waren. Sie rissen sich um die Braut und tanzten mit ihr. Freilich, was sie tanzten, kannte der Rucker nicht. Er selber hatte nur Walzer getanzt, ein paarmal mit seiner Therese und einmal auch mit Frau Berta Kronauer, die ihm hernach ihre rotgeschminkten Lippen zum verwandtschaftlichen Du bot. Jawohl, sie war heute recht aufgelockert, nannte den Lukas einen Teufelskerl und den Andreas einen stillen Träumer. Lukas wirbelte sie ein paarmal herum, riß wieder einmal seine Sprüche und versicherte Frau Berta, daß er sich so eine Schwiegermutter schon oft im Traum vorgestellt habe.

Und die Klarinetten quietschten über alles vernünftige und unvernünftige Reden hin und ließen nichts anderes gelten als den Jubel dieses Tages, da eine aus Hofkirchen, oder besser gesagt aus dem Weiler Haid, in die Großstadt zog. Nur die Brautmutter, Therese Rucker, konnte nichts dafür, daß ihr gerade im lautesten Trubel ein paarmal die Tränen kommen wollten, weil sie an ihre Tochter Barbara denken mußte. Und sie war versucht, sich dabei selber an die Brust zu klopfen und zu sagen „Meine Schuld“. In den Rauchschwaden und Nebeln des Tanzsaales sah sie ein paarmal ihre Barbara allein dahinwandern, ausgestoßen und verlassen. Sie begriff sich selber nicht mehr, daß sie sich dagegen nicht gewehrt hatte. Diese Hochzeitsfeier war für sie nichts Vollendetes, sie hatte einen Riß, wenn ihn auch niemand sah. Die Susanne ging nun ebenfalls fort, und nun hatte sie gar keine Mädl mehr im Haus. Und was Andreas ihr einmal für eine Schwiegertochter bringen würde — wer konnte das sagen. Doch nicht etwa die, mit er er nun bereits das viertemal tanzte. Das Mädl war auf einmal dagewesen, ein sehr hübsches Mädl sogar, aber kaum bäuerlicher Herkunft.

Vereinsamt saß sie auf ihrem Ehrenplatz und sah auf ihren Mann hin, der, hemdsärmlig bereits, die Hände in den Hosentaschen, dem Herrn von Saller auf Ehrenwort versprach, daß er sich als Bezirksrat mit allen Mitteln für ihn einsetzen werde wegen einer leidigen

Grundstückssache, wegen der Herr von Saller mit seiner Gemeinde bereits seit Jahren einen Prozeß führte.

„Ja, aber die Sache würde nun schon eilen“, meinte Herr von Saller, der nicht als Hochzeitsgast da war, sondern nur einmal vom Weinstüberl unten heraufgeschaut hatte.

„Warum meinen Sie, daß es auf einmal so eilen soll?“ fragte der Rucker.

Herr von Saller suchte eine Ablage für seine Zigarre und trat zum offenen Fenster. Draußen sank bereits der Abend. Auf dem Satteldach der Kirche lag die untergehende Sonne mit rotem Glanz. Im dunklen Grün des Obstgartens beim Meßnerhaus leuchteten die überreifen Jakobiäpfel.

„Weil ich nämlich vermute“, sagte Herr von Saller, „daß Ihnen bei der nächsten Wahl im September der Rittlinger den Rang ablaufen wird.“

„Das ist noch nicht so sicher.“

„Sicher ist in der Politik gar nichts, mein lieber Rukker. Vergessen Sie nicht, die Jugend ist nicht mehr so untätig wie früher und denkt nicht mehr: die Alten werden es schon schaukeln. Die wollen jetzt selber ’ran. Und gerade die Jungbauern sind es, die den Rittlinger aufbauen und in den Sattel heben wollen. Das wird Ihnen so gut bekannt sein wie mir.“

„Natürlich“, sagte der Rucker, obwohl er davon nicht die leiseste Ahnung hatte. Diese Mitteilung ging ihm schon an die Nieren. Aber auch das hatte er in der Politik gelernt: sich im rechten Augenblick zu beherrschen und zu lächeln.

„Selbstverständlich wissen Sie mich stets an Ihrer Seite“, sprach der Gutsherr von Hochzell weiter, „nur ist mein Einfluß auch nicht mehr so stark wie früher.

Traditionen gelten nichts mehr, und ob wir es zugeben wollen oder nicht, Rucker, man wird einfach alt."

„Ich gebe es zu", sagte der Rucker mit wenig Überzeugung und schaute in das Gewühl der Tanzenden. „Man braucht bloß zu sehn, was da so um einen herumtanzt. Das ist Jugend."

„Solange sie tanzt, ist es nicht so schlimm. Schlimm wird es erst, wenn man spürt, wie sie uns Alte vom Postament stoßen wollen." Der Hochzeller nahm den Kopf zurück und klemmte die Augen schmal. So mochte er einmal auf dem Rücken seines Pferdes seine Schwadron fixiert haben.

„Übrigens, da hat kürzlich einmal in meinem Steinbruch einer Bruchsteine aufgeladen. Sie wissen, diese schweren Trümmer, die nicht unter einem Zentner wiegen. Aber der Bursche hat sie hinaufgeworfen auf seinen Lastwagen, als wären es Zehnpfundtüten. Hat mir mächtig imponiert, der Mann. Ich fragte dann später meinen Sprengmeister, wer er sei, und da sagte man mir, das wäre der Schwiegersohn vom Rucker aus Haid. Hatten Sie denn noch eine Tochter?"

„Ja, die ältere", antwortete der Rucker mit zusammengebissenen Zähnen.

„Ah so? Wußte ich gar nicht. Müßten ihm einen kleinen Ladekran kaufen. Also — entschuldigen Sie, Rucker, wenn ich gestört haben sollte. Ach, kommen Sie doch einmal wieder bei mir vorbei, ich zeige Ihnen dann die Katasterpapiere, damit Sie sehn, wo Sie am besten einhaken können."

Der Hochzeller ging durch den Saal wieder hinunter ins Weinstüberl. Bei jedem Schritt schaukelte der lose Ärmel seines Jacketts wie ein lahmer Krähenflügel.

Die Musik war verstummt, denn draußen läutete

man den Abendsegen, und die jungen Leute meinten, daß der Meßner heute mit Fleiß länger läute als sonst. Aber kaum war der letzte Glockenton verklungen, setzten die Klarinetten schon wieder ein.

Der Rucker kam wieder an seinen Platz zurück und schenkte sich ein Glas Wein ein. Die Nachricht war ihm auf den Magen gegangen und er hätte jetzt lieber ein Glas Magenbitter getrunken. Schau einer diesen Rittlinger an! Ins Gesicht tat er ihm immer schön und sprach in hohen Tönen von Bauerntum und Bauernbrauch, obwohl er gar kein Bauer war, sondern nur Lagerhausverwalter in Inkofen. Dieser Kerl hatte bestimmt nicht mehr als sechshundert Mark im Monat und mußte, wenn Not am Mann war, auf einem Rollkarren für einen Bauern ein paar Zentner Zement auf den Wagen kippen. Aber nach der Politik schielen, so nebenbei, oder auf die Diäten — die waren bei solchen Subjekten wohl wichtiger als alles andere. Und das Maul recht weit aufreißen und den Jungen Sand in die Augen streuen. Nun, die werden schon noch draufkommen, was sie an ihm verlieren!

Finster starrte er vor sich hin und nahm sich immer wieder sein Bartbürstl heraus. Nach einer Weile kam Therese, die ein Gespräch unter Frauen hinter sich hatte, zu ihm an den Tisch zurück. Der Wein in ihrem Glas war längst warm geworden, so schob er ihr das seine zu:

„Trink, Therese."

Sie trank und fragte:

„Hast du was, Thomas?"

„Was soll ich denn haben?"

Aber sie kannte ihn zu gut, um die Veränderung in

seinem Gesicht nicht zu bemerken und den Zorn nicht zu spüren, der in ihm wühlte.

„Hat dir der Hochzeller nicht das Rechte gesagt?"

„Ja und nein. Das ist der Dank, wenn man sich aufopfert. Hinterrücks fallen sie dann über einen her. Der Rittlinger von Inkofen möchte mich aus dem Bezirkstag verdrängen. Lagerhausverwalter ist er."

„Ja und?" fragte Frau Therese, die von dieser Nachricht überhaupt nicht erschüttert war. „Sei froh, wenn du endlich einmal ein paar Ämter loswirst."

„Vorerst dreht es sich nur um eins. Aber du hast recht, Theres, ich sollte mich gar nicht ärgern."

Sie nahm seine Hand und schaute mit verschleiertem Blick hinter ihrer Tochter Susanne her, die gerade mit dem Kirchenwirt Xandl tanzte — etwas widerwillig, wie es schien, denn ihre Stirne war in strenge Falten gezogen. Wie hätte sie auch lachen sollen, wenn ihr der Xandl in seinem halbtrunkenen Zustand vorhielt, daß er ihr ja zu wenig gewesen sei und daß ihn der schwarze und weiße Preßsack reue, den er ihr immer mitgebracht habe in der Meinung, der wäre höher zu schätzen als ein Fuder Pappkartons. Schließlich ließ sie ihn stehen, kam an den Brauttisch und klagte ihrem Vater:

„Der redet so blöd daher, daß ich ihn hab stehen lassen."

„Es redet jeder so, wie er kann oder muß", sagte der Rucker und schob der Tochter sein Glas zu. „Trink einmal Susann, und ich hoffe, daß du uns ja nicht ganz vergessen wirst, wenn du in der Stadt bist."

„Meinst du, daß ich's wie die Barbara mach'?" fragte die Susann und schaute nach ihrem Bräutigam aus, als habe sie bereits Abschied genommen von ihrer kleinen Bauernwelt.

„Wo sind wir stehengeblieben?“ fragte der Rucker seine Therese und mußte dabei ziemlich laut schreien, denn die Musik jauchzte und der Tanzboden dröhnte.

„Beim Rittlinger“, antwortete die Frau. „Er will dich verdrängen hast du gesagt. Aber so wie ich dich kenne, prickelt in dir schon der Widerstand.“

„Einem Lagerhausverwalter setze ich keinen Widerstand entgegen“, antwortete der Rucker in trotziger Verbohrtheit. Dann griff er wieder nach dem Bartbürstchen.

Die Ruckermutter wurde auf einmal recht nachdenklich und langte zum Weinglas; sie dachte wieder an ihre Tochter Barbara und spürte die Traurigkeit, die sie überkommen wollte. Um sie zu verdrängen, sagte sie gegen ihre Gewohnheit, leicht erregt:

„Laß doch endlich dein Bartbürstl in Ruh.“

Verwundert sah er sie von der Seite an.

„Hast du was? An so einem Tag soll dich doch alles freun, wo wir unsere Tochter so glänzend verheiratet haben.“

Da platzte die Ruckerin endlich ihren Kummer heraus:

„Ja, die schon. Aber ich muß grad heut an die Barbara soviel denken. Ich glaub, daß wir da nicht recht gehandelt haben, Thomas.“

„Jetzt fang bloß du auch noch an“, erwiderte er gereizt. „Grad vorhin hat mir der Hochzeller ein Loblied singen wollen auf einen mächtig starken Kerl, der mein Schwiegersohn sein soll.“

„Wenn man's genau betrachtet, ist er es auch“, ließ die Ruckerin nicht locker. „Und ich muß sagen, Charakter haben sie alle zwei. Keines ist zur Hochzeit gekommen."

„Weil sie niemand eingeladen hat."

„Doch, ich hab sie eingeladen."

„Hinter meinem Rücken? Also, das wird ja immer schöner!" — Er wollte zu fluchen beginnen, doch dann zeigte er ein Lächeln, als habe er soeben eine bittere Mandel zerkaut. Frau Berta Kronauer, die Bräutigamsmutter, kam mit einem Weinglas in der Hand an den Brauttisch zurück und war wohl schon ein wenig beschwipst, weil sie gar so lachte.

„Nein, dieser Lukas ist doch ein Tausendsassa. Macht mir der Knabe glatt eine Liebeserklärung, daß ich mich um zwanzig Jahre zurückversetzt fühle. Zum Wohlsein, auf eure Gesundheit, Thomas und Therese! Ich habe manches zurückzunehmen. Skeptisch bin ich gewesen — und wie — und jetzt erlebe ich eure Welt mit inniger Freude. Wollen wir jetzt nicht lieber zum Sekt übergehen? Eine Hochzeit ohne Sekt wäre wie eine Suppe ohne Salz."

Währenddessen hatte die Nacht einigen Sternenglanz aufgeboten. Die Fenster des Saales standen wegen der Hitze weit offen, und wenn der Rucker sich ein wenig hinüberneigte zur immer fröhlicher werdenden Frau Kronauer, dann konnte er den verschleierten Mond sehen und dachte daran, daß dies ein Schlechtwetterzeichen sei. Aber der Sekt floß auch ihm so berauschend ins Blut, schwemmte allen Ärger aus ihm fort, daß er den Arm um seine Therese legte und belustigt in das Gewimmel der Menschen sah, von denen nur etwa hundert geladene Hochzeitsgäste waren. Alle anderen waren erst im Laufe des Abends gekommen.

Auf einmal stand Andreas vor dem Brauttisch, lächelte auf seine bezwingende Art und verlangte nichts weiter als:

„Kann ich einmal den Autoschlüssel haben?"

Der Rucker wollte schon in seine Hosentasche greifen, besann sich aber nochmals.

„Wozu?"

Fünfundzwanzig Jahre war Andreas alt und sollte nun seine Bitte um den Autoschlüssel vor all den Menschen am Brauttisch erklären. Seine Mutter sah als erste, wie sich seine Stirn umwölkte.

„Ich brauch' ihn halt."

„Natürlich kriegst du ihn, mein Junge", sagte Frau Berta in ihrer leichten Beschwipstheit, und widerwillig griff der Rucker nun doch in seine Hosentasche.

„Aber daß mir da keine Dummheiten gemacht werden", sagte er. „Jetzt ist es elf Uhr, um zwölf kannst wieder da sein."

Um zwölf Uhr war Andreas nicht zurück. Aber die Münchner Hochzeitsgäste und das Brautpaar wollten nun aufbrechen. Die Kapelle stieg vom Podium und begleitete das Brautpaar hinunter, wo die Wagen, an die fünfzehn, aufgefahren waren. Allgemeines Abschiednehmen. Susanne weinte, und die Mutter weinte auch. Nur der Rucker stand stocksteif in Hemdsärmeln da, bekam Küßchen auf die Wange und wußte nicht von wem. Diese Abknutscherei lag ihm nicht. Doch Lukas nützte es weidlich aus und fragte Frau Berta nun schon zum drittenmal:

„Haben wir zwei jetzt schon, oder nicht?"

Er bekam den vierten Abschiedskuß, und dann fuhr die Kolonne endlich weg.

„Hoffentlich passiert nichts", sagte der Rucker. „Die sind nämlich alle ganz schön angesäuselt."

Andreas war auch um ein Uhr noch nicht da, als die Ruckers bereits zu Fuß auf ihren Hof zurückgekehrt waren. Der Rucker hörte ihn erst gegen zwei in den Hof fahren und dachte: Morgen werde ich ihm einmal die Leviten lesen.

Andreas aber stieg, nachdem er sich seines schwarzen Anzugs entledigt hatte, in dieser Nacht noch zur Alm hinauf, die für diesen Hochzeitstag der alte Tonerl bewacht hatte.

*

Nun wollte es langsam Herbst werden. Es regnete einmal eine ganze Woche, aber dann stiegen nochmal wunderschöne Tage auf, und was an kleinen, bauschigen Wölklein am Himmel dahinzog, das sah sich an wie aufgeblasene Backen von Posaunenengeln. Die Luft war leicht bewegt, grad so, daß die Wellen des Sees zu Hofkirchen leise durch den Tag plätscherten und auch nachts gegen die Ufer hinklatschten, mit einem so leisen Ton, als würde eine Kinderhand auf ein Federkissen schlagen. Wer dort, unter einem der flammend leuchtenden Ahornbäume geschlafen hätte, dem wären Träume von wundersamer Süße durchs Herz gegangen.

Wer aber sollte dort schon schlafen! Sommerfrischler gab es kaum mehr, und die Bauern hatten in diesen Wochen noch eine solche Menge Arbeit zu leisten, daß sie sich am Abend todmüde in ihre Betten warfen und nicht unter einen Ahornbaum, um zu träumen.

Von mancher der Almen war das Vieh bereits heruntergebracht. Auch die Fritznalm hatte seit einer Woche geschlossen. Auf der Ruckeralm sollte dies nach dem nächsten Wochenende geschehn, zum letztenmal, wie der Rucker wieder einmal fortschrittlich dachte; denn er wollte alles vollkommen umstellen: Keine Kühe mehr, nur noch ein paar als Milchspender für den Hausgebrauch, sonst lauter Jung-Stiere. Auch an einer großangelegten Schweinezucht sinnierte er herum. Natürlich würden sie zuerst wieder spötteln, wie immer und wie damals beim Mais, um es ihm dann doch nachzumachen! Aber die Menschen hatten ja immer etwas zu bereden und zu bespötteln. Derzeit hatten sie den Jodlbauern in der Welle ihres Spottes, die sich über die Haustüren der Höfe in die Stuben hinein ergoß. Jawohl, den Jodlbauern, dessen zwei Töchter, die Margret und die Peppi, an die Costa Brava in Urlaub geflogen waren. Sie waren braun wie zwei Mulatinnen von da zurückgekehrt. Die Bräune verging nach einigen Wochen wieder, aber bei der Peppi wurde das Schürzenband immer kürzer, um die Brust herum wurde sie voller, auf ihrer Nase tanzten plötzlich Sommersprossen, und wenn sie auf der Gemeindekanzlei um neun Uhr ihre Wurstsemmel aß, mußte sie sich eine Viertelstunde später erbrechen. Ja, ja, die Costa Brava hatte es in sich gehabt — der blaue Himmel, die Wellen des Meeres und der angriffslustige Jüngling, der der Peppi ins Ohr geflüstert hatte, daß er ein Torero sei!

An einem der schönen Herbstnachmittage ackerte der Rucker Lukas droben auf dem Taddäusacker. Dort sollte noch Winterroggen angebaut werden.

Der Traktor ratterte mißtönend in die feierliche Stille des Nachmittags. Die blauen Auspuffgase kräuselten sich wie der Rauch einer mächtigen Zigarre nach oben und verloren sich in den Laubwipfeln am Rande des Ackers, die schon ihr herbstliches Brautgewand angelegt hatten. Die Ahornbäume standen wie Opferflammen, die Buchen hatten Rostbraun angesetzt, nur die Tannen hatten ihr schwermütiges Grün behalten.

Es mochte etwa gegen drei Uhr sein, als die Fritzn Erika quer über den Hang herübergestampft kam, ein blaugewürfeltes Kopftuch über dem Haar und hohe Gummistiefel an den strammen Beinen. Lukas hätte sie eigentlich sehen müssen, aber er war so vertieft in seine Aufgabe, und wenn auch sonst in seinem Leben die Wege manchmal ziemlich krumm gingen, auf gerade Ackerfurchen legte er Wert. Sie mußten kerzengerade gezogen sein, kein Riß durfte dazwischen klaffen. So wartete Erika, bis er vom unteren Ackerende wieder heraufkam, und da konnte er sie nicht mehr übersehen —

Es gab ihm einen kleinen Stich, und zudem bekam er Falten auf seiner Stirn, gerade als ob er nachrechnen wolle, wie lange er ihrer Alm eigentlich schon ferngeblieben war. Sie lächelte ihn an. Ja, das konnte sie jetzt, nachdem sie dem Zahnarzt soviel Geld hingetragen hatte, um Lukas' willen eigentlich.

Lukas stellte den Traktor ab. Es war sowieso gerade Brotzeit, und er deutete auf den Schatten der Haselnußstaude hin.

„Daß du so mitten am Nachmittag kommst", wunderte er sich.

„Das muß ich ja wohl", sagte sie etwas kläglich, „nachdem du dich ja auch nimmer hast sehn lassen."

Er setzte sich, zog eine Bierflasche unter einem lockeren Rasenstück heraus und ein in Papier gewickeltes Stück Brot mit Wurst. Der Verschluß der Bierflasche schnellte hoch, er nahm einen kräftigen Zug, wischte sich den Mund ab und sagte:

„Was heißt: nimmer sehn lassen! Weißt doch selber,

was wir Bauern für Arbeit haben und wie wenig Zeit."

„Zuerst hast du auch Zeit gehabt", meinte sie, und es hörte sich so an, als ob ihr die Tränen bereits im Hals stecken würden. „Zuerst, wie du gesagt hast zu mir, ich bin ein herzig's Schnackerl —"

„Ja mei'", sagte er, zuckte die Schultern und trank wieder. Sie schaute ihm zu, wie sich unter den Schlucken seine Adamsapfel bewegte. Dann sagte sie:

„Wenn du mich nur auch einmal trinken lassen tätst."

„Ach so, ja. Da nimm." Er gab ihr die Flasche in die Hand. „Magst Brot auch und ein Scheiberl Wurst?"

„Nein, Hunger hab ich überhaupt keinen mehr."

Lukas schnippelte wieder einen Brocken Brot ab und schob ihn in den Mund.

„Ja, ja, der Mensch hat manchmal so Zeiten, wo ihm gar nichts mehr schmeckt. Den Zustand kenn' ich schon. Wie mir damals die weiße Brieftaube nimmer zurückgekommen ist, da hab ich acht Tage lang keinen rechten Appetit mehr gehabt."

„Bei mir dauert der Zustand schon länger als acht Tage."

„Was für ein Zustand?"

Die Erika schluckte ein paarmal und sah über das Maisfeld zur rechten Hand hin. Der Wind raschelte in den großen Blättern, und die Kolben leuchteten wie vergoldete Tannenzapfen.

„Es hilft nichts", sagte sie dann, „ich muß es dir sagen —"

Lukas ließ erschrocken das Bierflaschl sinken, aus dem er den Rest heraustrinken wollte. Ohne weitere Erklärung wußte er, was gemeint war. Er schaute sie an, mit einem Blick — wie einer, den man gerade zu Gefängnis verurteilt hatte, und sagte dann:

„Meine Liebe, du kannst einen vielleicht erschrekken!"

„Da brauchst du gar nicht zu erschrecken. Ich bin ja auch nicht erschrocken, als ich es gemerkt habe."

„Ich kann mich da eigentlich auf nichts mehr besinnen. Wann wär denn das gewesen?"

„Damals, als du bei dem Regenwetter zu mir auf die Alm gekommen bist."

„Was? Damals gleich?" Er tat so, als erstaune ihn dies über alle Maßen. Bei sich dachte er: Warum hab ich Depp auch hinfahrn müssen. In seiner Ratlosigkeit sagte er dann etwas recht Dummes: „Und du meinst, daß ich da wirklich herhalten muß?"

Sofort brach die Erika in lautes Heulen aus.

„Daß du sowas fragst, das hätt' ich auch nicht geglaubt von dir. Für was schaust du mich denn an?"

In Unbehagen rührte er seine Schultern. Dann wikkelte er den Rest des Brotes und der Wurst wieder ein. Der Appetit war ihm nun wirklich vergangen.

„Jetzt hör nur wieder auf mit der Heulerei. Dadurch wird es auch nicht besser. Es ist gescheiter, wir denken drüber nach, was wir da tun könnten."

„Da brauchen wir gar nicht lange nachzudenken. Meine Leute haben gesagt, daß wir bald heiraten müßten."

„Was? Die wissen es auch schon?"

„Das läßt sich doch vor einer Mutter nicht verheimlichen, wenn es schon in den dritten Monat geht."

Da mußte der Lukas schnell nachrechnen und nickte dann trübselig vor sich hin. Die Rechnung konnte stimmen.

„Äußerlich merkt man dir aber noch nichts an", sagte er und ließ seinen Blick über sie hinschweifen.

„Ja, weil ich mir ein Korsett gekauft habe. Hat sechsundsiebzig Mark gekostet, das Zeug."

„Nichts wie Unkosten und obendrein noch Verdruß."

„Verdruß, mein Gott, der ist nicht so schlimm. Und gewiß hast du einmal eine rechte Freude an dem Buben."

„Das weiß man nicht gewiß. Kann genauso gut ein Dirndl werden."

„Das ist ja gleich. Die Hauptsache ist, wenn's Kindl gesund ist und alles gut geht."

„Was soll da schon schief gehn, so wie du gebaut bist." Lukas stand auf und streckte sich. „Es hilft alles nichts, ich muß schaun, daß ich mit dem Acker fertig werde."

Hurtig faßte die Erika ihn am Arm.

„Zuerst mußt du mir sagen, was jetzt ist!"

„Was wird schon sein. Da müssen wir halt in den sauren Apfel beißen und heiraten."

Glücklich lächelnd ließ sie ihn los und stand auf.

„Vielleicht wird der Apfel süßer als du meinst. Und jetzt möcht ich ein Stückel Brot und ein paar Wurstscheiben."

„Nimm dir, was du magst." Er stieg auf den Traktor und sagte von seinem hohen Sitz herunter: „Aber deiner Mutter kannst du gleich sagen, daß sie bei mir ihr Mundwerk ein bißl im Zaum halten muß, sonst zieh ich Saiten auf, die ihr gar nicht schmecken könnten."

Er hatte nichts dagegen, daß sie sich zu ihm auf den Traktor setzte und ein paar Ackerlängen mit auf- und abfuhr. Reden konnten sie wegen des Motorenlärms nicht viel, und als Erika Brot und Wurst aufgezehrt hatte, verlangte sie abzusteigen. Gerade rechtzeitig fiel es ihr noch ein:

„Du hast mir überhaupt noch kein Bußl gegeben.“

„Na ja, wenn du meinst, dann komm halt her.“ Er legte den Arm um ihre Schulter und freute sich, weil es so schmatzte. Dann fiel ihm noch ein: „Um die Papiere mußt du dich kümmern, ich habe keine Zeit dazu. Und gib obacht, wenn du absteigst. Mußt überhaupt in nächster Zeit ein bißl obacht geben und nichts Schweres heben. Laß nur deine Mutter was tun. Die kriegt kein Kind mehr.“

Seine plötzliche Fürsorge tat ihr ungemein wohl. Heftig drückte sie seine Hand nochmals und sagte: „Du bist doch ein guter Kerl, Lukas.“ Dann ging sie langsam über den Acker hin. Lukas sah ihr eine Weile nach, seufzte ein paarmal schwer und sagte ohne Zusammenhang:

„Die Welt ist doch manchmal ein Narrenhaus.“

*

Die Tage auf der Alm waren nun gezählt. Andreas rüstete bereits für den Abtrieb am Montag. Die aus Tannengrün geflochtenen Kränze hingen bereits fertig draußen über dem Zaun, und gerade als ob die Rinder um die baldige Heimkehr in den heimatlichen Stall wüßten, standen sie verstreut auf dem Almfeld herum. Die Weide war auch nichts mehr, denn in der Nacht vom Freitag auf Samstag hatte es stark gereift, ein Teil des Almbodens sah wie verbrannt aus.

Am Samstagmittag verhüllte sich der Himmel. Schwere Wolkenbänke zogen schnell vorüber und verhinderten den Blick zu den grauen Felsen hinauf. Um drei Uhr fing es dann zu regnen an, zuweilen schon von einem leichten Schneeschauer begleitet.

Andreas hatte das Feuer angeschürt. Es war wohlig warm in der Hütte. Und immer wieder schaute er durchs Fenster hinaus in das graue Gewoge der ziehenden Wolken, die den Regen auf das Schindeldach trommeln ließen.

Endlich sah er aus den Nebeln etwas auftauchen, und sofort fiel alle Unruhe von ihm ab. Er riß die Türe auf und streckte die Arme: „Ilona!“

Unter der wetterfesten Pelerine war sie kaum naß geworden. Nur das Haar hing in Strähnen über ihr so gesund und braun gewordenes Gesicht.

Andreas hatte ihr die Pelerine abgenommen. Beide waren still und glücklich wie Schiffbrüchige, die eine sichere Planke erwischt hatten. Sie saßen vor dem Feuer, hielten braune Tassen in den Händen und tranken in kleinen Schlucken Tee mit Rum, den er schon vorbereitet hatte.

„Hast du gemeint, Andreas, ich käme bei diesem Wetter nicht?“

„Möglich wäre es immerhin gewesen, bei diesem Regen“, meinte er und strich eine der nassen Haarsträhnen aus ihrer Stirne. Sie fing seine Hand ein und preßte ihre Lippen darauf.

„Wo es doch unser letztes Wochenende ist“, sagte sie und streckte die Beine gegen das Feuer hin. Die Buchenscheite glühten in rötlichem Licht, und ein wunderbares Behagen begann Ilona zu erfüllen, nicht nur Hände und Füße, sondern ihr ganzes Wesen. „Es ist wie im Märchen“, sagte sie. Das klang ein wenig traurig, und Andreas wußte, daß sie an das nächste Wochenende dachte und daß sie dann nicht mehr in dieser Hütte am Feuer sitzen konnten.

Nur für die paar Stunden, in denen er die Kühe zu versorgen hatte, war Ilona allein in der Hütte und richtete das Abendbrot. Die Henkersmahlzeit, wie sie es nannte, denn morgen mußte sie wieder zurück. Andreas zog auch am Montag hinunter ins Tal, dann würde sich der Winter über das Almgelände legen, und sie wußte nicht, ob sie jemals wieder hierherkommen würde. Andreas glaubte es zwar zuversichtlich, aber Andreas war ein gütiger armer Narr in seiner Liebe zu ihr. Für ihn gab es keinen bewölkten Himmel, er kannte die Realitäten nicht und träumte nur. Er wußte überhaupt nur sehr wenig von ihr und würde es wahrscheinlich gar nicht glauben, daß sie es nur ihm allein verdankte, wieder auf sicheren Füßen im Leben zu stehen, das sie schon einmal verloren geglaubt hatte. Nein, er wußte nicht, wie tief unten sie gewesen, wie auf einem Flußgrund, von Algen umschlungen. Daß seine Hände es waren, die sich ihr entgegengestreckt und sie wieder emporgehoben hatten! Und sie beließ ihm seinen schönen Glauben, daß sie für immer bei ihm bleiben werde. Wenn er sie mit seinen Zärtlichkeiten überschüttete, dann dachte sie zwischenhinein oft: Du wunderlicher Narr, du scheinst noch gar nicht zu ahnen, was auf dich zukommt. Und es wird dich schwerer treffen als mich, denn ich habe nicht nur geträumt und immer hinter allem die rauhe Wirklichkeit gesehen. Die rauhe Wirklichkeit hieß Rucker von Haid, der so grundgescheit daherreden konnte über alle Dinge, die das bäuerliche Leben bewegten. Und dazu gehörte wohl auch seine Vorstellung, daß auf dem Hof zu Haid eine ganz andere einmal am Herd stehen müsse als sie.

Sie wußte auch um das Schicksal von Andreas' Schwester, dieser schönen und so stolzen Barbara, die an den Grundsätzen des Vaters gerüttelt hatte. Aber sie wußte nicht, daß Andreas um ihretwillen bereit war, das gleiche Schicksal auf sich zu nehmen.

Ach, wie sie ihn liebte, diesen Menschen, der wieder Licht in ihr verdunkeltes Dasein gebracht hatte. Er fragte nie nach ihrer Vergangenheit. Dafür war sie ihm besonders dankbar, denn was hatte ihre Vergangenheit mit dem, was sie nun erlebte, an Wundern und Geheimnissen zu tun. Er war nicht der erste in ihrem Leben, aber er würde der letzte sein, den sie beglückte.

Die Lampe brannte so traulich über dem Tisch. Sie tranken roten, etwas schweren Wein zum Essen und saßen hernach wieder am Feuer, die Gläser in der Hand, während der Wind um die Ecken der Hütte strich und der Regen aufs Dach fiel.

Es war dann nicht der Geiz, der das Lager da hinten in der Ecke unter der Stiege so eng gebaut hatte, sondern die räumliche Beschränkung, und weil diese Matte aus Seegras eben nur für einen Menschen gedacht war und nur in der Liebe für zwei Menschen Platz gab ...

Andreas' Kopf ruhte auf Ilonas Brust, und so fragte sie über ihn hin, als sei es nur eine bedeutungslose Frage, obwohl ihr Herz ängstlich pochte vor der Antwort:

„Ja, nun sag mir einmal ganz ehrlich, lieber Andreas, wie es mit uns beiden weitergehen soll."

Ruckartig hob er den Kopf und nahm ihr Gesicht in seine Handflächen.

„Auf gar keinen Fall darfst du wieder aus meinem Leben gehn, Ilona."

„Nein, das will ich auch nicht. Aber wie stellst du es

dir denn in Zukunft vor? Unser Eden (sie nannten die Almhütte ihr Eden) schließt sein Tor. Der Winter wird kommen, die Erde wird erkalten."

„Aber unsere Liebe nicht."

„Ja, aber ich kann doch nicht zu dir auf den Hof kommen."

„Im Augenblick vielleicht nicht gleich. Aber wir werden heiraten, Ilona. Allem zum Trotz. Ich mach es wie die Barbara, wenn man mich dazu zwingt."

Du wundersamer, lieber Narr, dachte sie wieder und schüttelte heftig den Kopf, als er sie fragte, ob sie denn Angst hätte, wenn er mit ihr ein Leben beginnen müßte, ohne nichts, so wie die Barbara.

„Ach, Andreas. Wie wenig weißt du doch vom Leben und von dem, was du mir bedeutest. Ich ginge mit dir bis ans Ende der Welt, und ich hätte vor keiner Arbeit Angst, wenn ich nur bei dir bleiben könnte."

„Jetzt male nur bloß keine schwarzen Bilder an die Wand, Ilona. Seit du jetzt in meinem Leben bist, spüre ich eine solche Kraft in mir, daß ich Bäume ausreißen und allem trotzen könnte. Vielleicht wird es schwer, Ilona. Aber auch für die Barbara war es nicht leicht. Es kommt jetzt bloß auf uns allein an. Und es kann nicht wahr sein, daß die Herzen deswegen langsamer schlagen, wenn einem Prügel zwischen die Füße geworfen werden. Nicht übermorgen schon, vielleicht auch in einer Woche noch nicht, aber bald werde ich es meinem Vater sagen. Entweder du oder keine. Und wenn er nein sagt, die Welt bricht deswegen nicht zusammen. Die Hauptsache: wir zwei bleiben beieinander und sind glücklich."

Ilona dachte eine Weile seinen Worten nach, in denen soviel Zuversicht lag. Dann sagte sie leise:

„Meine Mutter war achtunddreißig, als sie sterben mußte und hatte schon weiße Strähnen im Haar — — wenn ich sie wiederfinden sollte, werde ich ihr sagen, daß ich viel glücklicher war."

Ach, was redeten sie nicht alles zusammen in dieser Nacht, in der der Regen eine rauschende Wand um die Hütte baute. Und als sie schwiegen, hörte man einen Holzwurm im Gebälk nagen. Manchmal zuckte die Glut beim offenen Herd auf, dann huschte es wie ein feines Lichtspiel über ihre jungen, braunen Gesichter hin.

„Andreas", flüsterte sie leise. „Schläfst du schon, Andreas?"

„Nein, ich denke nach."

„Denk doch nicht soviel, Andreas. Der Mensch kann sich wie Gott fühlen, wenn er träumt, aber er wird zum Bettler, wenn er dauernd denkt. Aber — an was hast du denn gedacht, Andreas?"

„Ob es geht, daß ich in Zukunft zu dir nach Hochzell komme?"

„Ja, natürlich", antortete Ilona, als wäre dies das Selbstverständlichste auf der Welt. „Es wird zwar auch Winter sein dort, aber das Haus ist warm geheizt, auch mein Zimmer. Es ist doch dein Recht, wenn du zu mir kommst."

„Ich weiß nicht so genau, Ilona. Es müßte doch heimlich sein. Und genau betrachtet ist es doch Sünde, was wir tun."

„Sünde?" fragte Ilona. „Ja, ein großes und schweres Wort, das uns als Kinder erschreckt hat. Aber wir sind keine Kinder mehr und sollten vor der Liebe keine Angst haben."

„Aber wir werden doch einmal Kinder haben?"

fragte er. Und als sie schwieg: „Das ist doch der Sinn von allem, oder?“

„Ach du“, lachte sie leise und glücklich. „Wenn du nur nicht selber manchmal noch so ein großes Kind wärst. Immerzu denkst du. Du sollst doch nicht denken, wenn du an meinem Herzen ruhst.“

Darüber schlief er ein, tief und glücklich, und während sein Atem ruhig über ihre Wange hinging, lag Ilona mit offenen Augen, die Hände über seinem Haar gefaltet, und schaute zu, wie die kleine Flamme im Kamin die hölzerne Wand daneben rötlich beleuchtete. Und ohne daß es ihr richtig bewußt wurde, sammelten sich schwere Tränen hinter ihren Augen, füllten die Winkel der Lider und rollten langsam an den Wangen herunter in sein Haar hinein.

*

„Na ja, alt genug bist du ja“, sagte der Rucker bloß, als ihm Lukas unter Verschweigung der tatsächlichen Gründe beim Maisernten erzählte, daß er in drei Wochen die Fritzn Erika heiraten werden. Und damit der Vater nicht auf den Gedanken käme, ihn zu fragen, warum es denn auf einmal so pressiere, erzählte er schnell weiter:

„Ich hab’s dem Fritzn gleich gesagt, daß er vorher noch einen Taubenschlag zimmern lassen muß, weil ich meine Brieftauben nicht aufgebe.“

„Da wird er ja auch nichts dagegen gehabt haben, oder?“

„Er nicht, aber sie, die Alte, die hat gleich gewettert. Wir haben sowieso schon soviel Federvieh am Hof, hat sie gesagt. Als ob meine Brieftauben gewöhnliches Federvieh wären!“

„Von der darfst du dir gleich am Anfang nicht viel gefallen lassen, sonst bist du verratzt“, lachte der Rukker.

„Ich zieh ihr den Zahn schon, du kannst dich verlassen, darauf.“

Lukas lud Maiskolben auf einen Wagen. Ein paar Rebhühner flatterten auf und fielen weiter vorne wieder ein.

„Wie schaut es denn eigentlich mit dem Anderl aus?“ forschte der Rucker. „Hat denn der überhaupt noch an keiner Geschmack gefunden?“

„Ich weiß nichts“, antwortete Lukas, der sich keine Probleme aufhalsen wollte. Natürlich wußte er von Andreas, daß er sich da in ein Mädchen namens Ilona verliebt hatte. Aber das ging ihn nichts an, er hatte jetzt mit sich selber genug zu tun. Doch der Vater schien heute seinen familiären Tag zu haben und blieb bei dem Thema:

„Es ist nämlich so“, meinte er. „Die Mutter ist nimmer die Gesündeste und jammert in letzter Zeit öfter über ihr Herz. Die Arbeit wird ihr halt auch zuviel. Die Susann ist nimmer da und die andere ...“

Er verstummte, weil er sich doch geschworen hatte, Barbaras Namen nicht mehr zu nennen, seit sie auf und davon war mit dem Stettinger, den er immer noch nicht unter die Kategorie der anständigen Menschen einreihen wollte, obwohl er seit ein paar Wochen deutlich zu sehen bekam, was da hinter dem Wegmacherhäusl langsam aus dem Boden zu wachsen schien.

Er fragte niemanden, aber auf Umwegen erfuhr er doch, daß dieser Stettinger ein Wohnhaus mit drei Garagen bauen würde. Auch daß er bereits einen zweiten Lastwagen laufen hatte und mit Aufträgen bis ins Frühjahr hinein schon eingedeckt war. Dieser Mensch verstand es einfach, überall Vertrauen zu gewinnen. Dadurch hatte er ihn erst kürzlich in eine recht peinliche Lage versetzt. Hatte der doch die blanke Stirn gehabt, bei der Sparkasse um einen Kredit von hunderttausend Mark nachzusuchen. Das Schlimmste war dann, daß sämtliche Aufsichtsratsmitglieder dafür gestimmt hatten. Hätte er als einziger dagegenstimmen sollen? Ausgerechnet er, der Schwiegervater dieses Antragstellers?

Nein, es lief alles nicht mehr so, wie der Rucker es ein halbes Menschenalter lang gewohnt gewesen war. Die Wahlen standen vor der Tür, und es schien tatsächlich so, als ob ihm der Boden unter den Füßen manchmal weggezogen würde. Er sprach zwar noch auf den Versammlungen, aber in seinen Reden war nicht mehr der feurige Schwung. Es fehlte das Mitreißende. Und daß er immer öfter nach seinem Bartbürstchen griff, zeugte nur von zunehmender Nervosität. Dieser Rittlinger wirkte überzeugender, er war neu auf dem rutschigen Parkett der Politik, aus ihm züngelten noch Flammen und vor allem, er war jünger und hatte die Jugend hinter sich und — die Weiber.

Auf der Kreistagsliste hatten sie ihn auf einen so ungünstigen Platz gesetzt, daß er kaum durchkam. Als Gemeinderatsmitglied? Ja, aber dazu hatte er keine Lust. Man stieg nicht so weit herunter, wenn man Thomas Rucker hieß. Diesen Kleinkram wollte er ruhig anderen überlassen.

All dieses Bedrückende, teilweise für ihn auch Bittere, mußte er allein für sich tragen. Er konnte sich darüber auch nicht mit seiner Frau Therese aussprechen, weil er wußte, wie sie den Tag herbeisehnte, wo er keinerlei Ämter mehr haben würde. Politik war für sie eine Postenjägerei. Bitte, man konnte es ja hören und lesen, wie dieser Rittlinger nach einem Posten jagte!

Solche Gedanken bewegten den Rucker bei der Arbeit auf dem Maisacker, und er hatte dabei das Gefühl, daß er allem ein bißchen fremd geworden war. Er mußte erst wieder Vertrauen finden zu seinen Äckern und mit den Füßen den Boden feststampfen, in dem sich seine Wurzeln etwas gelockert hatten. Dem Lukas ging alles viel schneller von der Hand, auch Andreas schien seine Arbeit spielend zu machen.

„Was will denn die Lindeggerin?" fragte Lukas auf einmal und schaute über den Acker hinunter. Dort unten stand die Nachbarin und winkte unentwegt mit einem Handtuch. Sie schrie auch etwas, aber das konnte man nicht verstehen.

„Da ist mit der Mutter was", sagte der Rucker und rannte mit weiten Sprüngen den Acker hinunter.

Die Lindeggerin hatte die Ruckerin bereits in der Stube auf das Kanapee hingebettet. Regungslos, mit weißem Gesicht und bläulichen Lippen lag die Bäuerin da und konnte nur hauchen, als der Rucker sich zu ihr niederbeugte:

„Mein Herz . . ."

„Vor der Tür draußen ist sie plötzlich zusammengebrochen", berichtete die Lindeggerin. „Einen Karren voll Mist hat sie in den Pflanzgarten gefahrn —"

„Hat denn das sein müssen, Mutter?", fragte der Rucker fast vorwurfsvoll und rief sofort bei Doktor Neidhard an. Zum Glück war der zuhause und kam in wenigen Minuten angefahren.

Eine Spritze schaffte Linderung und brachte den schwachen Puls wieder etwas in Ordnung.

„Unbedingt ein paar Tage ruhig liegenbleiben", ordnete Neidhard an und half selber mit, die Ruckerin ins Schlafzimmer zu betten.

Hernach sprach er mit dem Rucker noch draußen.

„Unter uns gesagt, Rucker, mit dem Herzen Ihrer Frau ist nicht zu spaßen. Ich schau' am Abend nochmal nach. Aber nächste Woche müssen Sie mit ihr ins Kreiskrankenhaus fahren und ein EKG machen lassen."

„Selbstverständlich", sagte der Rucker. „Sie hat in letzter Zeit schon öfters einmal gejammert. Aber daß es so schlimm wäre, habe ich mir nicht gedacht. Was könnt man denn sonst noch alles tun?"

„Wenn Sie mich fragen, Rucker — natürlich werden Sie darüber erschrecken oder mich auslachen, aber das Vernünftigste für Ihre Frau wäre eine vierwöchentliche Kur in einem Bad."

Der Rucker sah den Doktor verständnislos an. Dabei fiel ihm auf, daß der Mann recht gealtert war und ganz weiße Büschel in seinem Haar hatte.

„Warum sollte ich darüber lachen, Doktor? Was sein muß, muß sein."

„Ich würde dringend dazu raten, Rucker."

„Können Sie das veranlassen, Doktor?"

„Natürlich."

„Ich muß halt schaun, daß ich jemand für den Haushalt krieg", überlegte der Rucker, „da hat man zwei Töchter gehabt, und wenn man eine brauchen tät..."

„Hören Sie mir mit Kindern auf", sagte Neidhard und machte eine wegwerfende Handbewegung. „Sie wissen, ich habe ja auch zwei Töchter. Die Lina, gut, die ist in Ordnung, praktiziert zur Zeit in einer Klinik und wird einmal meine Praxis hier übernehmen. Aber die andere, die Gabriele —" Wieder die verdrossene Handbewegung, und man merkte, daß der Doktor jetzt etwas nicht weiter aussprechen wollte. Er ging zu seinem Wagen und fuhr den Berg hinunter.

*

An diesem Abend saßen sie in der Stube beinander, und da wurde dem Rucker zum erstenmal bewußt, daß kein frauliches Wesen mehr unter ihnen war. Etwas wie Einsamkeit wehte ihn an. Die Mutter schlief jetzt draußen in der Kammer ganz ruhig. Trotzdem schlich er alle zehn Minuten auf Zehenspitzen hinaus, beugte sich über die Schlafende und horchte auf den Schlag ihres Herzens. Dann zog er jedesmal sein Bartbürstchen und strich sich über den Schnauzer. Das war aber heute keine Nervosität, sondern die blanke Angst. Einfach nicht vorstellbar, daß dieses selbstlose, treue Herz auf einmal zu schlagen aufhören sollte. Am Abend war der Doktor wieder da, hatte ihr nochmal eine Spritze verabreicht und ein Schlafmittel gegeben.

Der alte Tonerl, dem nicht minder schwer ums Herz war, saß beim Ofenwinkel hinten. Er verstand ganz einfach die Welt nicht mehr. Wie konnte der Bauer nur auf den Gedanken kommen, sämtliche Kühe bis auf zwei zu verkaufen und den Stall mit lauter Jung-Stieren zu füllen. Als ob das dann noch ein richtiger Bauernhof wäre! Und das sollten revolutionäre Neuerungen sein? Nein, die Welt schien auf einmal völlig aus den Fugen geraten zu sein.

Lukas saß über den Berechnungen seines Taubenzuchtbuches, und Andreas las die Sportnachrichten der Kreiszeitung. Draußen die Nacht, eine Nacht ohne Sterne und ohne Wind, gerade als ob sie in aller Ruhe Schnee erwarten wolle.

Wieder einmal trat der Rucker aus der Kammer und nahm auf dem Kanapee Platz.

„Das hat mir heut' einen richtigen Schreck eingejagt", sagte er. „Da merkt man erst, was wir an der Mutter haben."

Andreas schob die Zeitung weg und nahm seine kurze Pfeife vom Fensterbrett.

„Wenn sie jetzt ein paar Tage ruhig liegenbleibt", meinte er, „wird sie sich schon wieder erholen."

„Hoffen wir's, hoffen wir's. Trotzdem, mir ist da heut so allerhand durch den Kopf gegangen. Anderl, es wird schön langsam Zeit, daß du dich um eine umschaust, die als Bäuerin auf den Hof paßt."

Andreas wölkte sein Gesicht im Pfeifenrauch ein. Ich hab schon eine, hätte er am liebsten gesagt. Er verschwieg es, aber nicht aus Angst, sondern weil er eine ruhigere Stunde abwarten wollte. Der Lukas jedoch sagte:

„Heute reißen sie sich nimmer, die Madl, in einen Bauernhof einzuheiraten. Was erheiraten sie auch schon? Die Arbeit, sonst nichts. Schau doch dem Hollinger seine zwei Töchter an. Die Walli hat einen Lehrer geheiratet, die Ursula einen Tierarzt. Die Stabl Anni geht mit einem Oberpostinspektor, und Hödl Sabine heiratet demnächst in ein Textilgeschäft ein, und — wir brauchen ja bloß bei uns selber schaun und an unsere Susann zu denken."

„Ja, ja, die Welt dreht sich halt jetzt auf einer andern Achse", murmelte der Tonerl aus seinem Ofenwinkel heraus.

„Du hast recht, Lukas", gab der Rucker zu. „Aber es sind ja nicht alle so. Ein paar gibt es schon noch, die noch Liebe zur Bauernschaft und zum Boden im Herzen haben."

Andreas wölkte wiederum sein Gesicht in Tabaksqualm ein und sagte hinter der schützenden, bläulichen Wand hervor:

„Umgekehrt gibt es aber auch Madl, die nicht aus dem Bauernstand kommen und sich dann doch recht gut einfügen. Nehmen wir bloß den Achleitner in Dulling. Die junge Achleiterin war Abteilungsleiterin in einem großen Kaufhaus."

„Mit so einer wären wir vielleicht versorgt", spöttelte der Rucker und schlich auf Zehenspitzen wieder in die Kammer hinaus. Andreas sah hinter ihm her und dachte bei sich: Du wirst schon noch mürbe, ich kann ja warten.

*

Der Lukas nahm seine Hochzeit nicht sonderlich ernst. Beim Jungesellenabschied im Nebenzimmer des Kirchenwirts legte er sich einen saftigen Rausch zu und ließ sich ganz von Wehmut überschwemmen.

„Stell dir bloß vor", klagte er seinem Freund Michl Honauer, „das ganze Leben lang keine andere mehr vernasch'n dürfen. Mein Lieber, das tut weh."

Am Hochzeitstag aber war er dann sehr gesammelt und voller Würde und bot der ganzen Verwandtschaft ein Bild männlicher Kraft. Zur Verwandtschaft gehörten diesmal auch sein Schwager Stettinger und seine Schwester Barbara. Die Barbara erschien zwar nicht, dafür aber der Stettinger in einem schwarzen Anzug, der ihm wie angegossen saß. Ein schöner Mensch, wenn man ihn so betrachtete, der in seinem Auftreten recht sicher und selbstbewußt wirkte. Der Stettinger wußte auch, was sich gehörte und überließ seinem Schwiegervater Rucker bei der Kirchentür respektvoll den Vortritt. Der Rucker würdigte das freilich nicht und ging mit finsterem Blick an ihm vorbei. Wer mochte diesen Menschen bloß eingeladen haben?

Während der Trauung hätte Lukas beinahe gelacht, als der Herr Pfarrer die Braut fragte, ob es ihr ehrlicher und freier Wille sei, den Jüngling Lukas Rucker zum Mann zu nehmen. Die Erika schrie daraufhin gleich so laut „Ja", daß man es bis zur Empore hinauf vernehmen konnte.

Hat die eine Freud', dachte Lukas, daß sie mich jetzt endlich hat.

Die weltliche Feier fand diesmal beim Kirchenwirt mit etwas weniger Pomp statt, wie seinerzeit Susannes Hochzeit. Die Kellnerinnen trugen bereits die Weißwürste aus, als Susanne mit ihrem Gatten verspätet eintraf. Wahrscheinlich war die Verspätung Berechnung, weil sie ja auffallen wollte. Sie kam am Arm ihres Gatten herein, ganz Dame, mit einer hochgesteckten Frisur.

Sie umhalste ihre Mutter und küßte sie auf beide Wangen. Auch der Vater wurde so bedacht, und er stellte dabei sarkastisch fest: Die Knutscherei haben sie ihr in der Stadt beigebracht.

Ja, diese junge, blühende Susanne hatte tatsächlich schon sehr vieles angenommen. Sie saß neben ihrer

Mutter, spielte mit der langen, kostbaren Perlenkette an ihrem Hals und warf einen sehr schläfrigen Blick über das Volk hin. Das sah sehr vornehm und hochmütig zugleich aus, so hochmütig wie dann ihre Frage klang:

„Wer hat denn bloß diesen Menschen eingeladen?"

„Das hab ich mich auch schon gefragt", knurrte der Rucker. Nur die Ruckerin lächelte ein bißchen und wie in leiser Beglückung:

„Es hilft alles nichts. Er gehört halt einmal zur Verwandtschaft. Der Lukas wird ihn eingeladen haben."

„Aber die Barbara ist nicht da?"

Daraufhin neigte sich die Ruckerin ans Ohr der Susanne und flüsterte ihr etwas zu. Sie meinte, es leise zu sagen, aber der Rucker hörte es doch und fragte:

„Woher weißt denn du das?"

„Der Lukas hat mir's gsagt. Im sechsten Monat ist die Barbara."

Der Rucker kniff die Augen zusammen und schien nachzurechnen. Dann zog er sein Bartbürstchen.

Nein, es half alles nichts, die Ruckerin hatte schon recht. Dieser Stettinger war nun einmal sein Schwiegersohn, ob ihm das paßte oder nicht. Und seine anderen Kinder schienen ihn als Schwager anzuerkennen, denn Lukas hatte ihn eingeladen, Andreas stand gerade dort beim Stettinger und redete recht vertraulich mit ihm, und die Susanne sagte zu ihrem Gatten:

„Der Große dort, der sich eben mit dem Anderl unterhält, ist eigentlich auch unser Schwager."

„Ja? Der Mann von deiner Schwester Barbara, von der du mir erzählt hast. Was hat man eigentlich gegen ihn? *Ich* finde ihn interessant. Du mußt mich hernach mit ihm bekanntmachen."

Der Rucker hatte seine Ohren überall. Er hörte einfach alles und kam ein bißchen ins Sinnieren. Der Sokkel, auf dem er so lange gestanden, war ein wenig ins Wanken geraten. Er hatte sein Ämter verloren und seine Kinder verloren, bis auf den Andreas. Sie hatten weggeheiratet, er hatte die Jahre nie gezählt und nie beachtet, so daß ihn dieses plötzliche Alleinsein anstieß wie ein schwerer Rammbock. Er erinnerte sich an so manche Dinge, und das Erinnern stach auch in sein Gewissen hinein. Nein, an Barbara hatte er nicht richtig gehandelt. Warum war aber der Kerl dort so hochmütig? Warum setzte er sich nicht neben ihn und zeigte keinerlei Bereitschaft, Schwiegersohn sein zu wollen?

Ihm gegenüber saßen der Fritzn und seine Bäuerin. Der meinte, es gehöre zu seiner Pflicht, mit der Ruckerbäuerin tanzen zu müssen. Aber da legte der Rucker schnell seine Hand auf Thereses Arm.

„Lieber nicht. Sie muß sich ein bißl halten, wegen ihrem Herz, weißt."

„Ah geh, mit dem Herzn hast du's?" fragte die Fritznbäuerin herüber. „Da spür ich eigentlich wieder gar nichts. Bloß mit der Galle habe ich's zeitweise. Aber da weiß ich eine gute Heilpraktikerin. — Sauf nicht soviel, Ferdl — hernach speist wieder!"

Der Fritzn stellte sein Krügl gehorsam wieder zurück, und die Frau sprach weiter:

„Wenn du die Adresse von der Heilpraktikerin willst, ich kann sie dir schon geben."

„Nichts Heilpraktikerin", mischte sich der Rucker ein und schüttelte den Kopf. „Wir gehn im Frühjahr auf vier Wochen ins Bad."

„Du auch?" fragte der Fritzn verdutzt. „Fehlt dir denn auch was am Herz?"

„Das nicht. Aber erstens will ich meine Frau nicht allein fahren lassen so weit, und zweitens schadet es mir auch nicht, wenn ich einmal ausspanne."

„Ich versteh", sagte der Fritzn. „Der Ärger hat dir halt doch ein bißl zugesetzt, gell?"

„Was für ein Ärger?"

„Na, weil du halt durchgefallen bist bei den Wahlen. Aber das darfst glauben, wir haben dich gewählt, gell, Alte?"

Die Bäuerin nickte und meinte:

„Was das bloß für Geld kostet. Vier Wochen ins Bad und gleich zwei Personen."

„Für die Gesundheit darf einem nichts zu teuer sein", sagte der Rucker mit Nachdruck.

„Uns zwei tät es auch nichts schaden, wenn wir einmal wohin gehn würden", meinte der Fritzn. „Und wenn der Lukas jetzt das Heft in die Hand nimmt . . ."

„Mit dir kann man doch nirgendwohin fahrn", unterbrach ihn die Frau. „Schau dich doch an, wie du dich wieder bekleckerst hast."

Der Fritzn besah sich die Fettflecken an seiner Weste und schimpfte auf die Metzger, die soviel Wasser in die Weißwürste gemengt hätten, daß die beim Anschneiden spritzten. Die Ruckers mußten lachen, weil sich daraus ein so hitziges Gespräch zwischen dem Ehepaar Fritzn entwickelte, bis der Rucker auf einmal die Brauen schmerzlich zusammenzog.

Ob ihn der Andreas nun überredet hatte, oder ob der Stettinger es aus freiem Willen tat, er stand auf einmal hinter der Ruckerin und sagte:

„Von der Barbara soll ich dir viele Grüße ausrichten, Frau Mutter."

Über das Gesicht der Ruckerin ging es wie Sonnenleuchten.

„Ist es wahr?“ fragte sie. „Wie gehts ihr denn?“

„Ausgezeichnet. Wenn alles gut geht, bist in drei Monaten Oma.“

„Nein, so eine Freud’! Magst dich nicht ein bißl hersetzen?“

„Aber gern, Frau Mutter.“ Florian setzte sich neben die Ruckerin und erzählte alles so laut, daß auch der Rucker es hören konnte. Vom Haus erzählte er, daß sie vorerst einmal drei Zimmer fertig gemacht hätten und daß sie einziehen könnten. Die Barbara habe bei Professors bereits aufgehört, weil sie sich ja jetzt um den eigenen Haushalt kümmern müsse und ums Geschäft.

„Im Geschäft wird sie dir kaum viel helfen können“, vermutete die Ruckerin.

„Sag das nicht, Frau Mutter. Die Barbara macht die ganzen Schreibereien, schreibt die Rechnungen raus, und ums Geld brauch ich mich überhaupt nicht kümmern. Das nimmt sie mir alles ab.“

Der Rucker hörte begierig auf jedes Wort, wartete fast sehnsüchtig darauf, daß Florian auch ihn ansprach und dachte: Dummer Kerl, jetzt wäre ich gerade weich. Jawohl, voller Bereitschaft war er; sein schlechtes Gewissen regte sich, und daß ausgerechnet die Barbara ihm den ersten Enkel schenken sollte, brachte sein Gemüt in seltsam weiche Schwingungen. In seiner Verlegenheit zog er sein Zigarrenetui, biß einer Zigarre die Spitze ab, und ehe er sich’s versah, wurde ihm vom Florian Stettinger Feuer gereicht. Die Zigarre brannte, und er konnte sein Gesicht notdürftig hinter dem Rauch verbergen.

„Bitte schön“, sagte Florian, obwohl ihm gar nicht gedankt worden war. Da tat der Rucker schweigend die erste Geste der Versöhnung, öffnete sein Zigarrenetui nochmal und hielt es Florian hin.

„Ich bin so frei“, lächelte Florian, nahm sich eine Zigarre heraus und roch daran. „Eine Brasil, wenn ich mich nicht täusch'. Dank schön, Herr — Rucker.“

Der Rucker hatte auf etwas anderes gewartet, etwas Verbindlicheres. Dieses „Herr“ störte ihn, wo man seiner Bäuerin so herzlich das „Frau Mutter“ geboten hatte.

„Herr?“ Er schluckte ein paarmal und ging dann gravitätischen Schrittes durch den Saal in die Gaststube hinunter. Es war nicht viel, was er da an Gnaden verschenkt hatte. Aber es war immerhin etwas, und wenn dieser Stettinger klug war, dann müßte er aus dem Wenigen doch erkennen, daß ihm eine Tür aufgemacht worden war. Eintreten mußte er jetzt schon selber.

*

Der Stettinger trat durch diese Tür noch nicht ein, nicht etwa, weil er vielleicht bockbeinig gewesen oder hochmütig geworden wäre, sondern weil er eben Hemmungen hatte in dieser Beziehung und — weil Barbara es nicht wollte. Sie hatte von der Wesensart ihres Vaters am meisten geerbt und spielte geradezu verliebt mit dem Gedanken, daß, wenn der Vater die Tür schon zu einem Spalt geöffnet, er sie auch noch weiter öffnen und eintreten solle.

Das Haus war soweit fertig, daß darin gewohnt werden konnte, auch wenn die Betonstiege ins obere Stockwerk noch eingeschalt war. Sie sollte dann mit Marmor verkleidet werden. Die unteren drei Räume aber und das Bad, waren fertig und eingerichtet. Und wie sie eingerichtet waren! Wenn schon, denn schon, meinte Barbara und zeigte auch hier wieder eine der Eigenarten ihres Vaters. Eine Bauernstube aus Föhrenholz wäre billiger gewesen, aber Barbara griff lieber zu Lärchenholz. Das Bad war gekachelt mit Fliesen, die so rot waren wie Ochsenblut, also durchaus modern, wogegen das Schlafzimmer wieder im bäuerlichen Stil gehalten war, hellblau, mit feinen Rosenmustern. Die Küche war groß und praktisch und hatte vorne beim Fenster noch ein zusätzliches Tischchen und ein Regal, auf dem ein Telefon stand. Das Regal war mit Ordnern gefüllt, und an dem Tischchen saß an einem schneeverhangenen Dezembernachmittag Barbara Stettinger an einer alten Schreibmaschine und tippte mit zwei Fingern. Es galt eine Mahnung zu schreiben für eine Baufirma, der fünfzig Fuhren geliefert worden waren. Bei Professors hatte Barbara sich ein bißchen was von Briefstil erworben, und sie wußte genau, daß man das erstemal nicht gleich drohen durfte, wenn man eine Kundschaft nicht vergrämen wollte. Also: „Es dürfte Ihrer Aufmerksamkeit entgangen sein, die Rechnung vom zehnten Oktober über fünfzig Fuhren gelieferten Baukies à 4 Kubikmeter, insgesamt 200 Kubikmeter zum Preis von 890,00 DM zu begleichen. Wir gestatten uns, Sie höflichst daran zu erinnern und um Überweisung des Betrages zu bitten . . ."

Draußen begann es langsam zu schneien, und da der Boden seit ein paar Tagen gefroren war, hatte der Schnee Aussicht, daß er liegenbleiben durfte. Als Babara einmal aufschaute, sah sie eine in einen schwarzen

Schal vermummte Gestalt hinterm Wegmacherhäusl hervor- und auf den Neubau zukommen. Im ersten Moment erkannte Barbara die Gestalt nicht, sie ging ein wenig gebückt und mit kleinen, langsamen Schritten. Aber dann sprang sie vom Stuhl auf, und über ihr Gesicht leuchtete plötzlich der helle Sonnenschein.

Die Mutter kam, und alles, was sich in Barbara in den langen Monaten angehäuft hatte an Groll gegen ihre Leute, zerstob wie Schnee unter den Sonnenstrahlen an einem föhnwarmem Tag.

Mit ein paar schweren Schritten war sie draußen im Flur und öffnete weit die Haustür. Nein, kein unbedachtes Wort wollte sie reden, alles, was sie einmal gemeint hatte, bei einem zufälligen Zusammentreffen sagen zu müssen, war vergessen.

„Mutter", sagte sie mit verhaltener Stimme, „daß du kommst!"

„Ja, Barbara, ich hab es nimmer ausgehalten. Darf ich reinkommen?"

„Was fragst du denn, Mutter." Barbara faßte nach der Mutter Hand und zog sie schnell in den Flur, als die Ruckerin beginnen wollte, ihre Schuhe vom Schnee abzustampfen. „Laß doch, Mutter. Das bißl Schneewasser wisch' ich hernach auf." Sie nahm ihr den Schal und den Mantel ab und führte sie in die Küche.

Die Ruckerin war noch ein bißchen unsicher und sah sich verlegen um.

„Schön hast du es hier, Barbara."

„Ja, aber komm, setz dich, Mutter. Jetzt machen wir uns einen guten Kaffee, magst?"

„Aber nicht zu stark, mein Herz, weißt —"

„Ja, ich hab's gehört. Wie gehts dir denn jetzt?"

„Es ist nicht mehr das Richtige. Vorige Woche habe

ich mich wieder ein paar Tage hinlegen müssen. Aber sobald als möglich fahr ich mit dem Vater ins Bad."

„Warum noch warten, wenn es doch sein muß?" fragte Barbara.

„Weil — der Tag soll schon im Wachsen sein, wenn was heilen soll, und außerdem — zuerst möcht' ich noch abwarten — dich möcht ich noch abwarten. Wann ist deine Zeit?"

„Mitte Januar. Aber wegen mir, Mutter — ich fühl mich so gesund und stark, da fehlt nichts. Komm, tu dir das Kissen hintern Rücken, dann sitzt du besser."

Dann machte Barbara sich am Herd zu schaffen. Köstlich duftete der frischgemahlene Kaffee im Filter, in den Barbara nun heißes Wasser goß.

„Weiß der Vater, daß du da bist?" fragte sie mit innerer Gespanntheit und sah dabei aus schräggehaltenem Kopf auf die Mutter hin. „Bitt'schön, Mutter, lüg jetzt nicht."

Sehr wahrscheinlich hätte die Ruckermutter jetzt gelogen, wenn diese Frage nicht gestellt worden wäre. So schaute sie nur das Muster der Tischdecke an und schüttelte den Kopf.

„Nein, er weiß es nicht. Der Vater ist mittags weggefahren in die Kreisstadt."

„Das hätte ich mir ja denken können."

Die Mutter schwieg eine Weile. Ach, es war doch gar nicht so einfach, wie sie gemeint hatte. Barbara schien ein bißchen schwieriger zu sein als Florian.

„Hast du wenigstens eine gute Zeit?" fragte sie dann.

„Ich fühl mich durchaus wohl bei allem", lachte Barbara. „Nur bis zum vierten Monat hab ich öfters einmal brechen müssen."

„Das ist mir bei keinem von euch erspart geblieben", meinte die Mutter und ließ sich dann ziemlich viel Milch in den Kaffee tun. Dann begann sie vorsichtig: „Hat dir der Florian nichts gesagt? Ich hab mich recht gut mit ihm unterhalten bei der Hochzeit vom Lukas."

„Freilich hat er mir's gesagt. Dafür war der Vater um so frostiger."

„Das ist nicht wahr, Barbara. Der Vater hätt' die Tür schon ein bißl aufgemacht, aber der Florian hat es nicht merken wollen."

„Wir haben halt auch unsern Stolz", sagte die Barbara und schob die Zuckerschale über den Tisch. „Nimm dir doch Zucker genug, Mutter."

„Na ja, Stolz ist schon recht, aber du kennst ja den Vater. So unrecht ist er nicht und — du hättest damals halt auch nicht einfach davonlaufen dürfen."

„Weil ich's getan hab, deswegen hab ich ja auch nichts mitgekriegt."

„Das kommt doch alles noch nach, Barbara. Erst vor ein paar Tagen hat der Vater gesagt: Wenn die Barbara was Kleines kriegt, dann legen wir gleich fürs Enkelkind ein Sparkonto mit zwanzigtausend Mark an."

Daraufhin wurde die Barbara doch recht nachdenklich. Sie rührte in ihrer Tasse und meinte dann:

„Was soll das Kind mit dem Geld anfangen. Wir könnten es brauchen jetzt, zum Bauen."

„Das kann man doch so anlegen, daß ihr darüber verfügen könnt. Das werde ich dem Vater schon beibringen."

In diesem Moment fuhr draußen ein schwerer Lastwagen vor. Jemand stampfte sich die Schuhe ab, dann wurde die Türe geöffnet.

„Gell“, lächelte die Ruckerin. „Da schaust, Florian, daß ich da bin.“

„Das ist nicht der Florian, sondern sein Bruder Ambros. Und das ist meine Mutter, Ambros.“

„Tatsächlich? Aber ausschaun tut er wie der Florian.“

„Ja, bloß um ein paar Jahre jünger ist er, der Ambros. Bist du heut schon fertig, Ambros?“

„Nein, eine Fuhre Ziegel hab ich noch, nach Einzell. Bloß eine kleine Brotzeit, wenn ich haben könnt’.“

„Nimm dir doch, was du magst. Bier steht draußen. Oder magst lieber Kaffee?“

Ambros schüttelte den Kopf und machte „Brrrr“. „Wie kommst denn bloß auf Kaffee? Im Bier allein liegt Kraft.“

„Weiß du, wo der Florian grad ist; kommt er bald heim?“

„Der ist nach Dürham unterwegs mit Eisengeflecht. Der wird vor acht Uhr nicht kommen.“ Ambros nahm sich ein Stück Brot, etwas Wurst und ein Flaschl Bier, dann verschwand er wieder.

„Habt ihr denn zwei Lastwagen?“ fragte die Ruckerin erstaunt.

„Seit September schon. Im Februar kriegen wir noch einen Raupenschlepper, dann können wir Straßenbauten auch übernehmen.“

„Ihr macht euch ja.“

„Ich wollt’, daß der Vater das auch anerkennen tät. Freilich kann es so nicht ewig weitergehn. Der Florian schläft ja kaum mehr sechs Stunden.“

„Ja, man hört’s allgemein, daß er so fleißig ist.“ Eine Weile schwieg die Ruckerin und ließ sich von Barbara eine zweite Wurstsemmel aufnötigen. Dann seufzte sie und meinte: „Ach ja, es wird schon noch alles recht werden. Aber ich glaub', ich muß jetzt schön langsam ans Heimgehn denken, sonst komme ich in die Nacht hinein."

„Ich begleite dich, Mutter."

„Ja, das wäre schön, Barbara."

Es schneite so stark jetzt, daß die zwei Frauen im Nu wie zwei wandelnde Schneemänner aussahen. Barbara hatte die Mutter fest unterm Arm gefaßt, obwohl ihr das Gehen im Schnee selber nicht mehr so leicht fiel.

„Du schnaufst so schwer, Mutter", sagte sie. „Ist es das Herz?"

„Das Herz, ja. Laß mich nur ein bißl ausschnaufen, dann geht's schon wieder."

Dann standen sie vor dem Hof.

„Gehst nicht mit rein, Barbara?"

„Nein, Mutter. Zuerst muß auch der Vater bei mir gewesen sein."

„Ja, ich werde schon schaun, daß ich ihn dazu bringe. Dank dir schön jetzt, daß du mich nicht allein hast gehn lassen."

Impulsiv schlang Barbara ihre Arme um die Mutter.

„Ich bin so froh, Mutter, daß du zu mir gekommen bist. Und wenn ich dich brauche in meiner schweren Stunde, Mutter, dann laß mich nicht allein."

„Nein, Barbara."

Dann wendete Barbara sich um. Kaum sechs Schritte sah man sie, und schon verhüllten sie Schneetreiben und Dunkelheit.

*

Es war am ersten Weihnachtsfeiertag, als der junge Fritznbauer nachmittags um fünf Uhr seine Feiertagsjoppe anzog und seinen Hut ausbürstete. Die zwei Frauen saßen hinten beim Ofentisch. Erika häkelte an einem blauen Kinderjäckchen, die Alte hatte im Liebfrauenkalender gelesen und betrachtete jetzt mißtrauisch das Tun ihres Schwiegersohnes Lukas. Schließlich konnte sie ihre Neugier nicht mehr bezähmen und fragte mit ihrer hohen, krächzenden Stimme, die allein einen schon aufregen konnte:

„Möchtest nicht gar noch fortgehn heut?"

Lukas steckte die Reiherfedern an seinem Hut etwas weiter nach vorn und antwortete gelassen:

„Warum? Hast du was dagegen? Aber wenn du es genau wissen willst, ich geh zum Wirt auf einen Dämmerschoppen."

„Was? Jetzt, um fünf Uhr nachmittags?"

„Um Mitternacht geht man nimmer zum Dämmerschoppen."

„Das ist ja ganz was Neues? Erika — und dazu sagst du gar nichts?"

„Nein, ich sag nichts, Mutter. Ein bißl Ablenkung muß er schon auch haben, mein Lukas, wenn er die ganze Woche arbeitet."

„Also, da verschlägt es mir die Stimme. Abwechslung braucht er! Als ob es in der Arbeit nicht Abwechslung genug gäbe. Ich finde ganz einfach keine Worte mehr."

„Mei', wär das ein Glück", sagte Lukas trocken und blinzelte seiner jungen Frau zu. Dann sah er auf den Fritzn hin, der ganz armselig und schüchtern in der Ecke des Kanapees saß. Auf seinen Knien hielt er ein gesticktes Kissen, auf dem geschrieben stand: „Alles

Verständnis kommt nur durch die Liebe." Am Mittag hatten sie ausgemacht, daß sie am Abend miteinander zum Wirt gehen würden. Jetzt schien der Alte schon wieder kneifen zu wollen. Aber Lukas ließ nicht locker.

„Geh, Vater, zieh deine Schuh' an, daß wir weiterkommen!"

Aus dem Ofenwinkel kreischte es hell heraus:

„Was? Meinen Alten willst du mir auch noch verziehn? Sonst nichts mehr? Der bleibt daheim! Es langt schon, wenn einer in der Familie zum Saufen geht."

„Und der Vater geht mit, sag' ich!" Lukas hatte die Reiherfeder an seinem Hut nun endlich richtig angebracht. „Zieh deine Schuh an, Vater, und hock nicht da wie ein verängstigter Has' hinter der Krautstauden. So — und jetzt zu dir, Frau Schwiegermutter."

„Ich will nichts hörn", bellte sie ihn an.

„Du wirst schon müssen. Jetzt sag einmal, was bildest du dir eigentlich ein, wer du bist. Glaubst denn du, daß du mich auch so behandeln kannst wie deinen Mann? Da bist du aber ganz gewaltig auf dem Holzweg!"

Mit weitaufgerissenen Augen starrte die Fritznbäuerin auf ihren Schwiegersohn, der sich jetzt unbekümmert neben sie auf die Bank setzte und weiterredete:

„Eigentlich wollte ich dir die Meinung schon lange einmal sagen. Aber der Erika zulieb hab' ich bisher mein Maul gehalten."

„Laß mich 'naus", kreischte die Fritznmutter und wollte aufstehen. „Das kann man ja nimmer mit anhörn."

„Bleib hocken, sag ich." Ein bißchen unsanft drückte sie der Lukas gegen die Ofenkacheln hin. „Ich bin ja noch gar nicht fertig. Und weil wir grad so schön drin sind, möcht' ich dir raten: Hör auf, an der Erika herumzunörgeln. Soviel Kinder hast ja du nicht gehabt, daß du von einer Schwangerschaft recht viel verstehen tätst. Den ganzen Tag kommandierst du an ihr herum, wie sie sich verhalten soll in der Zeit. Beim Herstellungsvorgang warst ja auch nicht dabei, also behalt auch jetzt deine Weisheiten für dich."

Die Fritznmutter schnappte bloß noch nach Luft und schaute wie hilfesuchend nach ihrer Tochter. Die aber häkelte, als würde sie dafür bezahlt. Das Licht der Lampe fiel auf ihr Haar und über ihren gebeugten Nacken hin, so daß man nicht sehen konnte, wie ein Lächeln um ihren Mund spielte. Dann hob sie flüchtig den Kopf und sah den Lukas an, als wolle sie sagen: Laß es gut sein jetzt, Lukas.

Lukas verstand den Blick auch und ließ es gut sein. Er lachte den Alten fröhlich an, der nun tatsächlich seine Schuhe angezogen hatte und fertig war. Dabei machte er ein so entschlossenes Gesicht, als hätte *er* jetzt gerade seiner Ehehälfte die Leviten gelesen.

Da kam es überraschend leise und sanftmütig aus der Ofenecke heraus:

„Aber Abendessen werdet ihr doch daheim?"

Na also, es ging in einem freundlichen Ton auch. Und wo so freundlich gefragt wurde, konnte auch Lukas sanftmütig antworten.

„Da muß ich dich leider enttäuschen, liebe Schwiegermutter. Heut' am Weihnachtstag möcht ich einmal das, was sonst nicht auf den Tisch kommt bei uns. Ich denke dabei an ein gedünstetes Kalbsherz oder sauere Nieren, mit viel Zwiebeln drauf. Ganz gläsern und weich müssen die Zwiebeln sein."

Das Doppelkinn der Fritznmutter wabbelte geradezu vor Ohnmacht.

„Aber der Vater", meinte sie, „der könnte sich doch ein kaltes Schweinernes vom Mittag einwickeln und mitnehmen."

„Aber geh, wer nimmt sich denn heutzutage noch eine Brotzeit im Papier in die Wirtschaft mit. Nein, nein, das geht nicht, gell, Vater? Hast mir heut früh nicht was gesagt von einer Milzwurst?"

„Ja, in viel Semmelbrösl 'rausbacken, und Kartoffelsalat dazu."

„Kriegst du heut, kriegst du heut", tröstete Lukas den Alten und schob ihn vor sich her zur Türe hinaus.

In der Stube blieb es zunächst ganz ruhig. Die Fritznmutter konnte das einfach nicht fassen, daß ihr einer auf so grobe Weise gekommen war. Schließlich platzte sie heraus:

„Also, sowas von einer Frechheit hab ich noch nicht erlebt. Ein gedünstetes Herz will der gnädige Herr."

„Aber warum denn, Mutter, wenn ihn halt danach gelüstet", meinte die Erika recht unschuldsvoll, bewies aber mit diesem Ton, daß sie ihrem Lukas alles gönnte und daß sie zu ihm hielt.

„Ja, ja, hilf ihm nur", raunzte die Alte. „Wenn der Bub auch einmal so frech wird wie er selber ist, dann gnade uns Gott."

„Es kann ja ein Mädl auch werden", sagte die Erika, die überhaupt viel selbstbewußter und in allem sicherer geworden war. Lukas übte scheinbar einen recht günstigen Einfluß auf sie aus.

„Warum häkelst dann in Blau, wenn du es nicht gewiß weißt, ob es ein Bub wird."

„Ja mei', man hofft halt. Und die Ruckermutter hat

auch gemeint, weil ich allweil soviel Sodbrennen hab, könnt' es ein Bub werden.

„Die muß es ja wissen, weil sie selber zwei gehabt hat. Und ausgerechnet den Frechsten müssen wir erwischen."

*

Die beiden Männer gingen währenddessen den schmal ausgeschaufelten Weg auf Langöd zu. Es lag nicht sonderlich viel Schnee, aber er war festgefroren und knirschte unter den Schritten der Männer. Auf einmal kicherte der Fritzn vor sich hin und meinte:

„Aber gesagt hast du es ihr heut! Daß ihr gleich die Luft weggeblieben ist! Frag aber nicht, was mich erwartet, wenn ich heimkomme."

„Gar nichts erwartet dich, wenn du als Mannsbild auftrittst. Nimmst ihr ein halbes Pfund Aufschnitt mit heim, dann kann sie nimmer viel sagen, wenn sie deinen guten Willen sieht."

„Da hast recht", lachte der Alte. „Auf sowas wär ich gar nicht gekommen. Aber Wiener mag sie lieber."

„Dann nimmst ihr zwei Paar Wiener mit!"

Die hellerleuchteten Fenster des Wirtshauses „Zum roten Ochsen" leuchteten den beiden freundlich entgegen. Die Gaststube war ziemlich voll, doch Lukas hatte gleich die Lücke am runden Ofentisch entdeckt, an dem auch der Viehhändler Scharl mit seiner Gattin saß.

„Ja, da gehört doch ein rotes Kreuzl ans Kalenderblatt", spöttelte der Viehhändler, „der Fritznvater darf auch einmal zum Wirt gehn?"

Lukas runzelte die Stirne und sagte etwas scharf:

„Der Fritznvater kann zum Bier gehn, wann er will und so oft es ihn freut. Und jetzt ruckt ein bißl, daß wir auch noch Platz haben."

Man rückte gern, denn man kannte den Lukas als guten Gesellschafter, und wenn er ins Witze erzählen kam, gingen sie ihm nicht mehr aus. Zunächst aber vertiefte er sich in die Speisekarte und blickte nur rasch auf, als der Viehhändler fragte:

„Was sagst denn zu deinem Bruder Anderl?"

„Warum, was ist mit dem?"

„Ach so, du weißt noch gar nichts. Gestern hat er den Buben vom Bürgermeister Soffner aus dem See rausgezogen. Schlittschuh sind sie gelaufen, und da ist der Soffner Schorschl eingebrochen. Aber der Anderl — nichts wie 'rein ins eiskalte Wasser. Grad, daß er den Buben in allerletzter Minute noch 'rausgebracht hat."

„Ja, da kennt der Anderl nichts", sagte Lukas nicht ohne Stolz und schob seinem Schwiegervater die Speisekarte hin. „Milzwurst haben sie schon drauf. Und ich mag eine sauere Niern."

Die beiden schienen ein Herz und eine Seele zu sein. Aber man gönnte dem Fritzn einen so vortrefflichen Schwiegersohn. Kaum daß sie gegessen hatten, schrie schon einer vom andern Tisch herüber, ob Lukas keinen neuen Witz wisse. Und ob er welche wußte! Das Gelächter dröhnte durch die Gaststube, bis die Zeiger der Uhr die zehnte Stunde andeuteten.

„Man soll nichts übertreiben", sagte Lukas zu seinem Schwiegervater leise. Und dann zur Kellnerin:

„Ich hab jetzt fünf Halbe Weißbier, die saure Niern und drei Brot. Und was hast du, Vater?"

„Ich hab sechs Halbe Dunkles, die Milzwurst und zwei Brot."

Lukas bezahlte alles zusammen. Beim Hinausgehen bekam der Fritzn von der Wirtin noch ein kleines Päckchen ausgehändigt, und dann verließen sie die Gaststube.

Draußen hatte sich inzwischen der Himmel geklärt. Eine Menge Sterne funkelten um den Mond, der noch nicht ganz voll war. Ein steifer Ostwind ließ alles vor Kälte erstarren. Der Fritzn blieb einmal stehen und stülpte seine Ohrenschützer über mit der Bemerkung:

„Auf meine alten Tage mag ich mir die Ohren nimmer erfriern."

Sie hatten keinen Rausch, nur angeheitert waren sie, und eine unbekümmerte Fröhlichkeit durchwehte ihre Herzen.

„Kannst du singen?" fragte der Fritzn seinen Schwiegersohn:

„Stimm an", sagte Lukas bloß. „Ich sing dann drüber und drunter, wie's halt sein muß dann." Und sie begannen zu singen:

„Wann i' auf d'Alma geh,
laß i' mei' Sorg' dahoam.
Alles Leid, aaalles Weh,
is wia aa Trau-aum . . ."

Sie sangen nicht gerade schön, aber ziemlich laut. Und der kalte Ostwind wehte ihre Stimmen über die verschneiten Wiesen und Felder hin. Nach diesem Lied wickelte der Fritzn sein Packerl auf und zog ein Paar Wiener Würstl heraus.

„Da bringst ja nichts mehr heim, wenn du sie jetzt selber frißt", meinte Lukas.

„Ich hab ja vorsichtshalber sechs Paar genommen. Magst auch ein Paar?"

Lukas schüttelte den Kopf.

„Kalt überhaupt nicht und ohne Senf zweimal nicht", meinte er und fügte hinzu: „Komm jetzt bloß nicht auf den Gedanken, daß wir recht still ins Haus schleichen müßten. Sonst meint die Deinige, wir hätten Angst."

„Und die Deinige?"

„Die Erika? Die ist froh, wenn ich heimkomm' und einischlupf zu ihr ins warme Betterl. Das mußt dir merken, Schwiegervater. Die Weiber sind so, wie man s' am Anfang gleich zieht. So hat man sie dann ein ganzes Leben lang."

Daraufhin öffnete Lukas geräuschvoll die Haustür und ließ sie nachdrücklich ins Schloß fallen.

*

Genau um diese Stunde war es, daß der Rucker und seine Frau vom Florian Stettinger und seiner Barbara fürsorglich in den Wagen verfrachtet wurden.

Was nützt einem Mann alle Weisheit gegen die List zweier Frauen, wenn sie zusammenhalten und diese List so anwenden, daß der Mann, trotz seiner gesunden Füße, wie auf Schmierseife in die Falle hineinrutscht. Zwar zeigte er zuerst noch Widerstand, aber dann begann er sich zu wundern, mit welcher Beredsamkeit Frau Therese vom andern Ehebett herüber diesen Widerstand, der wohl innerlich nicht mehr so richtig da war, zerbröckelte. Wie ein Parlamentsredner wußte Frau Therese ihn davon zu überzeugen, daß man alle trotzige Borniertheit ablegen müsse, wenn ein Menschenkind, in diesem Fall das erste Enkelkind, ins Leben kommen wolle. Der Gedanke sei für eine junge Mutter mehr als bedrückend, daß Feindschaft stünde zwischen Blut und Blut und daß von dieser Feindschaft auch ein Teil auf das Kind im Mutterleib übergehen müsse, wenn nicht ein Weg nach Frieden und Versöhnung gefunden würde. Schließlich gab der Rucker nach. Erstens, weil er die Mahnung des Doktor Neidhard beachten wollte, die ganz schlicht darin bestand, man dürfe einer herzkranken Frau keinerlei Sorgen aufladen, und zweitens, weil er ja selber zu neugierig war, was dieser Stettinger noch alles anstellen würde, um das Ansehen zu mehren, das er bereits weit über das Dorf Hofkirchen hinaus genoß. Zwar nannte er den Gang dorthin, in dieses halbfertige Haus, einen Canossagang. Aber er tat ihn dennoch, weil seine Frau ihn während der langen Ehejahre noch niemals um etwas so innig gebeten hatte.

Geflissentlich übersah er den leisen Triumph in Babaras Augen, als sie die Haustüre weit öffnete. Aber es wurmte ihn doch ein bißchen, und er schlug die Wagentür um einen Deut kräftiger zu, als er es sonst zu tun pflegte. Dann mußte er für Sekunden die Augen schließen, als möchte er das Bild nicht sehen, das sich da im Ausschnitt des Türbogens bot. Eine hochschwangere Frau in ihrer ganzen, reifen Schönheit, und dahinter dieser hochgewachsene Stettinger in weißen Hemdsärmeln, mit einem Glanz in den Augen, als käme das Wunder der heiligen Nacht mit allen Lichtern erst jetzt in dieser Nachmittagsstunde zu ihm.

Für einen Moment entstand peinliches Schweigen, bis

Barbara den Mund öffnete und mit ihrer dunklen, klingenden Stimme sagte:

„Herzlich willkommen, Vater und Mutter."

„Nur hereinspaziert", sagte der Stettinger, und ganz sicher hatte er etwas Bedeutungsvolleres sagen wollen. Aber ihm fehlte die Begabung der Rede, und außerdem war er doch überwältigt von diesem Augenblick.

Ja, und nun saßen sie wieder im Wagen und wurden von Florian zurück nach Haid gefahren, denn der Rukker hatte tatsächlich etwas zuviel von dem ausgezeichneten Wein getrunken, der ihm im Haus „Bergfried" geboten worden war. Darüber hinaus soviel an Herzlichkeit und Offenheit, daß er sich beinahe beschämt gefühlt hatte. Er selber brauchte gar nichts dazu tun, der Mantel des Vergessens und Vergebens wurde von den zwei jungen Leuten ausgebreitet, und er mußte bloß mehr darunter schlupfen und sich geborgen fühlen. Der Rucker war durchaus um fünf Uhr nachmittags noch nicht so angetrunken, daß er gönnerhaft versichern konnte, er denke nun daran, vorn statt der Zwei eine Drei zu setzen, so daß es dann nicht mehr Zwanzigtausend, sondern Dreißigtausend heißen würde. Ein Heiratsgut von Dreißigtausend — bitte, war das nicht eine großartige, nachträgliche Anerkennung? Über die man aber schweigen solle, nachdem die Susanne und auch Lukas nur mit Zwanzigtausend ausgestattet worden waren.

Susanne war übrigens mit ihrem Gatten am Tag vorher um die Mittagsstunde schon erschienen, um die Eltern zu bescheren, wie sie sich ausdrückte. Die Mutter bekam einen ganz prächtigen Morgenrock, der für ihre Kur gedacht war, der Rucker einen Schlafanzug, dunkelblau mit weißem Kragen, den er wohl nie anziehen würde, nachdem er sein ganzes Leben lang keinen Schlafanzug gebraucht hatte.

‚Ein Kistl Zigarren wäre mir lieber gewesen', hätte er am liebsten gesagt, begriff aber noch rechtzeitig, daß man vor Susann nicht mehr alles so ungehemmt aussprechen konnte. Ja, ja, sie war sehr vornehm geworden, die Susann, faßte die Kaffeetasse nur mehr mit zwei Fingern und fragte gleich, wo denn das Silberbesteck sei, wo die Kuchengabeln wären, weil man doch den Kuchen nicht mit dem Kaffeelöffel essen könne.

Das alles wäre belächelnswert gewesen, wenn sie hernach nicht gefragt hätte, wer denn das Silberbesteck einmal bekommen sollte.

„Das bleibt beim Haus", hatte der Rucker sofort geantwortet, worauf Susanne ein bißchen hochmütig zu wissen gab:

„Ich brauche es ja nicht, Gottseidank. Ich weiß es nicht genau, aber haben wir zwei oder drei Garnituren Kuchengabeln, Bernhard?"

„Ich glaube zwei", meinte Bernhard uninteressiert.

„Du vergißt die goldene Garnitur. Also doch drei."

Ja, so sehr und so rabiat hatte Susanne schon die Wurzeln vom Mutterboden in Haid abgeschnitten. So sehr war sie eine junge, vornehme Dame geworden.

Und an allem war nur der durchgebrochene Blinddarm schuld.

Das alles ging dem Rucker so durch den Kopf, als er von seinem Schwiegersohn Florian Stettinger durch die eiskalte Nacht nach Haid gefahren wurde. Er hatte dabei seinen Kopf an Frau Thereses Schulter gelehnt und wäre am liebsten in dieser wunschlosen Glückseligkeit durch die Nacht weitergefahren. Aber da hielt der Wagen schon mit einem Ruck vor der Haustüre, Florian öffnete den Schlag und half den beiden aussteigen.

„Jetzt mußt noch auf einen Versöhnungstrunk mit 'reinkommen", verlangte der Rucker.

„Besser, meine ich, wär jetzt ein starker Bohnenkaffee", meinte die Ruckerin.

Und während sie in der Küche schnell Wasser aufsetzte, belehrte der Rucker seinen Schwiegersohn darüber, daß er sich nie vom ersten Eindruck täuschen lassen solle. Man müsse immer erst versuchen, das Innere eines Menschen zu ergründen.

„Und das sagst ausgerechnet du mir?" fragte Florian.

Der Rucker machte gleich eine abwehrende Handbewegung.

„Erinnere mich nicht daran, Florian. Jeder Mensch kann einmal Fehler machen. Wer nie irrt, kann auch nichts gutmachen. Warum hätt' ich nicht irren sollen? Heute erkenn ich es, weiß, daß du ein feiner Bursch bist und daß die Barbara in keine besseren Hände hätte kommen können."

Als Florian dann gegangen war, saßen die beiden Ruckerleute noch eine Weile zusammen.

„Wie ist dir denn jetzt zu Mut, Thomas?" wollte die Frau wissen.

„Das kann man schwer sagen, Mutter. Vielleicht so, als wenn mir jemand eine schwere Last von den Schultern genommen hätte. Und dir?"

„Mir? Ich hab auf einmal kein Herzstechen mehr."

Der Rucker stand auf und zog die Gewichte der Standuhr hoch. Dann meinte er:

„Man muß sich halt dran gewöhnen, daß unsere Kinder andere Wege gehn, als wir sie einmal gegangen sind."

„Aber ich glaube, Thomas, im großen ganzen können

wir zufrieden sein. Sie haben sich gut verheiratet. Jetzt ist bloß mehr der Anderl da."

„Für den, meine ich, muß ich mich um eine umschaun. Und jetzt gehn wir schlafen, Mutter, es ist ja schon gleich Mitternacht."

Draußen war der Wind stärker geworden. Er heulte um die gewaltigen Mauern des Hofes, pfiff unter der Tennbrücke durch und fegte den Schnee vom First herunter.

*

Es war ein ausgesprochen milder Winter in diesem Jahr, mit viel Föhn, der die Herzen bedrückte und unter dem auch die Ruckermutter besonders zu leiden hatte. Trotzdem purzelten die Wochen gerade so ins Land. Der Schnee schmolz mehr und mehr dahin, und wenn in einer Nacht nochmal neuer dazukam, er hatte keine Bedeutung mehr. Tausend kleine Bächlein rannen von den Bergen nieder, und manchmal hörte man ganz fern ein dumpfes Poltern, wenn auf der anderen Bergseite drüben eine Lawine niederging. Dann las man in der Zeitung, daß einige Skifahrer in den Lawinen umgekommen seien. Der Tod war so nah wie das Leben.

Zwei neue Leben gab es nun in der Ruckersippe. Die Barbara hatte einem acht Pfund schweren Mädchen ins Leben verholfen, und knappe drei Wochen später kam der Lukas daher und kündete stolz von einem Sohn, der ihm wie aus dem Gesicht geschnitten sei. Nur Susanne in der Stadt wollte noch keine Kinder haben, weil das die Figur verderbe, sagte sie. Und Andreas? Nun, für den war es wohl allmählich an der Zeit, daß der Rucker sich um eine junge Bäuerin umschaute, von selber kam ja der Andreas scheinbar auf keine. Der Rucker spekulierte da auf eine von den drei Töchtern des Wildenholzerbauern von Ried. Wenn er mit seiner Frau Therese aus dem Bad zurückkam, wollte er die Sache einmal angehn.

Überhaupt, diese Badekur! Seit es jetzt ins Frühjahr hineinging, die Leberblümchen auf den Wiesen schon sprossen und die Bäume bereits kleine Knospen ansetzten, schien das auf einmal nicht mehr so vordringlich zu sein. Vielleicht konnte man das überhaupt aus dem Terminkalender streichen, wenn die Mutter fleißig ihre Tabletten nahm.

An einem Sonntagnachmittag, als die Barbara mit ihrem kleinen Töchterl Reserl, in das der Rucker ganz verliebt war, mit dem Kinderwagen angefahren kam, wurde ganz ernsthaft darüber gesprochen.

„Ich fühl mich wirklich besser jetzt", sagte die Ruckerin. „Und wenn ich das viele Geld bedenk —"

„Wegen dem Geld wär's überhaupt nicht", antwortete der Rucker sofort. „Aber vier Wochen ist halt eine lange Zeit."

„Der Doktor meint sogar sechs Wochen", klagte die Mutter. „Ich kann mir gar nicht vorstellen, wie die zwei Mannsbilder auf dem Hof mit allem fertig werden sollen."

Die zwei Mannsbilder, das waren der Andreas und der alte Toni, der im Mai mit dem ganzen Jungvieh auf die Alm ziehen wollte.

„Na ja", sagte jetzt die Barbara. „Notfalls könnte ich schon alle Tage ein paar Stunden herkommen. Vorkochen und nach der Wäsche sehn."

„Aber wenn ich mich weiterhin so gut halte", fing

die Mutter wieder an und wurde von Andreas unterbrochen, der bisher nichts gesagt hatte. Plötzlich stand er auf und sprach wie in leiser Erregung:

„Jetzt will ich euch einmal was sagen. Was sein muß, muß sein. Willst du denn warten, Mutter, bis du wieder einen Anfall hast? Einmal könnte es dann der letzte sein, und wir würden uns Vorwürfe machen, das ganze Leben lang. Der Doktor ist ja schließlich auch kein Ochs und wird schon wissen, warum er dir ein Bad verordnet."

Der Rucker zog sein Bartbürstl und maß den Andreas mit erstaunten Augen. Dann bürstete er und nickte:

„Recht hast', Anderl. Aber von *der* Seite kenn ich dich ja gar nicht."

„Weil es wahr ist. Das wird jetzt 'nausgeschoben und 'nausgeschoben, bis es einmal zu spät sein könnte. Jetzt geb ich einfach nimmer nach. Lauter Ausreden tätet ihr finden. Wir verhungern nicht, gell, Tonerl? Und wenn die Barbara gar noch nachschaun will! Im übrigen, ich hab vorige Woche einmal ins Arbeitsamt telefoniert. Es könnt sein, daß wir noch bis zum ersten April eine Hilfe vermittelt kriegen täten."

Immer erstaunter betrachtete der Rucker seinen Sohn, konnte es sich aber nicht zusammenreimen, was ihn plötzlich so aktiv werden ließ.

„Und wann meist dann du, daß wir fahren sollten?" fragte er schließlich.

„Zum ersten April hab ich mir gedacht", antwortete Andreas so auffallend schnell, als hätte er mit diesem Termin schon lang geliebäugelt. „Das wäre gerade die ruhigste Zeit bei uns", fügte er noch hinzu.

Das Kind begann im Körbchen zu weinen, das man

auf die Ofenbank gestellt hatte. Sofort sprang der Rucker auf.

„Was hat das Kind? Warum weint es? Barbara, schau doch nach, was das Kinderl hat."

Barbara lächelte.

„Die Wind' werden's halt wieder zwicken."

„Ja, aber da muß man doch was tun dagegen." Er beugte sich über das Körbchen und war voller Sorge. Bei *seinen* Kindern hatte er sich nie so bekümmert gezeigt.

„Ich koch schnell einen Kümmeltee", sagte die Mutter. Aber das Kind war bereits wieder ruhig, lag rosig und pausbackig in den Kissen und hatte das Fäustchen unters Kinn geschoben.

„Hol einmal die Landkarte her, Anderl", sagte der Rucker. „Daß ich seh, wie man da am besten fährt."

Doch mit dem gleichen Eifer und Nachdruck schaltete sich Andreas auch hier ein.

„Mit dem Wagen möchtest fahren? Um Gotteswillen, bloß das nicht. Wenn unterwegs was ist, hängst da. Nein, nein, ihr fahrt schön brav mit dem Zug. Da sitzt ihr recht gemütlich drin, könnt in den Speisewagen gehn, wenn ihr Hunger oder Durst habt, könnt lesen oder schlafen und kommt ausgeruht hin."

„Wie genau du das alles weißt", sagte der Rucker. „Man möcht direkt meinen, du hättest schon etliche solcher Reisen hinter dir."

„Das nicht, aber man liest doch jeden Tag, wieviel auf den Straßen mit den Autos passiert. Ich hätt meiner Lebtag keine ruhige Stunde mehr, wenn ich jetzt da nachgeben würde."

Er wußte so überzeugend zu reden, daß ihm der Rucker schließlich nachgab, den Kalender hervorholte und den dreißigsten März dazu bestimmte, daß er mit seiner Frau Therese abreisen würde.

Gelassen zündete sich Andreas jetzt eine Zigarre an, obwohl er sonst nur ganz selten rauchte. Eine sonnige Zufriedenheit lag über seinem Gesicht, und als Barbara ihm einmal verstohlen zublinzelte, blinzelte er zurück. Barbara allein wußte um Andreas' merkwürdigen Eifer Bescheid. Sie allein wußte, daß ein Mädchen namens Ilona auf dem Gut Hochzell zu Neujahr den Dienst als Sekretärin gekündigt hatte und seitdem in der Kreisstadt, im Hotel zum Stern, das Kochen erlernte und dort sehnsüchtig darauf wartete, bis Andreas sie nach Haid holen würde. Und das war für den ersten April so ausgemacht.

„Wenn alle Stricke reißen, dann nehm ich sie einstweilen bei mir auf", hatte Barbara versprochen. Nachdem aber Andreas jetzt sein Schicksal selber so zielbewußt in die Hand nahm, hoffte auch Barbara, daß alles gut gehen würde. Einen Mann und Vater wie den Rukker, den mußte man vor vollendete Tatsachen stellen. Sie hatte das ja selber erlebt.

Die Wochen und Tage bis dahin waren dann noch erfüllt von Reisevorbereitungen und Aufregungen; denn schließlich war die Ruckerin noch nie in ihrem Leben so weit fortgereist. Allein wäre sie jetzt überhaupt nicht mehr gefahren, und erst, als man in einer frühlingswarmen Nacht wieder einmal den Doktor holen mußte, war sie schließlich mit allem einverstanden.

*

Ilona wartete voller Angst und Ungeduld vor dem Hotel zum Stern um zehn Uhr vormittags auf Andreas. Sie wußte, daß kurz vor zehn Uhr der Zug abgefahren war, zu dem Andreas seine Eltern gebracht hatte. Ob es so richtig war, wie Andreas sich alles ausgedacht hatte, wußte sie nicht. Aber wenn er es so für richtig hielt — ihr Vertrauen zu ihm war so grenzenlos, daß sie jeden Pakt mit ihm geschlossen hätte.

Sie war längst nicht mehr jenes saloppe Mädchen aus der Johannisnacht. Nein, es ging eine sehr selbstbewußte, junge Frau in einem gutgeschneiderten Trachtenkostüm vor dem Hotel auf und ab. In ihrem hochaufgesteckten Blondhaar spiegelte sich die warme Frühlingssonne, und der Hauch von allem, was gerade so ins Blühen kam, umschwebte sie.

Da endlich sah sie den Wagen mit dem Gepäckträger auf dem Dach, vom Bahnhof herkommend, auf den holprigen Stadtplatz einbiegen, auf dem die Marktfrauen ihre Stände schon abzuräumen begannen. Andreas zog eine elegante Schleife und hielt knapp vor dem Hoteleingang.

Eine halbe Stunde später waren sie bereits auf dem Weg nach Haid. Mit schwerer Besorgnis in ihrem Herzen ließ Ilona sich von Andreas über die Schwelle tragen und konnte alles noch nicht recht fassen. War das nicht doch alles nur ein Traum? Nahm da eine Operette ihren Anfang, von der sie nicht wußte, wie sie enden würde? Nein, sie wußte es nicht. Aber Andreas wußte es genau. Er hatte alles auf den Tag, auf die Stunde, ja selbst auf die Minute hin ausgerechnet.

Abends, punkt halb neun Uhr, als die Dunkelheit schon über den Dächern von Hofkirchen lag und die ersten Sterne zu leuchten begannen, betrat er mit Ilona das kleine Zimmer neben dem Sitzungssaal im Rathaus, wo der Bürgermeister Soffner bereits auf das Paar wartete. Hinter dem Paar traten dann noch die beiden Stettingers ein, und sonst war außer dem alten Tonerl kein Mensch in diese seltsame standesamtliche Trauung eingeweiht.

„Also, ich muß schon sagen", begann der Bürgermeister Soffner, „um eine solche Zeit hab ich auch noch niemand getraut."

„Ich hab auch noch nie am Heiligen Abend einen Buben aus dem eiskalten Wasser gezogen", antwortete Andreas.

„Ja, ja, ich weiß, ich hab dir's versprochen, in aller Heimlichkeit. Warum eigentlich so heimlich? Na ja, das geht mich ja nichts an. Und jetzt setzt euch hin. Was die Ehe zu bedeuten hat, wißt ihr ja, so daß ich eigentlich bloß noch zu fragen brauch, ob es euer ehrlicher und freier Wille ist . . ."

Eine Viertelstunde später traten sie schon wieder in die Nacht hinaus. Mehr Sterne standen am Himmel als vorher, und der Nachtwind trug den Duft früher Blüten in sich.

„Also, dann hole ich euch morgen früh um fünf Uhr ab", sagte Andreas zu seiner Schwester Barbara.

„Nach Birkenstein, zur kirchlichen Trauung", nickte Barbara.

Mittags waren sie bereits wieder daheim. Die Lindeggerin reckte sich fast den Hals aus, um zu sehen, was denn auf dem Ruckerhof für eine neue Magd eingetreten sei. Eigentlich auch eine Unverschämtheit, ihr davon vorher nichts gesagt zu haben, wo sie sich doch angeboten hatte, da drunten auszuhelfen für die Zeit, in der die alten Ruckers abwesend waren.

*

Das Kurorchester intonierte den Straußwalzer „Wiener Blut“, und die Menschen saßen in den gelben und roten Plastikstühlen rund um den Musikpavillon herum oder wandelten auf den sauber gepflegten Wegen des Kurparks dahin.

Hier war die Natur schon etwas weiter voraus. Hier blühten schon die Tulpen in den Beeten neben den Wegen, rote, gelbe, weiße und lilafarbige auf hohen Stengeln; ein Farbenrausch von magischer Schönheit. Der Flieder strömte seinen Duft aus, die Bäume hatten ihre Knospen schon gesprengt.

Langsam, die Hände hinter dem Rücken verschränkt, ging der Rucker mit seiner Frau Therese unter einer Pergola, an der sich wildes Weinlaub rankte, dahin. Zur Therapie des Kurarztes gehörte neben den Bädern und sonstigen Anwendungen auch viel Spazierengehen. Der Rucker brauchte zwar keine Bäder, aber er machte die langen Spaziergänge mit seiner Frau getreulich mit.

Eine weiße Bank lud zum Sitzen ein. Sie nahmen Platz, und der Rucker zog seine Uhr:

„Jetzt gehen wir genau eine Stunde“, sagte er und spreizte behaglich die Beine. „Das Spazierengehen in der frischen Luft macht Hunger. Bloß schade, daß man hier keine richtigen Weißwürste kriegt.“

„Vierzehn Tag noch, dann kriegst du deine Weißwürste schon wieder“, tröstete ihn die Frau.

„Ja, die Hälfte unserer Zeit hier ist schon ’rum“,

stellte er fest. „Ich weiß gar nicht, wo die Zeit hingekommen ist. Sie vergeht mit dem Nichtstun gleich noch schneller als mit der Arbeit."

Von fernher wehten die Klänge des Wiener Walzers. Ein sanftes Rauschen ging durch die Bäume. Unweit von den beiden reckte ein alter Kastanienbaum seine weißen Blütenkerzen ins grüne Laub. Der Rucker bürstete seinen Bart, sah zu den üppigen Blüten hinauf und meinte nachdenklich:

„Jedes Jahr kommt neues Blühen in so einen alten Baum. Und unsereiner?"

„Ich bin ja schon froh, daß es mir jetzt wieder besser geht", meinte die Ruckerin.

„Aber deswegen behalten wir die neue Magd trotzdem", sagte er. „Du mußt dich daheim schon noch schonen. Überhaupt, für wen sollten wir uns noch plagen, Resl? Heut' muß ich sowieso ausführlicher heimschreiben. Dann werde ich es dem Anderl schon ans Herz legen, daß er sie gut hält, diese — Dingsda."

„Ilona heißt sie doch, oder nicht?"

„Ich glaub schon", meinte der Rucker. „Heutzutage muß man ja froh sein, wenn man jemand Verläßliches kriegt."

„Wie der Andreas so schreibt, muß sie recht tüchtig sein."

„Du darfst nicht vergessen, Resl, daß man das nimmer vergleichen kann mit einer Bauernmagd von früher. Seit wir jetzt auf Jungvieh umgestellt haben, braucht bei uns keine mehr in den Stall gehn. Und draußen auf den Feldern und Wiesen machen alles die Maschinen. Die Zeiten haben sich halt doch grundlegend geändert."

„Bloß wir sind die gleichen geblieben“, meinte Frau Therese.

„Sag das nicht, Resl. Wenn uns vor dreißig Jahren einmal einer gesagt hätt’, daß wir in ein Bad zur Kur gehn, dann hätten wir gesagt, der spinnt. Und jetzt sitzen wir da auf der Bank, ringsum blüht alles, die Vögel singen, und die Luft ist so mild und weich. Ich fühl mich richtig wohl bei allem, von gar nichts geplagt und getrieben. So richtig abschalten muß der Mensch können. Und das hab ich fertig gebracht.“

„So ruhig hab ich dich auch schon lang nimmer erlebt“, bestätigte ihm Frau Therese. „Vielleicht macht das auch was aus, weil du dich von der Politik ganz losgesagt hast.“

„Frag aber nicht, wie schwer mir das am Anfang gefallen ist“, gestand er ihr. „Ich hab mir bloß nichts anmerken lassen. Aber jetzt hab ich es Gottseidank hinter mir.“

Die Musik spielte als Abschluß des Vormittagskonzertes noch einen Melodienreigen aus der „Lustigen Witwe“, dann wurde es still unter den alten Parkbäumen. Der Rucker schaute wieder auf die Uhr.

„Hast du auf den Speisenzettel hingeschaut, was es heut zu Mittag gibt?“

„Rindfleisch mit Blaukraut und Kartoffeln, hab ich gelesen.“

„Mit den Kartoffeln sind sie hier überhaupt recht freigebig. Aber gestern hab ich ein Lokal aufgegabelt, Resl. Die Wirtin ist Münchnerin und führt natürlich bayrisches Bier. Da werd’ ich mir heut abend eine Schweinshaxn mit Kraut und Knödl zulegen.“

Langsam gingen sie dann auf das Sanatorium zu.

„Dem Herrn Pfarrer müßten wir auch eine Karte schreiben", fiel der Ruckerin ein.

„Hab ich schon", versicherte er. „Und der Barbara und dem Lukas schreib ich auch noch eine Karte. Die Susann will uns ja am Sonntag sowieso besuchen."

Nach dem Essen legte sich Frau Therese zu einem Mittagschläfchen hin. Der Rucker aber schrieb an seinen Sohn Andreas:

„Lieber Anderl!

Wir haben Deinen Brief erhalten, und ich kann Dir mitteilen, daß es der Mutter schon weit besser geht. Es ist im übrigen recht schön hier, wenn es auch kein Vergleich mit Haid sein kann. Die Berge gehen uns halt ab. Aber die laufen uns ja nicht davon.

Ich muß auf Deine Frage noch eingehn, welchen von den drei zum Verkauf anstehenden Jung-Stieren Du dem Kirchenwirt oder dem Viehhändler Scharl geben sollst. Hör Dir am Radio die Marktpreise genau an, und dann spielst Du einen gegen den anderen aus. Zahlt der Scharl mehr, dann gibst du an den ab. Oder umgekehrt. Und weise nachdrücklich darauf hin, daß bei uns ohne Antibiotika gefüttert wird.

Was Du da von der neuen Magd schreibst, lieber Anderl, hört sich recht erfreulich an. Da hast Du aber ein Riesenglück gehabt. Heut jemand Tüchtigen ins Haus zu kriegen, ist so selten wie ein vierblättriges Kleeblatt oder ein Gewinn in der Lotterie. Behandle sie nur gut, sei freundlich zu ihr und schrei sie nicht an. Zahl ihr lieber ein paar Mark mehr als üblich. Weißt ja selber, die sozialen Unterschiede sind jetzt nicht mehr so kraß wie früher, was ich gut finde, denn wir sind alle nur Menschen, und einmal haben wir alle bloß das gleiche Haus aus sechs Brettern, ob König oder Bettler, ob

Bauer oder Knecht. Das sollst auch Du immer bedenken, Anderl. Wenn Du einmal Ärger hast mit ihr, dann beiß' die Zähn zusammen und schluck ihn hinunter.

Wenn ich heimkomme, müssen wir zwei überhaupt einmal in aller Ruhe miteinander reden, denn allmählich solltest auch Du daran denken, eine Bäuerin ins Haus zu bringen. Wenn es auch der Mutter jetzt wieder besser geht, so läßt sich doch eines nicht aufhalten, und das ist das Alter. Das ist unweigerlich da. Die Kräfte wachsen nicht mehr, sondern werden von Jahr zu Jahr weniger.

Also nochmal, gib den scheckigen Jung-Stier ab — ich glaub, die Nummer 23 hat er — und sei vielmals auch von Mutter gegrüßt.

Dein Vater Thomas Rucker.

NB. Grüße auch an den Tonerl. Am nächsten Sonntag will uns die Susann mit ihrem Mann besuchen."

Am Abend trug er den Brief noch zur Post. Dann übte er sich in der Geduld vieler Männer, die wortlos neben der Frau durch die Straßen einer Stadt gehn und vor den Schaufenstern mit stehenbleiben, obwohl sie das Dargebotene überhaupt nicht interessiert.

Dabei durfte sich Frau Therese in seinen Arm einhängen, was in Hofkirchen reichlich belächelt worden wäre, weil das unter Bauersleuten nicht üblich ist.

*

Hell und klar blaute der Frühlingshimmel über dem Weiler Haid. Sanftes Rauschen ging durch die jungen Saaten und über den Bauerngärten lag das Wunder des Blühens ausgebreitet.

Wie ein Wunder war auch diese junge Frau Ilona erblüht. Sie trug jetzt ihr schönes, goldblondes Haar hoch über der Stirn in geflochtenen Zöpfen aufgesteckt. Auch schien es, als habe sich ihr Körper etwas gestrafft. Sie war selbstsicherer geworden, denn sie wußte sich geborgen und gestützt von der Liebe ihres Mannes, einer Liebe, die ernst und schwer war und die sich mit jedem Tag mehr zu vertiefen schien. Ilonas Herz war von einer grenzenlosen Dankbarkeit erfüllt, denn nur Andreas allein hatte sie es zu verdanken, daß sie nicht in den Abgrund gestürzt war, an dessen Rand sie sich bereits befunden hatte. Er hatte ihr Leben mit Ruhe und Selbstsicherheit in seine Hände genommen und bis heute nie gefragt, auf welchem Weg sie früher gewandelt war. Er wußte nichts von Rauschgift, aber vielleicht konnte er es ahnen, denn im Doktorhaus ging eine zerstörte Gabriele mit irrem Blick, an allen Gliedern abgeschlafft, umher und sah die Umwelt aus Augen an, als hätte sie schon ein leichter Wahn getrübt.

Andreas interessierte das nur noch am Rande. Er war in seine Ilona verliebt, konnte sich gar nicht satt schauen an ihrer blühenden Schönheit und war immer wieder von neuem trunken vor maßlosem Glück. Mitten in der Arbeit flog ihn oft ein Staunen an, dann ging er schnell zu ihr und nahm sie in seine Arme. Man sagte es ihm nicht direkt ins Gesicht, aber so hinten herum konnte er es wohl hören, daß er mit weitem Abstand eines der schönsten Mädchen ins Haus bekommen habe.

„Und die Alten sind nicht da“, erzählte der Viehhändler Scharl herum und zwinkerte dabei mit den Augen. Wenn er dann schon ein bißchen angetrunken war, zwinkerte er noch mehr und fügte etwas leiser hinzu: „Ich möchte wetten, daß er die vernascht.“

Die Lindeggerin lag ständig auf der Lauer, aber sie kam einfach auf nichts. Nur der alte Tonerl hätte erzählen können, daß Andreas in die Doppelkammer schlafen ging, wie sich's gehörte für Mann und Weib. Er schüttelte nur manchmal nachdenklich den Kopf und dachte sich: Wie wird er das bloß deichseln, wenn die Alten heimkommen.

Aber daran schien Andreas überhaupt nicht zu denken. Ilona war so zärtlich und so anschmiegsam, so beseligend weiblich, daß er nur den blauen Himmel sah und nicht eine einzige Wolke.

Anders war es bei Ilona. Je näher der Tag kam, an dem der Rucker und Frau Therese heimkehren sollten, desto nervöser wurde sie. Und manchmal warf sie sich unverhofft an seinen Hals und weinte.

„Ich hab solche Angst, Andreas."

„Das ist ganz unnötig, Ilona", tröstete er. „Laß mich nur machen."

Dann war der Tag plötzlich da. Am Abend vorher gingen sie zu Barbara, deren Haus nun fertig war bis auf ein paar Kleinigkeiten. Und dieser Besuch war gut, denn Barbaras unerschütterliche Ruhe strahlte auch auf Ilona über.

„Nur alles erst an sich herankommen lassen", meinte Barbara, und der Stettinger fügte hinzu: „Es wird nichts so heiß gegessen, wie es gekocht wird."

„Ihr braucht ja den Vater und die Mutter nicht gleich beim Heimkommen damit überraschen", sagte Barbara noch. „Bei dem ausgeprägten Spürsinn, den man unserem Vater nachsagt, wird er es ja selber in ein paar Tagen schon merken. Bloß eure Eheringe müßt ihr erst mal verstecken."

„Jetzt ist mir viel leichter ums Herz", versicherte

Ilona und schaute bewundernd auf ihre Schwägerin.

„Man muß die Menschen immer vor Tatsachen stellen, dann kommt man am leichtesten ans Ziel, hat unser Vater allweil gesagt, wie er noch tief dringesteckt ist in seiner Politik", fiel es Barbara noch ein. „Jetzt wird sich erweisen, ob er das auch für sich selber akzeptiert."

Die Nacht war hell vom Mond beglänzt, als die beiden Arm in Arm nach Haid zurückgingen. Wie von goldenen Punkten garniert zog der Lichtfürst der Nacht seine Bahn, über der blühenden Welt hin. Leicht tändelnd schlugen die Wellen des Sees ans Ufer. Die Fenster des Gasthauses waren hell erleuchtet, auf der Straßenseite parkten Autos. An einem lehnte das Zimmermädchen Olga mit ihrem Liebsten und sie ließen sich vom Mond beim Küssen zuschaun.

Beim Doktor Neidhard standen die Fenster des Wohnzimmers weit offen. Die beiden blieben unwillkürlich stehen, weil die Stimmen da drinnen so erregt klangen. Über die Ligusterhecke hinweg sahen sie die Gaby, oder das, was einmal die Gaby war, in einem Polsterstuhl mehr liegen als sitzen. Das rötliche Haar hing ihr in langen Strähnen ins Gesicht, ihr Blick war starr in die Ecke gerichtet. Ihre Schwester Lina saß ihr in einem weißen Mantel gegenüber und versuchte gütlich auf Gaby einzureden. Doktor Neidhard durchmaß mit langen Schritten den Raum, blieb dann vor seiner Frau stehen, die in der Ecke kauerte:

„Weine nicht, Mama", tröstete er. „Mit Weinen ist nichts mehr auszurichten. Die Gaby muß in eine Entwöhnungsanstalt. Ich hoffe nur, daß sie sich nochmal fängt und einsieht, daß sie sich sonst zugrunde richtet."

„Oder auch nicht", sagte die Gaby vollkommen teilnahmslos.

Wieder schwoll die Stimme des Doktors zornig an. „Ich habe dich früh genug gewarnt, aber ich habe es leider zu spät gemerkt, wohin du treibst. Zuerst diese verdammten Haschischzigaretten, dann LSD, und jetzt hast du mir auch noch das Morphiumschränkchen aufgebrochen. Sag mir doch um Gotteswillen, wo du das Morphium hingebracht hast."

„Wie soll ich's wissen, wenn selbst die Götter nicht alles wissen?" antwortete die Gaby, ohne ihren starren Blick aus der Ecke zu lösen.

„Bitte, Papa, schrei nicht so", bat die ältere Tochter Lina. „Mit Schreien bezwecken wir gar nichts." Sie rüttelte Gabriele an der Schulter. „Sei vernünftig, Gaby, füg dich drein, es gibt keinen anderen Weg zu deiner Rettung mehr, als daß du dich einer Entwöhnungskur unterziehst. Du kannst dich sonst nie mehr lösen, weder vom Rauschgift noch von denen, die dich in das alles hineingezerrt haben."

„Komm, Andreas, laß uns gehn", flüsterte Ilona, die plötzlich am ganzen Körper zitterte, als wäre sie von Fieber geschüttelt.

„Was hast du denn?" fragte er besorgt und selber tief erschüttert von dem, was er da soeben gehört und gesehen hatte.

„Nichts, Andreas — frag mich jetzt nicht, Lieber. Ich werde dir alles erzählen."

„Wenn es dich erleichtert, Ilona." Er legte den Arm um ihre Schultern, als gelte es, sie zu beschützen. Am Dorfende setzten sie sich auf das Milchbankerl des Jodlbauern. Ilona zitterte immer noch, beruhigte sich nur langsam unter seiner streichelnden Hand. Doch dann hatte sie sich gefaßt und begann zu sprechen.

„Ich hätte es dir am Anfang gleich sagen müssen, Andreas. Das, was du soeben gesehen hast, dieses Häufchen Elend — ich könnte heute auch so weit sein, wenn du nicht in mein Leben gekommen wärst. Ich weiß nicht, ob es jemals soviel Gelegenheiten in unserm Beisammensein geben wird, dir zu beweisen, wie sehr ich dir zu Dank verpflichtet bin. Und du hast mich nie gefragt, Andreas, du hattest nicht einmal eine Ahnung."

„Doch", sagte er und nahm sie noch fester in seinen Arm. „Du warst doch wie ein verlorenes Kind, oder wie eine Ertrinkende, die nach einem rettenden Ufer sucht."

Sie barg ihren Kopf an seiner Brust und flüsterte erschauernd:

„Und da hast du mir deine Hand gereicht, Andreas. Mein ganzes Leben lang will ich dich dafür segnen."

„Die Hand allein war es nicht", sagte er, „nein, es war auch dein Herz, Ilona."

„Sicher, Andreas — meine Liebe von der ersten Stunde an. Nur diese Liebe allein hat mir die Kraft gegeben, das Dämonische zu bezwingen. *Deine* Liebe aber, Andreas, war es, die mich in den Glanz gehoben hat, und ich denke jetzt oft daran, was mir einmal meine Mutter gesagt hat, nämlich, daß kein Mensch in Glanz geht, wenn er zuerst nicht Bitteres erlebt hat."

Darüber hatte Andreas eine Weile nachzudenken. Sie sprach öfter einmal in so hohen Worten, die er sich erst zergliedern mußte, um den tieferen Sinn darin zu erkennen.

„Und darum wirst du auch die Kraft haben", sagte er dann, „alles zu bestehen, was jetzt noch kommt."

„Wird es schwer sein, Andreas?"

„Gemessen an unserm Glück wird es leicht sein, Ilona. Halte nur noch eine ganz kurze Zeit durch.“

„Wenn du es willst, Andreas.“

Sie legten nun noch den Rest des Weges nach Haid zurück. Das Land lag so still, wie es vor tausend Jahren schon gelegen haben mochte. Die Sterne waren immer noch um den Mond und filterten ihr mildes Licht zur Erde herunter.

*

Am anderen Tag fuhr Andreas nach dem Mittagessen mit dem Wagen fort, seine Eltern in der Kreisstadt abzuholen. Um drei Uhr sollte der Zug einlaufen, kurz vor vier Uhr könnten sie dann da sein.

Ilona hatte einen Marmorkuchen gebacken, eine Schüssel mit Schlagrahm stand bereits im Kühlschrank und in der Küche die große Filterkanne bereit.

Nun saß sie ganz allein in der großen Stube vor dem festlich gedeckten Kaffeetisch, hatte die Hände im Schoß verschränkt und hörte auf das schnelle Klopfen ihres Herzens. Wenn Andreas nicht bei ihr war, kam sie sich verlassen vor, gleich einem dünnen Ast, mit dem der Wind sein Spiel treiben konnte. Hier saß sie nun, trug seit vier Wochen den Namen Rucker und durfte doch nicht offen vor aller Welt Frau Rucker sein. Mußte weiter ein Spiel spielen, vor dessen Ausgang sie zitterte. Sie kam sich vor wie ein Eindringling. Wer war sie schon? Der Name Rucker aber trug den Stempel von Generationen. Um darin eingereiht zu werden, mußten aus der dünnen Faser, die sie vorerst mit diesem alten Stammbaum verband, Wurzeln werden, die zäh genug waren, Säfte zu treiben und aufzusteigen zu einem starken Stamm, in dessen Äste der Wind eines neuen Jahrhunderts hineinrauschte.

Nein, vorerst war sie noch gar nichts. Sie trug den Namen Rucker nur im Verborgenen und saß noch wie eine verwunschene Prinzessin im Märchen.

Sie wußte hernach nie, wohin eigentlich die Zeit gekommen war. Plötzlich schreckte sie auf, draußen war ein Wagen vorgefahren. Zuerst bekam sie Andreas in ihren Blick, dann stieg der Rucker aus und half seiner Frau. Die Angst war wieder da und wollte ihr Herz umklammern, aber dann erinnerte sie sich, daß ihr Andreas beim Wegfahren nochmal gesagt hatte, sie müsse Mut haben und ganz unbefangen sein. Noch ein schneller Blick in den Spiegel, ein Zurückstreichen einiger loser Schläfenhaare, dann öffnete sich auch schon die Türe sperrangelweit. Hilflos sah sie in Andreas Augen, doch der lächelte ihr nur zu. Dann drehte er sich um und sagte:

„Das ist Ilona."

Ilona tat ein paar Schritte vor, wußte nicht, sollte sie die Hand hinstrecken und war der Ruckerin von Herzen dankbar, daß sie es tat. Der Rucker zog die weißen Brauen hart zusammen, als müsse er über etwas nachdenken. Doch dann gab auch er seine Hand und sagte dabei: „Also Lona heißt man." Das „I" schenkte er her. Dann drehte er den Kopf. „Schau, Mutter, es gibt Kaffee. Grad so, wie wir es jetzt gewohnt waren, jeden Nachmittag Kaffee."

„Ja und wie schön, daß sie den Tisch gedeckt hat," meinte die Mutter loben zu müssen. Aber Ilona hörte das bereits nicht mehr. Sie war draußen in der Küche und goß heißes Wasser in den Filter.

In der Stube aber sah der Rucker seinen Sohn Andreas forschend an und stellte fest:

„Du, die ist aber verdammt schön."

„Sooo?" sagte Andreas und lächelte verlegen. „Da kann sie doch nichts dafür."

„Das allerdings nicht. Ich sag das auch bloß als Mann, nicht als Dienstherr. — Wie hat sie es denn mit der Arbeit?"

„Wirst schon sehn, wie die zulangt."

In diesem Augenblick kam die Ruckerin aus der Schlafkammer heraus und war voll des Lobes.

„Die Betten hat sie frisch überzogen, und der Boden ist gewachst. Blumen stehn am Tisch. Wie ein Schmuckkasterl schaut unsere Schlafkammer aus."

„Die Ilona hat gemeint, daß es so sein müsse."

„Ach so, die Lona", meinte der Rucker und dehnte den Namen ohne „i" recht in die Länge, als ob er damit feststellen wolle, daß diese Magd mit ihrer auffallenden Schönheit in Zukunft nicht anders als Lona zu heißen habe.

Beim Kaffeetrinken war die Ruckerin dann recht gesprächig und meinte alles auf einmal erzählen zu müssen, was sie in vier Wochen erlebt hatte. Und dabei sprach sie größtenteils zu diesem fremden Mädchen hin, das ihr so offen und freimütig in die Augen schaute. Ja, es war sonderbar, zwischen diesen zwei ungleichen Frauen bildete sich schon von der ersten Stunde an eine Vertrauensgrundlage, wozu andere Menschen oft Wochen und Monate brauchten, um sie zu schaffen.

Der Rucker war schweigsamer. Er fixierte die Ilona verstohlen aus den Augenwinkeln heraus und schielte dazwischen auch wieder zu Andreas, hin. Sein scharfer

Verstand versuchte etwas zu kombinieren, was sich doch zu keinem Bild formen lassen wollte. Schließlich kam er zu der Feststellung: Entweder hatten sich die beiden so in Beherrschung geübt, daß man im Dunkeln tappen mußte, oder Andreas war immun gegen alles, was sich mit Recht eine ausgereifte Schönheit nennen durfte. Er jedenfalls hätte es trotz seiner hohen Jahre nicht fertiggebracht, neben so einem Prachtgeschöpf wochenlang herzuleben wie ein stummer Fisch.

Nein, man wurde nicht klug aus den beiden. Sie verrieten sich mit keinem Blick und mit keiner Geste. Andreas tat so, als höre er gar nicht hin, als Ilona jetzt sagte:

„Ich weiß ja nicht, ob ich recht habe, aber im allgemeinen ist es wohl so, daß man sich nach einer Kur noch ein paar Wochen schonen sollte."

Der Rucker zog sein Bartbürstchen und meinte dann:

„Das hat der Doktor auch gesagt. Aber das kann sie nur — ich weiß ja noch gar nicht, auf welche Abmachungen du hier den Dienst angetreten hast."

„Die Ilona bleibt auf dem Hof", sagte Andreas schnell und so bestimmt, daß der Rucker wiederum die weißen Brauen nachdenklich zusammenzog.

„Mir kann das nur recht sein", sagte er dann. „Und da du die Lona eingestellt hast, soll jede Abmachung weiterhin Gültigkeit haben. Jetzt ists Ende Mai und in der Bauernregel Brauch, daß man im Oktober herum fragt, ob jemand zu Lichtmeß auf ein weiteres Jahr bleiben will."

Hier merkte der Rucker zum erstenmal einen ganz kurzen Blick des Einverständnisses zwischen den beiden. Dann sagte Ilona, gerade als ob sie von diesem Thema möglichst schnell abweichen wollte:

„Für's Abendessen hab ich mir gedacht: gebackene Leber mit Petersilkartoffeln."

„Mach es nur so, wie du meinst und wie du es bisher gehalten hast", sagte die Ruckerin. „Ich war jetzt vier Wochen nicht da, Ilona und —"

„Also, daß wir uns klar sind", unterbrach der Rukker. „Wollen wie jetzt Ilona zu ihr sagen, oder Lona. Ich bin für Lona, weil das bäuerlicher klingt. Es langt schon, daß es eine Erika bei uns gibt. Aber zu der werde ich in Zukunft auch bloß mehr Rika sagen."

Dann stand der Rucker auf und ging in den Stall hinaus, in der Erwartung, wenn im Haus schon alles so in mustergültiger Sauberkeit strotzte, gab es im Stall doch sicher etwas zu bemängeln. Mit schmalen Augen musterte er die lange Reihe der Jungrinder, die alle aussahen, als wären sie gestern erst durch ein Reinigungsbad gegangen. Sie standen so gut im Futter, daß der Rucker es nicht lassen konnte, hier und dort ins Fleisch zu kneifen.

In diesem Augenblick sah er den Tonerl hinter der Tennbrücke hervorkommen und der Rucker trat unter die Stalltüre.

Der Alte lachte über das ganze Gesicht, das nur mehr aus Falten und Runzeln bestand.

„Ja, weil's nur grad wieder da seid's. Vier Wochen können einem wie eine Ewigkeit vorkommen."

Der Rucker war gerührt über diese Anhänglichkeit, zog eine Zigarre aus der Westentasche und spendierte sie dem Tonerl. Dann setzten sie sich auf die Bank unter dem Stallfenster, neben dem immer noch ein paar Pferdekummete hingen, obwohl man schon längst keine Pferde mehr hatte.

„Wie ist sie denn?“ fragte er dann, in der Erwartung, jetzt endlich etwas Negatives über Ilona zu vernehmen.

„Meinst du die Ilona?“

„Ich hab gerad gesagt drinnen, daß wir sie in Zukunft Lona nennen wollen, falls sie dableibt.“

„Warum soll sie weggehn?“ fragte der Tonerl und schob die Zigarre hinter den Latz. „Die heb ich mir für den Sonntag auf. Und was die Ilona betrifft —“

„Lona heißt sie von jetzt an.“

„Also, was die betrifft — früher haben wir doch immer drei Mägde gehabt am Hof. Ich glaub, ein Dutzend hab ich so kennengelernt im Lauf der langen Jahre. Aber so eine wie die Lona war noch keine da.“

„Soo? Waren aber doch ganz gute darunter“, meinte der Rucker.

„Da wirst schaun, wie die kochen kann. Und auch sonst — Überall packt sie mit an, und launisch hab ich sie überhaupt noch nicht erlebt.“

Der Rucker mußte schon wieder sein Bartbürstl ziehn.

„Und wie verhält sich der Anderl zu so einem Musterexemplar?“

„Der Anderl?“ Der Tonerl ließ sich nicht so leicht aus der Fassung bringen, lächelte nur verstohlen und meinte: „Der ist am ersten Tag, an dem sie auf den Hof gekommen ist, nicht anders gewesen zu ihr wie heut. Aber jetzt was anderes. Nächste Woche, hat der Anderl gemeint, soll ich mit dem Jungvieh auf die Alm gehn.“

„Ich schau morgen einmal ’nauf, wie die Weid’ steht. Und jetzt, Tonerl, geh ich zum Wirt ’nunter. Endlich wieder einmal eine gscheite halbe Bier.“

„Warum? Hat's da draußen kein gutes Bier gegeben?"

„Schon. Aber erstens viel teuerer und zweitens, Hiesiges war's halt doch keins."

*

Am Abend dieses Tages war bei den Abendnachrichten am Radio zu hören, daß in der Passauer Gegend ein Hagelschlag von ungewöhnlichem Ausmaß die Felder verwüstet hätte. Drei Tage darauf erhielt der Rucker prompt als vereidigter Hagelschlagschätzer die Order, daß er an der Spitze einer kleinen Kommission dort den Schaden zu schätzen hätte. Dies war die einzige Funktion, die er noch innehatte und sie hatte mit Politik nichts zu tun. Unter Umständen, meinte er, könne er die ganze Woche über aus sein.

Er stand im Hof neben dem Wagen, hatte die Türklinke bereits in der Hand und gab Andreas noch ein paar Anweisungen, als Ilona mit einer prallen Tüte aus dem Haus kam.

„Da hab ich noch ein paar Wurstsemmeln für unterwegs eingepackt", sagte sie.

Der Rucker nahm das Päckchen und legte es in den Handschuhkasten.

„Nett, daß du dran denkst", sagte er. Dann stieg er ein, kurbelte das Seitenfenster herunter und sagte zu Andreas:

„Schau drauf, daß die Mutter in der Früh liegen bleibt. Viel Schlaf ist für sie wichtig, und wenn sie um neun Uhr aufsteht, ist es früh genug."

Langsam fuhr der Wagen aus dem Hof, am Pflanzgarten vorbei auf die Senkung der Straße zu. Und dort hätte der Rucker beinahe nochmal angehalten, denn im Rückspiegel sah er zufällig, wie Andreas und Ilona einander bei den Händen faßten, einander anlachten, sich dann umdrehten und ins Haus zurückgingen.

Als hätte ihn der Donner gerührt, so fühlte er sich einen Augenblick wie benommen. Ebenso schnell aber setzte auch das Begreifen ein und die Enttäuschung darüber, daß man ihm da ein paar Tage lang eine Komödie vorgespielt und ihm praktisch damit ein Armutszeugnis ausgestellt hatten. Das ärgerte ihn jetzt mehr, als wenn sie ihm gesagt hätten, sie hätten ein Recht darauf, sich so bei den Händen zu fassen und so ins Haus zu gehn, wahrscheinlich mit dem Gedanken: Jetzt ist der Kater aus dem Haus, die Mäuse können tanzen.

Schade, denn in den paar Tagen hatte er festgestellt, daß diese Ilona ein tüchtiges Frauenzimmer war, mit einer rühmenswerten Kochkunst, weil sie aus einfachen Mitteln und Wenigem etwas sehr Schmackhaftes zu bereiten wußte. Auch sonst — ihr ganzes Wesen war so ruhig und ausgeglichen und nur darauf bedacht, besonders der Mutter und ihm hilfsbereit zu dienen. Sie tat alles mit so fröhlichem Herzen, und mitten in der Arbeit flog oft ihr Lachen auf, das jede Düsternis aus dem verstecktesten Winkel hätte locken können. Auch den Tonerl verhätschelte sie ohne viel Aufsehen. Für ihn, der kaum mehr Zähne hatte, trieb sie das Fleisch immer durch die Fleischmaschine. Der Mutter legte sie stets die Herztablette neben den Teller, und ihn selbst fragte sie, was er am andern Tag zu essen wünsche. Nur den Andreas fragte sie nie etwas.

Das war also alles Berechnung. Schade um diese

Ilona, denn natürlich ging das nicht, daß man sie im Haus behielt, wenn sich da ein Techtelmechtel entwikkelt hatte. Nur eine Sekunde der Unachtsamkeit hatte sie jetzt verraten. Auf der ganzen Fahrt bis zur Kreisstadt beschäftigten ihn diese Gedanken. Dort stieg dann ein Gärtnermeister zu ihm in den Wagen, der in gleicher Eigenschaft tätig zu sein hatte und ihm gleich sagte: „Es bleibt natürlich unter uns, Rucker, daß ich mit dir fahre, sonst kann ich für meinen Wagen keine Spesen aufschreiben."

Der Rucker nickte nur und deutete auf den Handschuhkasten: „Wenn du Hunger kriegst, da drin liegen ein paar Wurstsemmeln."

*

In dieser Nacht ging ein Gewitter über Haid und das Dorf Hofkirchen nieder. Kein heftiges Gewitter und nur ganz kurz, mit ein paar wummernden Donnerschlägen, aber mit nachfolgendem, schweren Regen, der um die Mauern des Hofes rauschte und in den Abflußröhren der Dachrinnen polterte.

Von einem der Donnerschläge wurde die Ruckerin wach, schlief aber gleich wieder ein. Ein zweitesmal wurde sie gegen vier Uhr früh wach durch ein Geräusch, das vom Stall herüberzukommen schien.

Der neue Tag stand bereits mit düsterm Grau vor den Fenstern. Der Regen rann an den Scheiben nieder und wie von fernher kam das Krähen eines Hahnes, der seine weibliche Gefolgschaft wecken wollte.

Das Geräusch vom Stall herüber hörte nicht auf. Schließlich schlüpfte die Ruckerin in den Morgenmantel und ging in den Stall hinaus. Die Ursache der Unruhe war sogleich festzustellen. Einer der Jung-Stiere hatte sich von der Kette gerissen und rannte übermütig durch den Futtergang.

Ihr erster Gedanke war, den alten Tonerl zu wecken. Aber gegen die entfesselte Kraft so eines Jung-Stieres konnte der Tonerl wohl kaum mehr was ausrichten. Da mußte schon ein kräftiges Mannsbild her.

Schreien wollte sie nicht, darum mühte sich die Rukkerin über die Stiege hinauf ins obere Stockwerk und trat in die Bubenkammer. Das Zwielicht des aufkommenden Tages ließ noch nichts unterscheiden, so daß sie das Licht andrehte.

Zuerst schüttelte sie nur verwundert den Kopf. Schlief denn der Anderl nicht mehr in dieser Kammer? Zumindestens hatte er in dieser Nacht nicht hier geschlafen. Das Bett stand sauber in der Ecke, es war sogar frisch überzogen und nicht erst seit gestern. Eine Ahnung stieg plötzlich in ihr auf, die schon über eine vage Vermutung hinausgriff zu einer Gewißheit hin, die einen leisen Schauer der Angst über ihr Herz hinwehte.

Langsam ging sie zurück. Im selben Moment wurde auf der anderen Seite des Flures eine Tür geöffnet und Andreas kam heraus, nur mit Hemd und Hose bekleidet.

Er erschrak gar nicht einmal so sehr, als er die graue Gestalt im Zwielicht des Flures gewahrte. Es war eher so, als ob ein scheues, verlegenes Lächeln über sein Gesicht huschen würde. Langsam knöpfte er das Hemd über der Brust ein und schien sich gefaßt zu haben.

„Mutter, du? Was ist denn los?"

„Drunten im Stall, ein Stierle hat sich losgerissen."

Ohne noch etwas zu sagen, rannte Andreas die Stiege hinunter in den Stall.

Die Ruckerin stand eine Weile wie gelähmt. Nicht aufregen, dachte sie und legte dabei die rechte Hand auf ihr Herz. Dann trat sie entschlossen in die Kammer, die nur ganz selten, wenn Besuch kam, benutzt wurde. Die Susann, wenn sie mit ihrem Mann auf Besuch kam, durfte sie benutzen. Und jetzt?

Entschlossen trat sie ein, denn sie gab sich keiner Hoffnung mehr hin, daß Andreas allein da drinnen geschlafen hätte. Es würde ihr schwer fallen, ihrer Enttäuschung und Bitterkeit Zügel anzulegen. Hier mußte schon ein entscheidendes Wort gesagt werden, und wenn sie dieser heimtückischen Person gleich sagen mußte, sie solle ihre Koffer packen und fortgehn. Lieber der erste Verdruß als der letzte —

Mit hartem Schritt betrat sie die Kammer und verhielt dann doch den Schritt. Das eine Bett war zerwühlt, das Deckbett zurückgeschlagen. Im andern aber lag die Magd Ilona. Ihr Kopf war hineingewühlt in das Paradekissen des eigenen blonden Haares, eine Schulter ragte nackt über das Deckbett heraus, eine schöne, ebenmäßig gerundete Schulter. Die Ruckerin war einen Moment versucht, mit einem kräftigen Schlag auf diese nackte Schulter das liederliche Frauenzimmer aus dem tiefen Schlaf in die Wirklichkeit zurückzuschlagen. Doch dann warf sie einen Blick in das Gesicht. Die langen Wimpern lagen wie seidene Sicheln über den geschlossenen Augen, um den Mund aber war ein so seliges Lächeln, als hätten soeben ein paar pausbackige Engel ihren Atem darübergeweht.

Leise, wie sie gekommen, schlich sie wieder hinaus, die Stiege hinter in die Küche. Die Knie waren ihr auf einmal so schwer und auch das Herz. Das ging einfach über ihren Verstand und gegen alle Moral. Und das war wahrscheinlich schon so, seit diese Ilona im Haus war. Diese Kammer war zu einem Sündenpfuhl entweiht worden. Gar nicht auszudenken, was der Vater sagen würde, wenn er es erführe. Am besten war es, wenn diese scheinheilige Person heute noch das Haus verließ.

Auf einmal kamen ihr die Tränen, und sie schlug die Hände vors Gesicht. Da wurde die Küchentür aufgestoßen und Andreas kam herein.

„Hängt bereits wieder dran, das Ludervieh. Man möchte gar nicht glauben, was so ein Stierle schon für eine Kraft hat." Er verstummte erschrocken und sah zur Bank hin. „Was ist, Mutter, weinst du?"

Die Ruckerin nahm die Hände herab und sah ihn aus tränenverschwommenen Augen an.

„Wie lang dauert denn das schon?"

„Was meinst du, Mutter?"

„In der Kammer droben liegt die Ilona. Und du bist rausgekommen, warst die ganze Nacht nicht in deinem Bett."

Andreas wurde zuerst ein wenig rot, dann streckte er sich.

„Nein, Mutter, ich war die ganze Nacht nicht in meiner früheren Kammer."

Entsetzt starrte sie ihn an.

„Sag einmal, schämst du dich überhaupt nicht?"

„Nein, ich schäm mich nicht, Mutter."

„Was meinst denn du, was der Vater sagt, wenn er dahinterkommt?"

„Ja, das hat mir eine Zeitlang auch Sorgen gemacht. Jetzt nimmer.“ Andreas lehnte sich gegen den Herd hin und verschränkte die Arme über der Brust. „Einmal muß es ja doch gesagt werden, Mutter. Erschrick jetzt nicht, aber — die Lona und ich sind jetzt schon bald fünf Wochen miteinander verheiratet.“

„Nein!“ Das hätte wie ein Schrei klingen sollen, wurde aber nur ein schweres Stöhnen.

„Doch, Mutter. Am selben Abend, nachdem ihr abgefahren wart, haben wir uns standesamtlich trauen lassen, und am andern Tag kirchlich in Birkenstein.“

Da war es, als ginge ein leichtes Aufatmen durch die Ruckermutter. Sie starrte den Sohn zwar noch ein bißchen fassungslos an, aber man merkte doch ihre Erleichterung, als sie sagte:

„Also mit kirchlichem Segen und allem?“

„Mit allem, was dazu gehört, Mutter.“

„Ja, bloß ohne den Segen der Eltern.“

„Die Barbara hat ihn ja auch nicht gekriegt, und schau den Stettinger an, wie er sich in der kurzen Zeit gemacht hat. Und den elterlichen Segen, Mutter, das kann man doch nachholen.“

„Das schon, aber —“ Die Ruckerin wischte mit dem Handrücken die letzten Tränen fort. „Aber sag mir bloß, warum hat denn alles so heimlich sein müssen?“

Man hörte draußen eine Tür gehn und schließen. Das war der Tonerl, der in den Stall hinausging. Andreas setzte sich neben die Mutter und faßte ihre Hand.

„Weil ich keinen Streit haben wollte, Mutter. Ich kenne unsern Vater, und wenn ich ihm gesagt hätte, daß die Ilona gar nicht vom Land, sondern aus der Stadt stammt, was meinst du, wie der geschrien hätt'. So aber hab ich ihn ganz einfach vor vollendete Tatsachen stellen wollen. Er soll Gelegenheit haben, seine Vorurteile abzubaun. Und dann, Mutter, ich hab doch auch auf dich Rücksicht nehmen müssen. Du warst damals mit dem Herzen so schlecht dran, daß ich dir jede Aufregung ersparn hab wollen. Und aufgeregt hättest du dich doch, gib es doch zu."

„Das schon, aber so einfach ist es jetzt für mich auch nicht. Was meinst denn, was der Vater sagt?"

„Das überlaß nur mir, Mutter. Horch, ich glaub, sie kommt jetzt. Bitt' schön, Mutter, sei gut zu ihr. Sie verdient es, die Ilona."

„Na ja, ich werd ihr den Kopf nicht gleich 'runterreißen. Jetzt kann ja niemand mehr was dagegen haben."

Andreas verschwand durch die zweite Türe in die Stube hinüber, gerade noch rechtzeitig, bevor Ilona die Küche betrat. Sie war bereits fertig angezogen, das Haar war sauber aufgesteckt, am rechten Mundwinkel hatte sie noch ein kleines weißes Fleckerl von Zahnpasta. Ihr leuchtender Blick verdunkelte sich wie in Sorge.

„Du, Bäuerin? Ist was passiert? Warum bist du heut schon auf? Du solltest doch noch im Bett liegen."

Die Ruckerin schwieg, schaute die Ilona nur unverwandt an und dachte zum erstenmal: Dies ist also nun meine Schwiegertochter und nicht die Magd im Haus. Wie man sich nur so verstellen hatte können.

„Ich weiß alles", sagte sie dann, und das klang fast wie eine schadensfrohe Feststellung.

Ilona wurde brennend rot bis unter die Haarwurzeln hinein. Dann sah sie die Ruckerin lange an, hob die Schultern und ließ sie wieder sinken, gerade als wolle sie damit resigniert andeuten: Jetzt ist es halt so, und ich kann es nicht mehr ändern. Laut aber sagte sie:

„Ich weiß Bäuerin —"

„Bäuerin brauchst jetzt wohl nimmer sagen zu mir", unterbrach sie die Ruckerin.

„Du bist sie immer noch und ich bin bloß eine Reingeschneite, und wenn du mich nicht dulden willst an deinem Herd, dann nehm ich dir das nicht übel. Es macht mir aber gar nichts aus, wenn ich aus Lieb' zu meinem Mann die niedrigsten Magddienste tun muß. Und wenn es gar nicht anders geht —"

Ilona konnte auf einmal nicht mehr weitersprechen. Hemmungslos begann sie zu weinen. Sie fühlte sich doch irgendwie schuldig, und wenn es auch nur die kleine Schuld war, dieser grundgütigen Frau und Mutter eine kleine Komödie vorgespielt zu haben, bei der allerdings Andreas die Regie geführt hatte.

„Komm her zu mir", flüsterte die Ruckerin, bei der aller Groll schon längst hingeschmolzen war. „Hör zu weinen auf, Lona, es wird schon alles noch recht werden."

Ilona kniete plötzlich nieder und barg ihren Kopf in den Schoß der Ruckerin.

„Verzeih mir, Frau Mutter —"

„Ja, ja, ist schon gut." Die Ruckerin hatte das Gefühl, als knie eins ihrer eigenen Kinder vor ihr. Aber keines ihrer Kinder hatte jemals so vor ihr gekniet und hatte um Verzeihung gebettelt. Es war auch nie ein Anlaß dazu gegeben gewesen. Diese junge Frau aber kam zu ihr wie ein kleiner Vogel, der sein Nest sucht. Ihre Hände streichelten über Ilonas blondes Haar, und ihr Herz war auf einmal ganz weit aufgeschlossen, die Fremde aufzunehmen und einzuschließen wie ein Eigenes.

„Steh auf, Lona", sagte sie dann. „Es ziemt sich nicht,

daß du vor mir kniest. Nur vor Gott soll man knien. Und an den glaubst du doch?"

„Gäbe es ihn nicht", antwortete Lona, stand auf, suchte nach einem Taschentuch und trocknete ihre Tränen, „gäb es ihn nicht, wo käm denn dann all die Gnade her, in der ich in meiner Liebe leben darf zu meinem Mann Andreas."

„Ach so siehst du es", meinte die Ruckerin, die jetzt schon ganz Güte und Mutter war. „Aber sag mir einmal: Wie lang hättet denn ihr zwei das Spiel noch fortsetzen wollen?"

Ilona schob jetzt den Wasserkessel über das Feuer und legte Papier in den Filter ein.

„Andreas hatte mir versprochen, daß er dir heut oder spätestens morgen die Wahrheit sagen würde."

„Und jetzt bin ich durch Zufall von selber draufgekommen. Nein, nein, mich so lange hinters Licht zu führen!"

„Meinst du, daß mir dabei recht wohl war, Mutter? Aber Andreas hat es so haben wollen, und ich muß doch tun, was er will."

Die Ruckerin fand zu einem verschmitzten Lächeln, was ihr Gesicht auf eine wunderbare Weise verschönte.

„Ach, du lieber Gott. Ja, ja, so meint man am Anfang. Aber du wirst schon auch noch draufkommen, daß das Leben eine andere Schrift schreibt, als man sie in der Schule lernt. Schau, Lona, im Eheleben geht es gar nicht, wenn eine Frau willenlos alles tut, was der Mann will. Eine Frau muß auch manchmal diplomatisch sein. Sie gibt dem Mann recht, tut aber dann doch das, was sie für richtig hält. Meistens meinen sie dann, sie selber hätten es so und nicht anders gewollt."

Nun konnte auch Ilona wieder lachen.

„Wenn das der Andreas gehört hätte. Aber ich glaub', das müßt' ich alles noch lernen."

„Der Anderl? Der hört es schon, denn wenn mich nicht alles täuscht, horcht er dort hinter der Tür. So — und jetzt koch mir einen guten Kaffee, Lona."

„Ja, aber nur koffeinfreien. Ich muß doch an dein Herz denken, Mutter."

„Aber den dann recht stark. Und jetzt möcht ich grad noch wissen, wo ihr euch kennengelernt habt."

Ilona begann Wasser in den Filter zu gießen. Und während das köstliche Aroma des Kaffees durch die Küche zog, erzählte Lona:

„Es geht bald ins Jahr jetzt, daß wir uns zum erstenmal gesehen haben, da droben auf der Alm, in der Nacht, als ringsum die Bergfeuer geleuchtet haben. Und merkwürdig — man lacht so oft darüber, Mutter — aber bei uns zwei war es Liebe auf den ersten Blick, grad als wenn in uns selber ein Bergfeuer gebrannt hätte."

„Ach, so lang ist das schon?" staunte die Ruckerin. „Und kein Wörtl hat er drüber verlauten lassen, der Anderl. Na ja, er war immer schon ein schweigsamer Bub, ganz anders als der Lukas. So — und jetzt zieh ich mich an und dann werden wir miteinander frühstücken."

*

Vier Tage später rief der Rucker zu Hause an, daß er gegen Abend heimkommen werde. Er kam aber erst kurz nach Mitternacht und mußte etwas getrunken haben, denn die Tür des Wagens schlug er ziemlich heftig zu. Erst hernach schien er sich zu besinnen, schloß die Haustüre leise auf und zu und betrat auf Zehenspitzen die Stube.

Frau Therese lag noch hellwach und stellte fest, daß er nicht betrunken war (es wäre wirklich das erstemal in ihrer Ehe gewesen), sondern nur leicht angeheitert, in jenem Zustand eben, in dem er dann immer noch eine Weile in der Stube auf und ab ging und leise vor sich hinmurmelte, eine beibehaltene Gewohnheit aus der Zeit, da er am andern Tag eine Rede halten mußte.

Endlich, nach einer halben Stunde, kam er in die Schlafkammer, zog sich im Dunkeln aus, schnaufte beim Schuhaufschnüren etwas schwerer als sonst, und Frau Therese roch das Bier aus seinem Mund. Dann fiel ihm polternd ein Schuh aus der Hand, und Frau Therese schaltete die Nachttischlampe ein. Verlegen wendete er ihr sein Gesicht zu.

„Hab ich dich jetzt aufgeweckt? Das tut mir leid."

„Nein, ich bin sowieso noch wach gewesen. Wie soll ich denn schlafen, wenn du anrufst, daß du am Abend kommst und jetzt ist es Mitternacht. Die Lona hat eigens Rindsrouladen für dich hergerichtet."

Er streifte das Hemd über den Kopf ab und stand einen Augenblick mit nacktem Oberkörper da, der sich sehen lassen konnte. Ein Körper wie bei einem Dreißigjährigen, braun und rank, ohne den geringsten Fettansatz. Dann schlüpft er in das Nachthemd, ließ sich schwer ins Bett fallen und zog das Deckbett bis an die Brust herauf.

„Die Lona", sagte er dann. „So, so, die Lona. Und Rindsrouladen. Damit will sie mich wohl einwickeln. Gut, daß du noch auf bist, Theres. Ich bin drunten beim Kirchenwirt noch eingekehrt, weil ich beim Tag nicht hab heimkommen wollen. Wie ich weggefahren bin, da hab ich was gesehn, das mir die ganzen Tage keine Ruhe mehr gelassen hat. Der Anderl nämlich und die Lona, die nehmen sich bei der Hand wie zwei Verliebte und gehn ins Haus. Und beim Wirt hab ich auch so komische Bemerkungen aufgefangen. Mutter, da ist was nicht in Ordnung. Da spielt sich in einem christlichen Haus was ab, was nicht sein kann. Und morgen —"

„Was ist morgen?"

„Da werde ich der Sache auf den Grund gehn. Schad', denn das Frauenzimmer scheint mir soweit in Ordnung zu sein."

„Ist sie auch", bestätigte Frau Therese eifrig. „Und du wirst da gar nicht viel in Ordnung zu bringen haben, Thomas. Die zwei sind nämlich seit fünf Wochen regelrecht verheiratet."

So, nun war es heraus. Die ganzen Stunden war sie wach gelegen und hatte gegrübelt, wie sie es ihm beibringen sollte. Und nun war es so leicht und schnell gegangen.

Der Rucker gab zunächst keine Antwort. Es war ihm, als hätte ihm jemand mit einem Prügel auf den Kopf geschlagen. Vor seinen Augen flimmerte es, und erst als es aufhörte, konnte er sagen:

„Das ist doch nicht wahr."

„Warum soll ich denn lügen?"

Da sprang der Rucker mit beiden Füßen gleichzeitig aus dem Bett. Es war ein groteskes Bild, als er so im langen, weißen Nachthemd ein paarmal durch die Schlafkammer ging und dann in die Stube hinaus verschwand. Frau Therese hörte eine Flasche klirren. Jetzt schenkte er sich wohl ein Gläschen Schnaps ein. Dann ging er noch in der Stube auf und ab. Jedesmal, wenn er vom Fleckerlteppich herunterkam, hörte man seine nackten Füße auf den Dielen klatschen.

Frau Therese besann sich gerade, ob sie aufstehen und in Ruhe mit ihm reden solle, da öffnete sich die Stubentür einen Spalt, und der Rucker streckte den Kopf herein.

„Richtig verheiratet, sagst du?"

„Ja, richtig verheiratet, Thomas."

„Mit Kirche und Segen?"

„Ja, mit Kirche und Segen."

Die Tür schloß sich wieder. Weiter klatschten die Füße auf die Dielen. Aber für Frau Therese klang das irgendwie beruhigend, weil sie ihren Mann kannte. Darüber schlief sie dann zufrieden ein und wußte nicht, wann der Rucker schlafen gegangen war.

Am andern Tag aber war er schon frühzeitig auf, rasierte sich gerade, als Andreas herunterkam und etwas überrascht sagte:

„Du bist schon auf? Ich hab dich gar nicht heimkommen hören heut' Nacht."

„Das kann ich mir lebhaft vorstellen", lachte der Rucker sarkastisch. Dann drehte er den Kopf, schabte die andere Seite und sagte: „Bleib nur gleich da, ich hab nämlich was zu reden mit dir."

Andreas setzte sich auf die Bank neben dem Küchenherd und wartete, sehr ruhig und gefaßt, bis der Vater Wangen und Kinn vom restlichen Seifenschaum gesäubert hatte. Schließlich sagte er, weil es ihm zu lange dauerte:

„Ich kann mirs schon denken, was du mir sagen willst."

Der Rucker blickte überrascht auf und legte sein Rasierzeug in die Zigarrenschachtel.

„So? Und du hast keine Angst?“

„Überhaupt keine“, sagte Andreas. „Hat dir's die Mutter schon gesagt?“

„Allerdings. Und daß ich da keinen Juchzer tun konnte, das wirst du ja wohl verstehen, wo du doch so gescheit bist und so schlau vor allen Dingen, daß du alles so verheimlichen hast können, bis wir ins Bad gefahren sind.“

„Das ist mir als der beste Zeitpunkt erschienen.“

„Und warum, wenn ich fragen darf?“

„Weil es so am einfachsten war.“

„Das ist wenigstens logisch“, nickte der Rucker grimmig. „Da wär jetzt also dann diese Lona sozusagen meine Schwiegertochter.“

„Nach dem Gesetz ist sie es, da kann man nichts mehr dran ändern“, antwortete Andreas. „Und es wär mir eine große Freude, Vater, wenn du einverstanden wärst.“

„Und wenn ich es nicht bin?“

„Dann müssen wir halt einen andern Weg gehn.“

„Aha. Und was für einen, wenn man fragen darf?“

Zornig warf der Rucker die Zigarrenschachtel mit dem Rasierzeug auf den Küchenkasten.

„Zunächst könnten wir bei der Barbara unterkommen.“

„Das hätt ich mir ja denken können. Die Stettingers waren wahrscheinlich in alles eingeweiht.“

„Sie waren Trauzeugen bei uns.“

Der Rucker mußte lachen. Aber wie er lachte! Nur mit den Zähnen, die Augen blieben umschattet.

„Schau, Vater“, begann Andreas, „du kennst sie bloß noch nicht richtig.“

„Ganz richtig. Du wirst sie ja besser kennen."

„Und weil ich sie kenne — und vor allem, weil ich sie gern hab für mein Leben, weiß ich, daß sie die Richtige ist für unsern Hof."

„Hat sie überhaupt was mitgebracht?"

„Ja, fünftausend Mark Erspartes und ein Herz voller Liebe."

„Davon kann man satt werden", nickte der Rucker grimmig, aber so, wie er es sagte, war zu merken, daß sein Zorn schon verraucht war. „Und jetzt schläft die Madam wohl noch?"

„Aber nicht mehr lange. Sie steht immer eine halbe Stunde nach mir auf."

„Eine ganz schöne Einrichtung, das muß ich sagen. Es wird ja dann erlaubt sein, daß ich auch ein paar Wörtl bemerk'."

„Aber, Vater, mit Grobheit ist bei der Lona nichts zu machen."

„Freilich, streicheln werd ich sie und loben, daß ihr mich so sauber hinters Licht geführt habt. Eigentlich hätt ich mir es ja denken können, wie ich sie zum erstenmal gesehn hab. An so was Sauberem kann ein richtiges Mannsbild nicht vorbeischaun."

Der Rucker ging jetzt hinaus zum Brunnen, ließ sich das eiskalte Wasser über den nackten Oberkörper rinnen, pustete und schüttelte den Kopf, daß die Tropfen sprühten. Als er sich endlich aufrichtete, stand Ilona hinter ihm, hielt ihm das Handtuch hin und ein frisches Hemd.

„Da haben ein paar Knöpfl gefehlt an dem Hemd, die hab ich eingenäht."

Der Rucker wußte nicht, sollte er lachen oder lospoltern. Aber wie sie ihn so treuherzig anschaute, lieb, ein bißchen schuldbewußt und bittend, da wurde ihm ganz sonderbar ums Herz. Und als sie dann auch noch eine Frage stellte, wie sie ihm in seinem ganzen Leben noch nicht gestellt worden war, da war der Bann vollends gebrochen.

„Magst mich ein bisserl, Herr Vater?" fragte sie.

Er räusperte sich, schlüpfte ins Hemd und knöpfte es über der Brust ein. Die Ilona aber deutete mit Daumen und Zeigefinger eine Breite von etwa einem Zentimeter an.

„Soviel?" Und als er nickte, deutete sie etwas breiter an. „Oder soviel?"

Da griff er nach ihrer Hand. Er zog sie nicht an sich, nein, aber Ilona meinte es vielleicht so, beugte sich seinem Gesicht entgegen und küßte ihn auf den Mund. Dann sprang sie unter die Haustüre und lachte ihn an.

Er wollte nach seinem Bartbürstchen greifen, aber er hatte die Weste noch nicht an. So fuhr er mit der Zungenspitze über seinen weißen Bart und sagte zur Türe hin:

„Heut mittag mag ich dann die Rindsrouladen, die du gestern für mich hergerichtet hast."

„Ja, Vater. Sag mir nur immer, wenn dich nach was Besonderem gelüstet", lachte Ilona und verschwand im Haus.

Der Rucker aber fuhr sich nochmal mit der Zunge über die Lippen und schmunzelte vor sich hin.

„Hm! Bussln kann's, das muß man ihr lassen. Na ja, es wird schon alles gut werden."

*

Und ob es gut wurde! Ilona entpuppte sich von Tag zu Tag mehr als eine Perle, die, ohne jemals einen Laut des Mißfallens kundzugeben, jede Arbeit mit Lust anpackte. Von der Belastung des Einschleichens befreit, konnte sich ihr Wesen erst frei entwickeln und die tieferen Seiten ihres Innern zum Klingen bringen. Besonders die Ruckermutter wußte sie zu schätzen, sang ein Loblied auf die Schwiegertochter und wurde nicht müde zu erzählen, wie zufrieden sie mit Ilona sei, daß sie es noch nie so schön in ihrem Leben gehabt habe und daß Andreas gar keine Bessere hätte finden können. Der Rucker wurde beinahe ein wenig eifersüchtig. Aber das war mehr Spaß bei ihm, wenn er sagte: Jetzt wird's Zeit, daß ich auch einmal ein bißl krank werd. Ob sie mich dann auch so umsorgt und pflegt?"

Und draußen stand die Heuernte bereits wieder an. Das Getreide war schon üppig in die Halme geschossen, im Dorf trafen die ersten Sommerfrischler ein, und auf dem kleinen See drunten war die Badesaison bestens angelaufen.

Eines Sonntags nun — im Feuer leuchtender Fanale ertrank der Abend und hinterließ etwas Kühlung — saß Ilona allein auf der kleinen Birkenbank, die hinter dem Haus unter einem alten Nußbaum stand.

Die Ruckers waren am Abend noch zum Lukas gefahren, um seinen neuen Mähdrescher zu besichtigen, der Tonerl war längst auf der Alm, und Andreas hatte noch ins Dorf müssen zu einer Vorstandssitzung des Trachtenvereins, der im Herbst seine siebzigjährige Gründungsfeier mit Fahnenweihe abhalten wollte.

Zuerst hatten die Lindeggerkinder droben am Hang noch wie wild herumgetollt, aber nun war es recht still geworden. Nur eine Quelle hörte man irgendwo plätschern, durch die Blätter des alten Nußbaumes ging ein ganz feines Rauschen, und in dem efeuumsponnenen Gemäuer der Leonhardskapelle sang sich ein Vogel in den Traum.

Solche Stunden stillen Dasitzens kannte Ilona nicht mehr viel. Sie war schon zu sehr eingespannt in das Räderwerk eines bäuerlichen Tagwerks. Sie dachte auch kaum mehr an ihre verworrenen Jahre, und wenn sich wirklich ein Schattenbild jener Zeit herandrängen wollte, dann schob sie es sofort zurück. Aus eigener Kraft und durch Andreas' Liebe war es ihr gelungen, einen dicken Vorhang davor niederzulassen. Sie wollte ganz einfach an nichts mehr erinnert sein, und es wäre ihr wie Verrat vorgekommen gegen das gütige Schicksal und an dem Mann, der ihr die goldene Brücke gebaut hatte.

Ja, es hatte sich eine schöne, verläßliche Ruhe in ihr ausgebreitet; der Untergrund, der ihr weiteres Schicksal trug, war gesund und gut. Sie wußte aber auch, daß einem das gute Schicksal nur gesonnen blieb, wenn man für alles Daseindürfen aus vollem Herzen dankbar war.

Auf einmal schrak sie leicht zusammen, denn sie hörte Schritte herankommen, und es war nicht der Schritt ihres Mannes. Es war der Schritt Gabriele Neidhards, die plötzlich vor ihr stand und wie ein Gespenst aussah, obwohl ihr das rotblonde Haar nicht mehr so lose ins Gesicht hing, sondern im Nacken zu einem mächtigen Pferdeschwanz zusammengebunden war.

„Ach, hier finde ich dich", sagte sie mit ihrer rauhen Stimme und setzte sich unaufgefordert neben Ilona.

„Gaby du?" fragte Ilona verwundert. „Ich dachte du bist — man hat erzählt —"

„Daß ich in einer Entwöhnungsanstalt bin", lachte Gaby und griff in ihre Blusentasche nach einer Zigarette. „Du rauchst ja wohl nicht mehr?"

„Nein."

„Natürlich, bei deiner grundsoliden Lebensweise!"

„Das hat damit nichts zu tun."

„Sondern? Ach, ist ja wurscht. Geht mich ja nichts an, oder nichts mehr an. Ja, also, ich bin ausgerissen dort. Nun wollt ich einmal nach dir schaun. Es gibt ja kaum mehr einen Menschen, mit dem man vernünftig reden kann. Immer sind sie mit ihrer Moral zur Hand. Kann man mit dir noch reden? Du hast dich übrigens ganz schön herausgemausert. Wenn ich bedenke, daß ich jetzt an deiner Stelle auf diesem Hof sitzen könnte."

„Unter Umständen könnte das sicher möglich sein", antwortete Ilona, die sich angewidert fühlte und doch Mitleid empfand. „Aber du wolltest das doch nicht mehr?"

„Nein, ich wollte nicht mehr diese bürgerliche Scheinwelt. Und du hattest dich doch auch schon losgesagt. Sag einmal, wie kam denn das eigentlich? Deine plötzliche Kehrtwendung, meine ich."

„Ganz sicher nur aus eigener Kraft und weil ihr es noch nicht fertig gebracht hattet, mich ganz in euren Sog hineinzuziehn."

„Das mag wohl so sein. Aber vielleicht hat auch das etwas dazu beigetragen, daß du Andreas begegnet bist."

„Das ist auf alle Fälle ganz sicher. Ich habe Halt an ihm gefunden und mich losreißen können aus meiner Verwirrung."

Der Vogel im Efeugestrüpp verstummte jetzt, die

Blätter rauschten etwas lauter. Die Dämmerung gab sich bereits der Nacht hin, die ersten Sterne flimmerten schon.

Wenn die Gaby einen der langen, tiefen Züge an der Zigarette machte, war ihr zerstörtes Gesicht hell erleuchtet.

„Ich habe das sehr bedauert", sagte sie dann, „denn du wärst noch ein brauchbarer und guter Kumpel geworden. Richard haben sie übrigens auch in eine Heilanstalt gesteckt. Der hat durchgehalten und ist auch nicht mehr rückfällig geworden. Hat übrigens kürzlich geheiratet."

„Ich weiß von keinem Richard", sagte Ilona. Der Vorhang war wieder heruntergelassen und ließ keine Erinnerung durch. „Und warum hast du nicht die Kraft, Gaby, wieder zurückzufinden, dich loszulösen von diesem Elend?"

Die Zigarette flog in weitem Bogen ins taufeuchte Gras.

„Weil ich schon zu tief unten bin, weißt du, und weil ich auch gar nicht will. Dein Körper war dem Rauschgift noch nicht ganz erlegen, aber meiner — ich kann ohne Gift nicht mehr leben. Leider haben sie mir daheim den Medizinschrank jetzt doppelt versperrt. Ich habe noch etwas Vorrat, was hernach sein wird — ich weiß es nicht."

„Das ist ja furchtbar, Gaby."

„Sagst du, weil du draußen bist. Ich aber bin am Ende."

„Kein Mensch ist am Ende, Gaby, wenn noch ein ganz kleiner Wille in ihm ist", sagte Ilona, holte tief Atem und spürte auf einmal die Gabe der Beredsamkeit in sich. „Hör mich an, Gaby, ich meine es wirklich gut mit dir und weiß vom Leben genug, um deinen seelischen Tiefpunkt zu verstehn. Darum folge meinem Rat, bleib hier, suche dir eine Betätigung, ganz gleich welche, eine Beschäftigung, der du dich verpflichtest fühlst. Lächle nicht so spöttisch, Gaby. Alle aus jenem Kreis — sie haben verbrecherisch an dir gehandelt. Gib dir einen gewaltigen Stoß, Gaby, ich will dir meine Hände reichen, will dich wieder zu lichteren Ufern führen, zu einem Leben, das wieder Sinn hat für dich. Den Rücken mußt du steif halten. Das Wissen um die Tausende, die dieselbe Not gelitten und doch wieder zurückgefunden haben, sollte dir Trost sein. Du willst doch nicht zu den Abertausenden gehören, die für ihr ganzes Leben schon gezeichnet sind und nie mehr in eine geordnete Gesellschaft zurückfinden können."

Lange gab Gaby keine Antwort. Mitten im Wunder der dörflichen Sommernacht hörte man wieder das Plätschern der Quelle und das Rauschen im Laub.

„Du kannst wunderbar predigen", sagte Gaby dann. „Nein, ich könnte nicht mehr leben hier, nur — ausruhen will ich mich — von allem —!"

„Ja, ruh dich aus, Gaby. Hier ist alles so wunderbar trostvoll. Schau, wie die Sterne durcheinanderflirren, und doch hat jeder unter den Millionen seinen bestimmten Platz und erfüllt seinen Zweck, und wäre es kein anderer als zu flimmern und uns Menschen zu leuchten."

„Bei den Sternen gibt es ja auch kein Haschisch und kein LSD", sagte Gaby, und ihre Stimme war jetzt gar nicht mehr rauh, sondern mehr flüsternd. Dann stand sie auf und reichte Ilona die Hand.

„Leb wohl, Ilona."

„Nicht: Leb wohl, Gaby. Komm wieder, wenn es dich erleichtert!"

„Ich weiß schon, was mich erleichtert", meinte sie, stakste mit ihren langen Beinen davon und verschwand im Blaudunkel der Nacht.

Und niemand mehr hörte ihre rauhe Stimme, denn etwas Grausiges erfüllte sich in dieser Nacht. Man fand Gabriele Neidhard am andern Morgen am Ufer des Sees angeschwemmt, und man munkelte, daß es kein Unglück war, denn um die bläulichen Lippen der Toten war ein stilles, erlösendes Lächeln hingehaucht, als ob sie sagen wollte: „Seht ihr, so hab ich mein Leben beschlossen. Ihr könnt ja weiterkämpfen, bis ihr einseht, daß sich nichts lohnt auf dieser Welt —"

Man hatte sie im Leichenhaus aufgebahrt, und jemand hatte ihr weiße Rosen ins Haar geflochten, das wie ein rötlicher Mantel über die Achseln auf die verschlungenen Hände niederfloß, in denen sie ein silbernes Sterbkreuzlein hielt.

Man gab ihr ein großes Trauergeleit. Der Pfarrer sprach an ihrem Grab von den Fügungen und unerforschlichen Ratschlüssen Gottes, der seine Dienerin Gabriele zu sich gerufen habe. Nach seinen Worten war es ein Unglücksfall, und nur die junge Ruckerbäuerin allein wußte, was die Gaby gemeint hatte mit den Worten: „Nur ausruhen will ich von allem."

*

Und die Wochen und Monate brausten dahin mit rauschendem Flügelschlag. Die Zeit segelte über einen ernteschweren Sommer hin, brachte Wälder und Bauerngärten zu herbstlichem Leuchten und legte dann Reif über die leeren Wiesen. Mit dumpfem Klatschen fielen die reifen Äpfel und Birnen ins Gras, die Astern auf Gabys Grab blühten weiß, und wenn der rauhe Herbstwind sie traf, zitterten die federdünnen Blumenblätter.

Der Förster Nagl saß behaglich hinter seinem Schreibtisch und hob nur ein paarmal den Kopf, wenn draußen einer der schweren Lastwagen der Firma Stettinger vorüberfuhr, den entweder der Florian selber oder sein Bruder Ambros lenkte. Seitdem die beiden sich wie besessen ihrer Arbeit hingaben, war in den Wäldern nie mehr gewildert worden.

So lag das Land eine Zeitlang in herbstlicher Schönheit da, ruhig geworden und ein bißchen geheimnisvoll, mit Nebelschleiern am Morgen, die viel verhüllten, bis eines Nachts der erste Schnee fiel, der auch gleich endgültig zu sein schien.

Nur ein paar Tage bis zum Heiligabend wären es noch gewesen, dann hätte Ilona ihrem Mann Andreas und dem Hof ein Christkindl geschenkt. Sie hatte keine beklagenswerte Schwangerschaft gehabt, hatte von morgens bis in die späte Nacht hinein gearbeitet und sprach dann in einer der letzten Rauhreifnächte zu ihrem Andreas ins andere Bett hinüber:

„Ich glaub, Anderl, du solltest die Hebamme rufen."

Eigentlich war es anders gedacht gewesen. Auch in Bauernhäusern war es nicht mehr Brauch, daß man die Hebamme ins Haus holte. Man ging jetzt ins Kreiskrankenhaus zur Entbindung. Aber Ilona wollte es so halten, wie es die Ruckermutter einst gehalten hatte und auch die Ruckerfrauen vor ihr.

Andreas rannte ans Telefon, sagte, daß er sogleich

mit dem Wagen käme und Fräulein Elisabeth, die junge neue Hebamme im Dorf, möge sich bereithalten.

Eine Stunde darauf legte Fräulein Elisabeth einen sieben Pfund schweren Buben auf eine Schalenwaage, um dann ein bißchen selbstgefällig zu verkünden, als wenn sie das Kind zur Welt gebracht hätte, das wäre nur aufgrund ihrer erstklassigen Ausbildung so reibungslos zugegangen, während Doktor Neidhard wahrscheinlich wieder die Zange gebraucht hätte.

Frau Therese brachte noch in der Nacht ihrem Mann die frohe Kunde, daß der Hof einen männlichen Erben bekommen habe, und kaum daß der Tag graute, stand Rucker auf und sagte:

„Komm, wir wollen unsern Enkel miteinander anschaun."

Sie gingen hinauf in die Kammer.

Der Säugling schlief ebenso tief wie seine Mutter.

Der Rucker trat auf Zehenspitzen an Ilonas Bett heran, beugte sich über seine Schwiegertochter und küßte sie kurzerhand, und zwar in einer Art, wie es ihm als Schwiegervater gar nicht zugestanden hätte.

„Na, na", sagte Frau Therese, und es kam ein bißchen ungnädig. Der Rucker kannte die Zwischentöne zu gut, um sich nicht sofort aufzurichten und nach seiner Frau zu schaun.

„Was ist denn, Therese?"

„Du hättest ja bald nimmer aufgehört zu bußln!"

Der Rucker schwieg, und er hätte es so aus dem Handgelenk heraus auch nicht erklären können, weshalb ihm diese Schwiegertochter mit der Zeit so sehr ans Herz gewachsen war, daß er sie einfach so küssen mußte, und sei es nur, weil sie ihm gleich auf den ersten Anhieb den ersehnten Hoferben geschenkt hatte. Der

Name Rucker blieb auf alle Fälle für die nächste Generation mit dem Hof verbunden.

Über die Feiertage kam dann beträchtliches Leben ins Haus. Die Susanne erschien mit ihrem Mann und brachte Geschenke mit. Es kamen Barbara und ihr Florian sowie Lukas und seine Erika. Letztere brachten ihre Kinder mit. Bisher hatte der Rucker mit abgöttischer Liebe an seiner Enkelin Reserl gehangen. Jetzt mußte er seine großväterlichen Gefühle teilen. Ein Kapitel für sich war der kleine Lukas. Auf krummen Beinen begann er gerade zu watscheln und hatte es auf das Bartbürstchen des Großvaters abgesehn. Er warf den Schnuller weg, steckte das Bartbürstl in den Mund und wollte zum Schluß das elfenbeinerne Deckblatt wegreißen. Als man es ihm wegnahm, brüllte er wie am Spieß und ließ in seinem Zorn sein Wasser auf den schönen Fleckerlteppich laufen.

„Hammel, unkultivierter", schimpfte Lukas, „du weißt wohl nicht, daß du in meinem Vaterhaus bist!"

„Sei ruhig", verwies ihn die Ruckerin, „du warst auch nicht viel anders."

Still und den Nacken demütig gebeugt, saß Ilona hinten am Ofen und hielt ihren Säugling im Arm.

„Und was ist eigentlich mit euch zwei?" fragte der Rucker und sah die Susanne und den Bernhard an. Daraufhin lächelte der städtische Schwiegersohn, und die Susanne sagte etwas von einer Pille und für wen man denn Kinder in die Welt setzen solle, bei diesen unruhigen Zeiten.

Der Rucker schaute sie fast mitleidig an, murmelte etwas, das sich anhörte wie „blöde Gans" und ging dann mit seinem Schwiegersohn Florian hinaus, sich eine Zigarre anzuzünden, weil er drinnen wegen der

Kindsmutter und dem Säugling nicht rauchen wollte.

Sie gingen trotz der Kälte draußen ein wenig auf und ab. Dabei sinnierte der Rucker:

„Man möcht es nicht glauben, wie sich ein Mensch seinem Ursprünglichen und auch der Heimat entfremden kann. Das ist doch reiner Blödsinn, was die Susann da sagt. Der Sinn des Lebens ist doch, daß man in seinen Kindern weiterlebt. Ein Nachwuchs gehört einfach her. Und an allem war eigentlich damals der durchgebrochene Blinddarm schuld. Den Anderl hab ich deswegen auf die Alm geschickt, und da hat er die Ilona kennengelernt."

„Meinetwegen hast du ja die Barbara damals nicht mehr auf die Alm schicken wollen", konnte Florian sich nicht verkneifen.

Das hörte der Rucker gar nicht gern.

„Aber zusammengekommen seid ihr ja trotzdem und — ich glaub', was ich da gutzumachen gehabt hab, das ist geschehen, oder?"

„Ja, Schwiegervater. Und ich werd dir auch nie eine Schand' machen."

Der Rucker zerdrückte seine halbgerauchte Zigarre im Schnee, dann gingen sie wieder hinein.

*

Etwas eigenartig mutete es dann an, daß die junge Ruckerbäuerin nachdrücklich darauf bestand, der kleine Stammhalter müsse auf den Namen Anton getauft werden.

Der Rucker war zunächst darüber schockiert, aber Andreas verstand seine Frau, die bis jetzt noch nie einen Wunsch so nachdrücklich vertreten hatte.

„Erklär mir wenigstens, warum er ausgerechnet Anton heißen soll“, wollte der Rucker dann wissen. „Wenn er schon meinen Namen nicht kriegen soll, dann doch wenigstens den Namen seines Vaters. Warum ausgerechnet Anton? Kannst du mir das erklären?“

„Herzlich gern, lieber Schwiegervater. Ich stamme zwar nicht vom Land, glaube aber, daß ich schon Wurzeln geschlagen habe. Vor allem weiß ich, was sich in einem Bauernjahr und in einem Bauernleben alles so abspielt. Und da ist ein Mann seit fünfzig Jahren auf dem Hof, der Tonerl. Er hat alle Leiden und Freuden miterlebt, alle Höhen und Tiefen, und wenn er einmal stirbt, niemand erinnert sich dann an ihn. Zu mir ist er vom ersten Tag an wie ein Vater gewesen. In meiner Unsicherheit und Hilflosigkeit hat er mich oft an die Hand genommen und hat mir gesagt: ‚Mußt nur Mut haben zu allem, junges Weiberl. Ein Bauernleben ist kein Honiglecken, aber wenn man einmal Vertrauen hat zum Boden, zu allem, was so lebt und webt auf einem Hof, wirst du sehn, wie sich dann dein Herz anfüllt mit einer Gnade und mit einer Liebe, die mit nichts anderm zu vergleichen ist.‘ Darum, mein' ich, daß auch ein Anton, oder Tonerl, wie ihr sagt, weiterleben soll auf Haid.“

Der Rucker dachte eine Weile darüber nach. Dann reichte er seiner Schwiegertochter die Hand.

„Du hast recht, Lona. Ich glaube, daß ich dich jetzt erst so richtig erkenne. Du bist in deinem Herzen reicher als manch anderer.“

Und der kleine Tonerl gedieh prächtig und strampelte sich in den Frühling hinein. Er lag im Kinderwagen unter den blühenden Zwetschgenbäumen und schrie zuweilen ganz kräftig. Dann lief niemand so schnell hinzu wie der Ruckervater selber, rüttelte am Wägelchen, scheuchte ein paar Fliegen fort und zog das feine Gazetüchlein über das rosige Gesichterl. Es schien, als ob ihn sonst überhaupt nichts mehr beschäftigte als das Gedeihen dieses Kindes.

Dabei übersah er ganz, daß hinter seinem Rücken etwas vorbereitet wurde, nämlich eine Feier zu seinem sechzigsten Geburtstag, der auf den fünfundzwanzigsten Juni traf, am Abend vorher aber gefeiert werden sollte. Barbara und Ilona bereiteten das vor, und als sie ihre Liste zusammengestellt hatten, brachten sie mit der gesamten Verwandtschaft, einschließlich Susanne mit ihrem städtischen Anhang, bald an die dreißig Personen zusammen. Aber es wurden noch viel mehr. Es erschien der ganze Gemeinderat mit dem Bürgermeister an der Spitze, dem seine Tochter wieder eine schmalzige Rede aufgesetzt hatte, bei der der Rucker nur den Mund verzog, als es hieß: „Und mögest du weiterhin blühen und gedeihen." Da neigte sich der Rucker seiner Therese zu und flüsterte:

„So ein Depp, wo wir doch alle zwei schon im späten Herbst stehn."

Der Geangverein Lyra erschien und sang dem Jubilar ein Ständchen. Hier hatte Lukas etwas auszusetzen.

„Wenn es umsonst was zu saufen gibt, dann kommen sie alle daher."

Natürlich würde das Hektoliterfaß Bier nicht ausreichen. Aber man hatte schon vorgesorgt. Auf einem Grill drehte sich ein Spanferkel, und als die Lindeggerin meinte: „Ein bißl gar fett ist es, mein' ich", sagte der Rucker: „Du kannst ja auch Bratwürstl und Kraut haben, ist ja alles da."

Es blieb dann dem Rucker kaum etwas anderes

übrig, als sich zu bedanken und auch eine Rede zu halten. Er war ja selber überrascht, daß man ihn derart würdigte. Am Vormittag waren schon Glückwunschschreiben eingetroffen, unter anderm vom Landwirtschaftsverband, vom Kreistagsvorsitzenden und vom Landrat. Wenn er sichs auch nicht anmerken ließ, so schmeichelte es ihm doch, daß man ihn nicht vergessen, obwohl er er sich von der Politik ganz zurückgezogen hatte. „Ihre Verdienste werden unvergessen bleiben", schrieb zum Beispiel der Vorsitzende vom Bauernverband.

So hielt der Rucker eine Rede wie in seinen besten Tagen. Es war ein rhetorisches Meisterwerk, was er da aus dem Stegreif hervorbrachte. Er sprach von der Schönheit des Lebens, und daß es wert gewesen sei, sechzig Jahre leben zu dürfen, um auf diese Stunde zu warten, vor allem an der Seite einer so vortrefflichen Frau. Dabei nahm er Frau Therese bei der Hand und lachte ihr in die Augen, wie damals vor dreißig Jahren, als er um sie gefreit hatte.

Kaum hatte er geendet, sprang auf der Ruckerplatte oben das erste Bergfeuer auf. Funken stoben himmelwärts. Aus einem wurden dann schnell sechs, acht, bis man ein Dutzend auf der langen Bergkette zählen konnte. Gerade als ob ein Feuer das andere entzündet hätte. Leuchtende Feuer in der Nacht, so wie damals vor zwei Jahren, als Andreas mit Ilona unter den Sternen hingetanzt war.

Wo waren die beiden auf einmal? Sie saßen abseits von allen hinter dem Hof auf der weißen Birkenbank unter dem alten Nußbaum. Es war freilich nicht so still wie sonst. Über den Dachfirst her kam das Gelächter der Menschen, der Klang einer Ziehharmonika, das

Gestampfe der Tanzenden — — —

Einmal löste sich hoch droben eine Sternschnuppe, und es sah so aus, als sause sie im schlanken Bogen mitten in ein Bergfeuer hinein.

„Hast du dir was gewünscht?“ fragte Andreas.

Ilona schüttelte den Kopf. Sich mehr zu wünschen als sie schon besaß, wäre Frevel gewesen. Nur einen Wunsch hatte sie: daß der kleine Sohn Anton in eine helle Zukunft hineinwüchse, die noch heller leuchten möchte als die Bergfeuer da oben, von denen jetzt eins nach dem andern langsam in sich zusammensank, bis sich zum Schluß nur wieder der stahlblaue Himmel mit seinen funkelnden Sternen über dem Tal wölbte.

* *
*